Claudia Koreck
Gunnar Graewert

SING LAUTER, HEIDI!

THE LOVEOLUTION PROJECT

Volk Verlag München

Die Deutsche Bibliothek verzeichnet diese Publikation in der Deutschen Nationalbibliografie; detaillierte bibliografische Daten sind im Internet über https://portal.dnb.de/ abrufbar.

Neumarkter Straße 23; 81673 München
Tel. 089 / 420 79 69 80; Fax: 089 / 420 79 69 86
info@volkverlag.de

Covergestaltung: san2design.de

Druck: Pustet, Regensburg

ISBN 978-3-86222-535-4

www.volkverlag.de

FSC www.fsc.org MIX Papier | Fördert gute Waldnutzung FSC® C014889

Prolog

Manchmal ist die Realität zu abwegig, um wirklich wahr zu sein. Woher wissen wir, wo genau die Grenze verläuft? Wie viel Wahrheit verträgt die Realität? Welche Wahrheiten haben wir uns nur ausgedacht – und als Fakten deklariert? Welche Erfindungen könnten längst existieren und unser Leben bereichern – wären sie nicht von den Hütern und Profiteuren des Status quo verhindert worden. Und zuletzt: Dienten diese egoistischen Machenschaften je der Wahrheit – oder nur dem eigenen Vorteil? Ich frage mich, wie unsere Welt heute aussähe, wenn nicht Gier und Macht, sondern Ehrlichkeit und Mitgefühl unsere Motive wären.

Wenn ihr mich heute auf einem eurer Screens seht, seht ihr zunächst nur irgendeine alte Frau mit langem, silbrigem Haar. Meine Haut ist ausgeleiert, von Falten überzogen.

Wie nehmt ihr mich jedoch wahr? Bin ich in euren Augen eine ganz gewöhnliche Greisin, deren gelebtes Leben sich Stück für Stück ins ewige Nichts auflösen wird? Würdet ihr in Erwägung ziehen, dass ich den Tod von Hunderttausenden zu verantworten habe? Oder deren Rettung? Ist es nicht so, dass wir sehr alte Menschen eher mit Eigenschaften wie Milde und Gelassenheit verbinden? Vielleicht weil das Feuer in ihren Augen erloschen ist? Doch wir können nicht wissen, was für ein bewegtes, dramatisches Leben sie wirklich gelebt haben.

Wer würde hinter diesem Gesicht mit all seinen tiefen Furchen und Gräben eine Stimme vermuten, die sich wie ein durchlässiger Schleier über den gesamten Globus gelegt hat?

Mein Name ist Heidi Morales. Von meiner Hülle wird schon bald nichts mehr übrig sein. Aber der Klang meiner Stimme wird so lange auf dieser Erde nachhallen, bis auch mein Echo verstummt.

Erster Teil

1

Zum ersten Mal wünschte sich Heidi ein anderes Leben und sie wurde rot bei dem Gedanken. Das diffuse Sonnenlicht drang durch das offene Fenster ihres kleinen Zimmers, das gerade groß genug war, um ihre Matratze und die Gitarre unterzubringen. Aber wenigstens hatte sie es für sich allein, was in diesem Barrio von Sunset Park in Brooklyn, New York nicht selbstverständlich war. Hupende Autos verstopften die Straßen, begleitet vom Lärm aufheulender Sirenen von Krankenwägen und Polizeifahrzeugen. Dazu der klassische Soundtrack ihres Wohnblocks an einem ganz gewöhnlichen Morgen.

Sie hatte die ganze Nacht wach gelegen und immer wieder auf die roten Ziffern ihres Weckers gestarrt. Heute war der Tag. Der Tag, auf den sie so lange gewartet hatte – ihre Audition am Brooklyn College of Music.

Aber zunächst musste sie tun, was ihre Mutter nicht konnte. Manchmal wollte sie einfach nur weglaufen.

Heidi stand auf, nahm ihre Gitarre vom Ständer und ging damit ins Kinderzimmer, wo ihre Geschwister noch schliefen. Dort stimmte sie einen Song an, der fröhlicher klang, als sie sich fühlte. Die beiden gähnten, rieben sich die Augen und krochen langsam aus ihren Betten.

»Aufstehen und ab ins Bad mit euch. Ich versuch mal, Mom wach zu kriegen«, sagte sie.

Während die Kinder Richtung Bad schlurften, öffnete Heidi vorsichtig die Schlafzimmertür ihrer Mutter und lugte hinein. Ein übler Geruch wehte ihr entgegen. *Urgh. Nicht schon wieder.* Ihr stieg ein flaues Gefühl im Magen hoch, aber sie versuchte, es zu ignorieren.

»Mom? Bist du wach?« Sie schlich durch das komplett abgedunkelte Zimmer. Die Luft hing abgestanden und feucht im Raum. Heidi fuhr ihrer Mutter über die Haare. Sie schwitzte und der stechende Geruch von Alkohol drang Heidi in die Nase.

»Mom! Kannst du bitte aufstehen? Weißt du noch, heute ist ein wichtiger Tag für mich.« Keine Regung. Der Atem ihrer Mutter ging schwer und Heidi vernahm nur ein leises Seufzen. Da war wohl nichts zu machen. Sie zog die Rollläden hoch und lüftete.

»Du hast es mir versprochen.« Die Resignation, die sie fühlte, schlug sich in ihrer Stimme nieder. Heidi nahm ein paar der leeren Weinflaschen und trat mit ihrem Fuß die Tür hinter sich zu.

Während sie Teller und Schalen für ein karges Frühstück auf den Tisch stellte, kündigte sich der erste Wutanfall des Tages an, den sie stoisch ertrug. Sebastián weigerte sich mal wieder vehement, seine Zähne zu putzen.

Dann endlich konnten sie sich auf den Weg machen. Heidi lieferte ihren Bruder im Kindergarten und Camila in der Schule ab, bevor sie selbst in Richtung Bushaltestelle rannte. Für die meisten bedeutete Schule Quälerei. Sie konnten es scheinbar kaum erwarten, wieder zu Hause abzuhängen. Für Heidi aber war die Schule wie eine Flucht vor der Realität. Hier ging es für ein paar Stunden nur um sie. Sie mochte die Leichtigkeit der Gespräche mit ihren paar Freundinnen, die Witze, die sie rissen, und sie liebte die kleinen Lästereien auf dem Pausenhof.

»Na, bist du aufgeregt?« Brenda Lee lehnte lässig in schwarzen Hotpants, Radiohead-Bandshirt und abgetragenen Doc Martens an der Mauer vorm Eingang der Schule. Sie war Heidis beste Freundin und sehr cool – fast schon gefürchtet cool.

»Und wie. Ich konnte die ganze Nacht vor Aufregung nicht schlafen«, erwiderte Heidi. Dann wurde sie kurz still. »Aber … meine Mom …«, druckste sie herum. Brenda Lee zog die Augenbrauen nach oben, leicht genervt, als wüsste sie bereits, was Heidi ihr gleich sagen wollte. »So wie's aussieht, muss ich mich ausgerechnet heute wieder um meine Geschwister kümmern.«

»Echt jetzt? Aber du wirst deswegen nicht deine Audition sausen lassen, oder?«, fragte Brenda Lee schockiert.

»Bist du verrückt? Auf keinen Fall. Zur Not nehme ich die

Kinder einfach mit«, sagte Heidi – auch wenn sie wusste, dass das noch mehr Stress bedeutete.

Brenda Lee, wie immer um keine coole Pose verlegen, schnalzte mit der Zunge, wie es die Latinos gerne taten, machte eine Revolverbewegung in Richtung Heidi und rief: »Na also, Chica, du kriegst das hin!«

Der Termin für die Audition war um 16 Uhr. Wenn sie sich beeilte, konnte sie Sebastián aus dem Kindergarten und Camila von der Mittagsbetreuung abholen und zu Hause absetzen – vorausgesetzt, ihre Mutter hatte sich gefangen. Sie musste den Bus um halb vier erwischen, um pünktlich am College zu sein. Es war machbar. Sie könnte es schaffen.

»Drück mir die Daumen für später, Brenda Lee«, seufzte Heidi, während sie ihr Matheheft auf die Schulbank warf.

»Du schaffst das schon. Und wenn's nicht klappt, mach ich früher Schluss im Café und pass auf Sebastián und Camila auf. Außer natürlich, du willst die Kleinen bei der Audition dabeihaben. Und wer würde das nicht wollen?« Brenda Lee grinste und kniff Heidi in den Arm.

»Das würdest du machen? Das wäre der Wahnsinn!«

»Kein Ding. Aber wenn sie nerven, bring ich sie dir sofort zurück.«

»Danke.« Heidi lachte und drückte Brenda Lee einen Kuss auf die Wange. Langsam begann sie tatsächlich daran zu glauben, dass sie heute auf der Bühne stehen würde.

Die nächste Stunde war sie unfähig, dem eintönigen Monolog von Mrs. Hunter, ihrer Biologie-Lehrerin, zu folgen. Heidis Gedanken waren bei dem Song, den sie später singen wollte. Mit einem Kribbeln im Bauch ging sie im Kopf noch mal den Songtext und die Akkorde durch. Plötzlich war sie unsicher. Ihr wollte der Text der zweiten Strophe einfach nicht einfallen. Was, wenn das nachher auch passieren würde?

Aus der Ferne hörte sie ihren Namen.

»Heidi, würden Sie bitte den Text lesen?« Die Stimme von Mrs. Hunter riss sie aus ihren Gedanken.

»Ähhh … Ich hab den Text vergessen«, erwiderte Heidi gedankenverloren. Gelächter im ganzen Klassenzimmer.

Mrs. Hunter blickte irritiert vom Pult zu ihr herüber. »Meine Güte. Sie sollen ihn doch nur lesen, nicht rezitieren. Schaffen sie das? Oder ist das unter ihrem Niveau?« Erneutes Gelächter. Heidi errötete. *Hoffentlich ist diese Stunde bald vorbei.* Brenda Lee schob ihr das Biobuch unter die Nase und deutete auf die Stelle, die sie lesen sollte: Mechanismen der Evolution. Natürliche Selektion. Sie ratterte die Zeilen herunter, konnte aber nur an eine Selektion denken: ihre Audition.

Nach einem unendlich scheinenden Schultag kam mit dem Schulgong schließlich die Erlösung. Heidi schmiss ihre Hefte in den Rucksack und stürmte aus dem Klassenzimmer.

»Viel Glück, Süße. Hau sie um«, rief ihr Brenda Lee hinterher.

Heidi rannte so schnell sie konnte und erwischte gerade noch den Bus. Dann hetzte sie von der Schule zum Kindergarten und dann weiter mit ihren Geschwistern nach Hause. Keuchend öffnete sie die Wohnungstür. Sie ging davon aus, dass ihre Mutter mit einem schlimmen Hangover auf dem Sofa liegen würde. Doch Überraschung: Es roch nach Pancakes. Ihre Mutter hatte offenbar ein schlechtes Gewissen. Sie machte immer Pancakes, wenn sie etwas verbockt hatte. Und in den letzten Monaten hatte es oft Pancakes gegeben.

»Panpakes! Yumba«, jubelte Sebastián. Heidi liebte diese niedlichen Versprecher, wie sie nur 4-jährigen Jungs passieren konnten, und würde einen Teufel tun, ihren Bruder zu korrigieren.

»Hi Mom. Riecht lecker! Du hast nicht vergessen, dass ich später eine Audition habe?«

»Natürlich nicht, Heidi«, erwiderte ihre Mutter und strich sich ihre Haare aus dem Gesicht. Dabei blieb ihr ein wenig Teig in den Strähnen kleben. Heidi suchte die Küche nach Spuren von Alkohol ab, aber sie konnte tatsächlich nichts finden. Vielleicht begannen jetzt wieder gute Tage und ihre Mutter verbannte den Alkohol für ein paar Wochen aus ihrem Leben. Heidi war erleichtert.

In ihrem Zimmer schnappte sie sich ihre Gitarre und verstaute sie in dem braunen Lederkoffer. Rasch band sie ihre Haare zu einem lockeren Zopf, tuschte sich hektisch die Wimpern und holte dann vorsichtig einen Brief aus ihrer Kommode hervor. Sie presste ihn fest an ihre Brust und steckte ihn schließlich in ihre Hosentasche. Im Vorbeigehen stibitzte sie noch schnell einen der Pfannkuchen.

«Mhm, die schmecken wahnsinnig gut. Ich muss leider sofort wieder los, drückt mir die Daumen», sagte Heidi zu den Kindern gewandt, während sie sich den restlichen Pfannkuchen in den Mund stopfte.

Camila umarmte sie und gab ihr einen kleinen Schlüsselanhänger in Form eines blauen Herzens als Glücksbringer mit.

»Den hab ich für dich gebastelt. Keiner singt sooo schön wie du, Heidi«, flüsterte sie ihrer großen Schwester ins Ohr.

»Oh, der ist ja wunderschön! Danke Camila, der wird mir Glück bringen.« Heidi steckte den Glücksbringer in die Tasche ihrer Jeans, umarmte ihre Schwester und sprintete los. Mit hochrotem Kopf erreichte sie in letzter Sekunde den Bus.

Endlich konnte sie sich ein wenig sammeln. Ihr Atem beruhigte sich langsam, als sie sich auf die abgewetzten Polster fallen ließ.

Stille.

Für einen kurzen Moment schloss Heidi die Augen. Dann begann sie, an der durch das viele Gitarrenspiel entstandenen Hornhaut ihrer Fingerkuppen zu zupfen. Dabei ging sie in Gedanken ihren Song noch mal durch. Sie bemerkte, dass ihre Hand zitterte. Hoffentlich sah man ihr die Nervosität später nicht zu sehr an. Sie zog den Brief aus der Hosentasche und starrte auf die Handschrift ihres geliebten Vaters.

Meine geliebte Heidi,

es muss sich seltsam für Dich anfühlen, diese Zeilen zu lesen.

Ich habe schon seit einiger Zeit gespürt, dass mich die Kräfte, die meinen Körper zusammenhalten, bald verlassen werden. Deshalb schreibe ich diesen Brief und werde dafür sorgen, dass Du ihn zusammen mit dieser Gitarre bekommst, wenn ich gegangen bin. Ich möchte Dir etwas Bedeutendes hinterlassen: Diese Gitarre gehörte mal Deinem Großvater Vicente und wie ich Dir schon viele Male erzählt habe, war er ein begnadeter Musiker und der größte Entertainer in unserem winzigen Dorf.

Ich habe mich auch mal an diesem Instrument versucht, aber das musikalische Talent ist von Deinem Großvater direkt auf Dich übergegangen, ohne dass mich auch nur ein Hauch davon gestreift hätte. Ich bin eher ein Geschichtenerzähler und ich hätte Dir so gerne noch so vieles erzählt.

Ich bin jetzt nicht mehr bei Euch und ich fühle in diesem Moment Deine Trauer. Es ist okay, dass Du traurig bist. Aber verwandle diese Trauer in Stärke. In Poesie. In Musik. Verwandle sie in etwas Kraftvolles und Gutes.

Lass Dich von ihr führen und vergrabe Dich nicht. Denk an die schönen Momente, die wir hatten, und füge Deinen traurigen Gedanken fröhliche Bilder hinzu.

Immer wenn Du als Kind Albträume hattest, habe ich zu Dir gesagt: Denk immer daran, dass Träume aus Deinen Erinnerungen und Deinen Wahrnehmungen und Deiner Fantasie entstehen. Alles wird wie vom Wind stark verwirbelt – Wahrheit und Einbildung.

Das Besondere ist: Du kannst diese Mischung selbst verändern, indem Du dazugibst, was immer Du willst. Du entscheidest, was Du tagsüber träumen willst.

Lass Dir Deine Neugier, Deinen Drang nach Wahrheit und Deine Liebe niemals stehlen. Es ist diese Kraft, die Dich ausmacht. Und vielleicht gelingt Dir, was ich nicht zu schaffen vermochte: die Welt zu verändern und zu einem besseren Ort zu machen. Du kannst eine Friedenskämpferin sein, die die schönsten Lieder singt und die

Menschen verzaubert. Ich weiß, dass Du diese Kraft besitzt. Ich wusste es schon immer.

Sing, kleine Heidi. Und wenn sie Dir nicht zuhören: Sing lauter, Heidi!

Ich schaue Dir zu und blicke voller Liebe auf mein geliebtes Mädchen. Gott schütze Dich.

Dein Dich über alles liebender Papa

Heidi wischte sich eine Träne aus dem Auge, als sie nur wenige Minuten nach vier Uhr das College erreichte.

»Ah, wie schön. Du konntest es dann doch einrichten«, sagte Mr. Jones übertrieben entspannt. Dann deutete er auf seine Armbanduhr. »Komm schon, wir müssen jetzt sofort rein, dein Slot ist in haargenau sieben Minuten.«

Mr. Jones war der coolste Musiklehrer an ihrer Schule und hatte Heidi überhaupt erst auf die Idee gebracht, dass sie sich am College bewerben könnte. Er war einer dieser besonderen Menschen, die in anderen einen Funken entzünden konnten. Er hatte als Erster an sie geglaubt und sie immer wieder gefördert. So hatte Heidi erste Bühnenerfahrungen als eine der Lead-Sängerinnen der Schulband sammeln können. Sie mochte ihn, weil er anders war. Nie ging es ihm nur darum, stumpf den Lehrstoff durchzudrücken. Mr. Jones begeisterte selbst die krassesten Musikmuffel für die Songs der Beatles, für Simon & Garfunkel, Aretha Franklin, Janis Joplin, Billy Joel und es gelang ihm sogar, den Schülern die Jazzmusik von Miles Davis und Ella Fitzgerald näherzubringen.

Irgendwann hatte sich Heidi ihm anvertraut und ihm ein paar ihrer selbst komponierten Lieder gezeigt. Seine euphorische Reaktion war ihr schon fast unangenehm gewesen.

Dann hatte er ihr vorgeschlagen, sich am Brooklyn College of Music zu bewerben, von dem sie natürlich schon gehört hatte. Sie hatte es bislang aber aus mehreren Gründen niemals in Erwägung gezogen. Allein die horrende Summe, die man jährlich bezahlen musste, sprach dagegen. Mr. Jones, der über ihre

Situation Bescheid wusste, hatte sich davon allerdings nicht abschrecken lassen. Er hatte ihr von den wenigen Stipendien, die an besondere Talente vergeben wurden, erzählt und räumte ihr tatsächlich große Chancen ein.

Nach langem Hin und Her hatte er sie schließlich überredet, es zumindest zu versuchen. Und ganz langsam hatte Heidi sich getraut, zu träumen. Von einem anderen Leben. Einem, das auch mal leicht sein durfte – und voller Musik.

Jetzt war sie wirklich hier. Das wilde Pochen in ihrer Brust fühlte sich an, als wollte ihr Herz jeden Moment ihren Körper verlassen.

Kaum hatten sie auf der Holzbank im Vorraum des Auditoriums Platz genommen, wurde Heidi auch schon aufgerufen.

»Heidi Morales? Sie sind die Nächste. Bitte kommen sie mit«, rief ihr eine junge College-Mitarbeiterin mit Klemmbrett in der Hand zu.

»Du wirst das rocken. Ich stehe seitlich am Bühnenrand und drück die Daumen«, sagte Mr. Jones und verschwand.

Heidi griff nach ihrer Gitarre und bemerkte mit Schrecken, dass sie ihr Stimmgerät vergessen hatte. »Shit«, entfuhr es ihr. Ihre Hände begannen zu schwitzen.

»Alles okay?«, fragte die junge Frau und sah Heidi überrascht an.

»Ich hab mein Stimmgerät vergessen«, sagte Heidi, während sie ihr zur Bühne des Auditoriums folgte.

Sie gingen einen dunklen Korridor entlang und blieben schließlich hinter einem dicken, schwarzen Wollvorhang stehen. Die junge Frau hob den schweren Vorhang ein Stück zur Seite und wünschte ihr Glück.

Heidi betrat ehrfürchtig die Bühne, die aus schwarz lackierten Holzbrettern bestand. Sie sah sich um. Da standen ein wunderschöner Bösendorfer Flügel, verschiedene Gitarrenamps, und ein Schlagzeug. Jede Menge Kabel lagen herum. Ganz vorne am Bühnenrand entdeckte Heidi ein schönes, vergoldetes, sehr altes Mikrofon. Das war ihr Platz. Im Podium saßen auf mittlerer Höhe die drei Juroren. Heidi konnte nicht sehen, wie viele Menschen sonst noch im Publikum waren, zu sehr blendeten sie die Scheinwerfer. Sobald sie im direkten Licht stand, wurde ihr heiß. Sie atmete durch.

»Willkommen am Brooklyn College of Music! Mein Name ist Sylvia Schneider, ich bin Professorin für Gesang, das ist mein Kollege Mr. Johnny Rogers, Leitung des Studiengangs Popmusik, und Mr. Vincent Searmore, Songwriting und Artist Development. Stellen Sie sich doch kurz vor: Wo kommen Sie her und was haben sie vorbereitet?«

Heidi trat ans Mikrofon. Einen Wimpernschlag lang fürchtete sie, ihre Stimme würde sie im Stich lassen. Sie räusperte sich. »Äh … Ich heiße Heidi Morales und bin 17 Jahre alt«, begann sie, dann kippte ihre Stimme. *Oh nein. Ich muss auf der Stelle souveräner werden. Du kannst das. Du bist mutig. Es ist völlig normal, dass du aufgeregt bist. Jetzt reiß dich zusammen.*

Heidi schloss kurz die Augen. Dann, mit festerer Stimme: »Meine Eltern kommen ursprünglich aus Chile, aber meine Familie und ich sind in die USA gekommen, als ich noch ein Baby war. Ich mache Musik, seit ich sieben Jahre alt bin. Und heute würde ich gerne einen selbst geschriebenen Song vorspielen. Er heißt *Mi Alma.*«

Die Juroren gaben ihr ein Zeichen, dass sie starten sollte.

»Ich muss nur noch kurz die Gitarre stimmen. Ich hab leider mein Stimmgerät vergessen, aber es geht auch so. Verzeihung.«

Das Spotlight war allein auf sie gerichtet. Keine Bandkollegen, die ihr Halt oder Deckung gaben. Sie war erstmals ganz allein auf einer Bühne. Alle Aufmerksamkeit im Raum war auf sie gerichtet. Heidi bemerkte ein Tuscheln und Raunen im Saal. Aber sie ließ sich nicht aus der Ruhe bringen. *So. Jetzt klingt es gut.*

»Okay, fertig«, verkündete sie und wischte ihre schwitzigen Hände an ihrer Jeans trocken.

Ihr Herz klopfte so laut, dass sie Angst hatte, der ganze Saal könnte es hören. Dann atmete Heidi tief ein, schloss die Augen und ließ los. Sie dachte an ihren toten Papa, an Camilas Talisman, der warm in ihrer Hosentasche steckte. Es wurde still in ihrem Kopf. Die Panik verschwand und machte Platz für die Musik. Alle Nervosität fiel von ihr ab. Sie wusste, dass dieser Moment ihr gehörte. Die Finger fanden die Saiten und ihre Stimme den ersten Ton. Sie wusste, wer sie war und was sie wollte. Ohne Schranken im Kopf tauchte sie tief in ihr Unterbewusstes und tat, was sie am besten konnte. Sie begann zu singen.

zum Song

Mi Alma

Camino por San Pedro
Aunque nunca he estado ahí
Un sueño verdadero
Puedes ser hogar para mí

Allí el mar, la noche grande
Eres mi secreto amor
Montañas que tocan el cielo
Introvertidos, un rumor

Hasta que te vea un día
Te toque, te inhale
Moras en mi alma
Vale, vale, vale
Dame una esperanza
Un poquito de felicidad
Mientras tanto, sueño con la libertad

Quiero sentir la misma tierra
Como mi padre y ancestros
¿Qué caminos tomaste?
¿Dónde está tu corazón?
¿Cómo será mi camino?
¿Florecerá mi hogar en mí?
¿Sentiré siempre la nostalgia?
¿O florecerá lo mismo para mí?

2

Die Küste von Martha's Vineyard war im Frühling immer besonders schön, fand Mick, während er den Wellen des Atlantiks auswich und am Strand entlangschritt. Die Sträucher in den Dünen begannen zu blühen und die wärmende Sonne lockte immer mehr Inselbewohner aus ihren Häusern. Hierher war Mick immer geflüchtet, wenn er, wie so oft, mit seiner Rolle in der Familie und vor allem mit seinen Gefühlen nicht mehr klarkam. Für ihn war diese Umgebung – das Meer, die weitläufigen, breiten Strände und die Einsamkeit der Natur – ein Platz, an dem er das Leben, das ihm wichtig war, spüren konnte. Er fühlte hier mit einer Dringlichkeit, dass das Leben etwas anderes für ihn vorgesehen hatte, als der nächste eitle Spross der Montgomery-Dynastie zu werden.

Seine Gedanken kreisten darum, was seine Familie von ihm erwartete. Die Montgomerys gehörten seit über 350 Jahren zur Elite der USA. Die Familiengeschichte kannte Mick nur zu gut: Unter Charles I., der von 1625 bis 1649 englischer König war, wurden die Puritaner verfolgt. Micks Vorfahre Prescott Montgomery entschied sich damals, nach Boston in Neuengland auszuwandern, weil ihm die Glaubensfreiheit als Puritaner wichtiger war als sein bisheriger Status. In der Folge konnten sich die Montgomerys in Massachusetts einen Namen als einflussreiche Politiker machen und damit das Fundament für den weiteren

Aufstieg der Familie legen. Alles begann mit der Textilindustrie, mit Arznei- und Düngemitteln, bis die Mitglieder seiner Familie schließlich als Mitgründer von »Ever Electric« – einem Rüstungskonzern, der die Alliierten während der beiden Weltkriege mit Waffen belieferte – zu unermesslichem Reichtum kamen.

Mick war in eine Familie hineingewachsen, der Disziplin, Bildung und puritanischer Glaube wichtiger waren als Bootsausflüge und Baseballspielen am Strand. Wenn es früher überhaupt gemeinsame Tage und Abende im Kreis der sehr großen Familie gegeben hatte, drehten sich die Gespräche eher um die Erfolge seiner ehrgeizigen Schwester Abigail, die im Gegensatz zu Mick nie die falschen Fragen stellte und in ihrer Blasiertheit und Abschätzigkeit gegenüber Andersdenkenden seiner Mutter Dorothy in nichts nachstand. Wärme oder Zuneigung hatte Mick während der wenigen Tage, die er nicht im Internat verbrachte, nicht erfahren. Lediglich mit den Kindern des Dienstpersonals erlebte er zu Hause unbekümmerte Stunden.

Wie man mit Holz und Werkzeug umging, hatten ihm die geschickten Hände von Samuel Carter gezeigt, der sich als Hausmeister schon seit vielen Jahren um die Anwesen der Montgomerys wie dem Landsitz der Familie auf Martha's Vineyard kümmerte. Samuel war ein gewitzter, geduldiger, herzlicher Mann und Mick liebte seine vielen geistreichen Geschichten zu allen möglichen Themen. Auch wenn man nie wusste, ob sie wahr waren oder seiner grenzenlosen Fantasie entsprangen. Aber das war Mick egal. Er hing jedes Mal an Samuels Lippen und war geradezu gierig nach neuen Erzählungen.

Mick lief am Strand an einem restaurierungsbedürftigen kleinen Boot vorbei, das in der Brandung lag. Dabei erinnerte er sich noch gut daran, wie seine Mutter ihn und Samuel einmal beim Fischen auf dessen altem, morschem Kahn erwischt und sie wild gestikulierend zum Umdrehen aufgefordert hatte. »Was soll das, Carter?«, hatte sie Samuel angefahren. »Mit dieser ganzen Fischerei und Handwerkerei bringen Sie meinen Sohn nur auf dumme Gedanken.«

»Und wenn schon«, hatte der kleine Mick, schon damals um keine Antwort verlegen, gemurmelt.

Dieses ganze Upperclass-Getue seiner Familie und der anderen »Rich Kids« auf dem Internat war ihm so zuwider, dass er sich instinktiv für die gegenteilige Seite zu interessieren begann. Aus dieser Anti-Haltung erwuchs nach und nach eine Überzeugung, mit der nicht alle so gut zurechtkamen.

Mick musste jetzt an seine Freundin Anna denken, die er während der Abschlussfahrt seiner Internatsklasse nach Boston in einer Bar kennengelernt hatte. Sie war seine erste richtige Freundin und hatte ihn in eine ihm bis dato unbekannte Welt eingeführt. Anna war Tänzerin und besuchte die berühmte Boston Performing Arts School, eine Art College, an dem Musik, Tanz, Schauspiel und Bühnenbild unterrichtet und zukünftige Musikproduzenten ausgebildet wurden. Die gesamte Welt der Performing Arts unter einem Dach. Mick mochte an Anna nicht nur ihr hübsches Aussehen, das ihn in manchen Momenten an seine Lieblingsschauspielerin Penélope Cruz erinnerte. Ihm gefiel vor allem, dass Anna das Leben umarmte und jedem erst mal positiv gesonnen war. Sie interessierte sich mit einer Wahrhaftigkeit für gefühlt jeden. Mick verbrachte gerne Zeit mit Anna und ihren Kunststudentenfreunden. Regelmäßig saß er im dunklen Zuschauerraum des Boston Dance Theatre und beobachtete die Proben. Er war hingerissen von der Leidenschaft und Hingabe, mit der alle monatelang für ein Stück probten. Hier war es egal, welche Herkunft man hatte oder ob man aus einem bedeutenden Elternhaus stammte. Mick hatte noch nie so viele unterschiedliche und offene Menschen kennengelernt, die sich in einer wunderbar witzigen Art gegenseitig auf den Arm nahmen. Alle vereinte eine Sache – und das war die Kunst. Sie kochten und tranken gemeinsam, feierten, diskutierten die Weltlage und am nächsten Morgen standen sie alle wieder hoch motiviert in ihren Proberäumen und gaben alles für ihre Berufung. Die Dozenten waren zum Teil Koryphäen auf ihrem Gebiet und keine spröden Theoretiker wie in der E-Musik, mit denen Mick bis dato zu tun gehabt hatte. Allein den Begriff »E-Musik« – für ernste Musik – fand er schon schauderhaft.

Mick hatte sich immer enger mit dem Musical Director der Dance Company angefreundet. Ruben war ein ruhiger, etwas schräger, multi-instrumental versierter Musiker und Komponist, dessen Aufgabe es war, die Musik für die Tänzer und das Stück, an dem sie gerade arbeiteten, beizusteuern.

»Tänzer wollen tanzen. Je tanzbarer die Musik, desto besser tanzen sie«, hatte Ruben einmal zu ihm gesagt.

»Und was macht die Musik tanzbar?«, hatte Mick gefragt.

»Der Beat, der Groove, das Ineinander-Verzahnen von Gitarren- oder Piano-Riffs, Bass, Drums. Plus – und das ist das vielleicht Wichtigste – eine unbekannte Kraft.« Ruben hatte sein Gesicht damals zu einer übertrieben schmerzverzerrten Miene verzogen: »Sag es den bildenden Künstlern im Nebengebäude bitte nicht, aber die Musik ist die emotionalste aller Künste. Hast du schon mal eine Marmorskulptur gesehen und geweint? Wir spüren Freude, Angst und Traurigkeit in der Musik – und eben diese unbekannte Kraft. Ich weiß nicht, wo sie herkommt oder wie ich sie heraufbeschwören kann. Aber hat die Musik etwas von all dem, bin ich angefixt. Dann ist es wie eine Droge oder der Ruf der Sirenen. Dann vergesse ich alles um mich herum und will jede Sekunde weiter daran arbeiten. Ich weiß nicht, ob das Inspiration oder Abhängigkeit ist, aber dann kenne ich kein Tag und Nacht mehr. Dann bin ich infiziert und arbeite daran so lange, bis mein Hintern vom vielen Sitzen schmerzt.«

Mick war begeistert. Er selbst spielte seit seinem sechsten Lebensjahr Klavier. Das machte ihm aber überhaupt keinen Spaß. Vielleicht lag es an den anspruchsvollen, aber langweiligen Klavierstücken, die seine Lehrer aussuchten, oder an der autoritären Art, mit der sie ihn alles bis ins kleinste Detail nachspielen ließen, genau so wie es auf dem Notenpapier stand. Viel mehr Spaß hatte Mick beim Gitarrenspiel, das er sich selbst beigebracht hatte, indem er einfach versuchte, seine Lieblingssongs nachzuspielen.

Mick erinnerte sich an einen Abend, an dem er Ruben besucht hatte. Der war wieder mal für eine Nachtsession im Studio des College und schien völlig in sein Arrangement vertieft zu sein. Ruben nahm kaum Notiz von ihm und Mick wollte ihn auch gar nicht stören. Aber er war wie gefesselt von dem, was er hörte, und klimperte ganz beiläufig zu Rubens Musik auf dem Klavier.

»Hey, Gringo, was machst du da?«, fragte Ruben.

Mick entschuldigte sich für die Störung. Doch Ruben forderte ihn auf, sein Riff zu wiederholen. Also spielte Mick das, was er sich ausgedacht hatte, erneut auf dem Klavier.

»Gar nicht mal so schlecht. Irgendwie fröhlich, aber nicht zu happy. Cool, aber nicht zu düster. Mir gefällt, dass du Platz für den Rest der Musik lässt. Alles Hörbare wird subtil unterstützt. Das ist ein perfektes Riff, Mick!«

Ruben war offensichtlich begeistert. Und Mick war fortan infiziert. Er assistierte Ruben, wo immer er konnte, baute im Studio des College die Mikrofone auf und wieder ab und beobachtete den Musical Director dabei, wie er mit den Musikern und Sängern umging. Mick löcherte Ruben nach den Sessions mit tausend Fachfragen.

Für Mick waren das die schönsten Tage und wenn er so darüber nachdachte, verbrachte er mehr Zeit mit Ruben als mit seiner Freundin Anna. Und schon in einem Monat würde ihre Zeit an der Boston Performing Arts School zu Ende gehen. Anna hatte bereits ein Engagement bei der Paris Modern Dance Company und Ruben ein Angebot als Dozent in London.

Während Mick weiter seinen Gedanken nachhing, ließ er den Strand hinter sich und machte sich auf den Rückweg zu seinem Elternhaus. Mick wusste nun genau, was er wollte. Und er freute sich regelrecht darauf, es gleich seinen Eltern zu sagen. Er hatte für sich nun endlich einen Ausweg aus der ihm so verhassten Welt der Montgomery Corporation gefunden. Nur deshalb war er heute überhaupt von Boston nach Martha's Vineyard gekommen.

Mick fand seinen Vater Mason in der herrschaftlichen Bibliothek an seinem Schreibtisch sitzend. Wie üblich ignorierte ihn dieser zunächst, aber Mick war es leid, um jede Minute seiner Aufmerksamkeit zu kämpfen. Also zog er es einfach durch: »Dad, ich möchte dir etwas mitteilen. Ich werde nach Europa gehen. Ich will Musiker werden.«

Micks Vater hob nicht mal seinen Kopf von den Dokumenten, über denen er gerade saß. Stattdessen prustete er los und lachte Mick auf seine gewohnt abschätzige Art einfach aus.

Mick verzog keine Miene. »Mir ist schon klar, dass das nicht das ist, was du und Mom euch erhofft habt, aber ich habe ehrlich gesagt keine Lust, deine Nachfolge zu übernehmen, und wenn du ehrlich bist, weißt du auch ganz genau, dass ich auch nicht gut darin wäre«, erklärte er mit fester Stimme.

»Dann wirst du halt gut darin werden müssen, Sohn«, erwiderte Micks Vater, der jetzt erst über den Rand seiner Lesebrille in seine Richtung blickte. »Wir zählen mittlerweile so viele Generationen in dieser Familie. Glaubst du ernsthaft, da waren nur Genies dabei? Dein Großvater war ein kompletter Idiot und ein hundsmiserabler Geschäftsmann. Und trotzdem wurde er Gouverneur von Massachusetts.«

Mick schüttelte den Kopf. »Das ist traurig, Dad, aber das ist genau das, was ich nicht will. Ich will etwas finden und machen, worin ich gut bin.«

»Aha, und seit wann wäre das bitte bei Musik und dir der Fall?«, fragte sein Vater. »Meines Wissens bist du kein herausragender Musiker.«

Mick konnte seine Wut nur noch schwer zurückhalten. »Ich weiß, dass du denkst, dass du das weißt, aber du weißt ehrlich gesagt gar nichts über mich. Es interessiert dich nicht, wer ich bin und was ich tue. Und wenn ich mal etwas erreicht habe, dann gibst du damit höchstens bei deinen Freunden an. Erzählst ihnen vielleicht, wie viele Tore ich geschossen habe. Aber selbst warst du kein einziges Mal bei einem meiner Spiele und hast zugesehen.«

Mick wurde immer lauter. Er spürte, wie es in ihm immer heftiger brodelte. »Ich weiß, dass ich in deinen Augen kein virtuoser Musiker bin, aber ich will das nicht machen, weil ich denke, ich wäre der Beste oder der Großartigste darin. Ich will Musik machen, weil es für mich das Großartigste ist und ich ein Teil davon sein will! Und wenn du denkst, ich bräuchte deinen Segen, dann hast du dich getäuscht. Ich schaffe das, weil ich es schaffen will, und ihr braucht euch um mich nicht zu kümmern. Und bevor du mir drohst: Ich werde mir das ohne dein Zutun aufbauen und vor allem ohne das Geld aus deinen widerwärtigen Geschäften.«

Sein Vater schwieg, aber Mick konnte sehen, wie sein Kiefer malmte. Es gab vermutlich nichts, was Mason einen heftigeren Stoß hätte versetzen können, dachte er doch, seine Familie und alle anderen in seinem Umfeld dank seines Vermögens und seiner einflussreichen Stellung völlig kontrollieren zu können und nur so respektiert zu werden. Dass Mick, sein einziger Sohn, nun komplett auf seine Unterstützung verzichten wollte und ihm damit jegliches Gefühl der Kontrolle versagte, hatte ihn vermutlich schwer getroffen.

Die Montgomerys waren es einfach nicht gewohnt, dass jemand nicht nach ihrer Pfeife tanzte. Das kannten sie nicht, nahmen sie doch unverblümt Einfluss auf politische Entscheidungen, besetzten wichtige Posten mit ihnen wohlgesonnenen Personen, setzten Gegner mit unlauteren Mitteln außer Gefecht und kämpften verbissen um jeden weiteren Dollar.

Das ging zum Teil so weit, dass sie im Geheimen über etliche Strohmänner sozialistische Politiker in Südamerika finanziell unterstützten. Die scheinbar größte Gefahr für das Amerika des späten 20. Jahrhunderts – der Kommunismus – war für Micks Vater nur ein weiteres gutes Geschäft. Und das obwohl Mason eine der lautesten Stimmen war, die die US-Gesellschaft vor der drohenden Gefahr von links warnte, und konservative Präsidentschaftskandidaten immer mit äußerst großzügigen Wahlkampfspenden unterstützte. Das alles diente natürlich nur einem Zweck:

Später im Oval Office scheinheilig die Hilfe seiner Rüstungskonzerne bei einem Regierungsumsturz in den krisengebeutelten, südamerikanischen Staaten anzubieten – den Sturz jener Politiker, deren Wahlerfolg er mit seiner finanziellen Unterstützung erst möglich gemacht hatte. Denn die amerikanische Regierung unterstützte und erwirkte so einige brutale Umstürze und Staatsstreiche in Ländern, deren linkspolitische Gesinnung sie fürchtete.

Mick spürte, dass er seinen Vater soeben tief gekränkt hatte. Und doch musste er seinem Herzen folgen.

Einen Monat später zog er mit Anna nach Europa.

3

Ein Monat war seit Heidis Vorsingen am Brooklyn College of Music vergangen. Seitdem war sie ihren Auftritt tausendmal im Kopf durchgegangen. Der Applaus danach hatte ihr eine Gänsehaut verpasst, so intensiv hatte sie den Zuspruch empfunden. Und auch Mr. Jones war überzeugt davon, dass sie das Stipendium ergattert hatte. Aber je mehr Zeit verging, desto verschwommener sah sie alles und die Möglichkeit einer Absage schwebte über ihr wie ein Damoklesschwert.

Jeden Morgen überprüfte sie den Briefkasten. Es blieb zum Glück nicht viel Zeit zum Grübeln, denn die Abschlussprüfungen hatten begonnen. Heidi hatte wenig Lust zum Lernen, aber es lenkte sie wenigstens ab.

Und dann lag plötzlich Post im Briefkasten. Heidi hielt die Luft an und legte den Brief mit pochendem Herzen vor sich auf den Tisch. Starrte ihn an. Ihre Gedanken widersprachen sich abwechselnd und pendelten sich irgendwo zwischen Zweifel und Größenwahn ein. Letztendlich siegte die Neugier. Sie riss das Kuvert auf und las: »Sehr geehrte Frau Morales, wir freuen uns, Ihnen mitteilen zu können, dass Sie…« Weiter kam sie nicht. Sie stieß einen Schrei aus, den bestimmt die ganze Nachbarschaft hören konnte. Heidi wirbelte durch die Wohnung, hob den verdutzten Sebastián in die Luft und jubelte: »Ich hab's geschafft!«

Sie konnte sich nicht erinnern, jemals diese Art von Glück empfunden zu haben. Jetzt würde endlich ein neues Leben für sie beginnen. Allein die Vorstellung, den ganzen Tag Musik machen zu können, beflügelte sie. Mit einem Mal fühlte sich alles so leicht an.

Gleichzeitig meldete sich eine zweifelnde Stimme, die sie lieber nicht zu laut drehen wollte. Irgendwie würde sie das schon alles schaffen.

Einige Tage später kamen auch ihre Prüfungsergebnisse und prompt hatte sie auch noch ihren Highschool-Abschluss in der Tasche. Ein Gefühl von Freiheit überkam sie und zum ersten Mal erlaubte sie sich einen winzigen Moment des Stolzes. Für einen Augenblick fühlte sie sich unbesiegbar. Sie nahm sich vor, den restlichen Sommer zu genießen.

Sie hörte »Boys of Summer« von Don Henley und war voller Vorfreude. Ihre Zeit verbrachte sie hauptsächlich mit ihrer Gitarre, was ihr Brenda Lee ein wenig übel nahm. Die schlug sich stattdessen die Nächte in sämtlichen Clubs der Stadt um die Ohren. Heidi wäre gerne mitgegangen, konnte aber Sebastián und Camila nachts, wenn ihre Mutter in der Bar jobbte, nicht alleinlassen. Brenda Lee würde nur noch ein paar Wochen in der Stadt sein, dann würde sie auf Tour gehen. Mit einer mittelmäßig bekannten Rockband, The Cones, als eine Art »Mädchen für fast alles«.

Brenda Lee kam aus einer recht unkonventionellen Rock'n'-Roll-Familie. Ihre Eltern führten seit Jahren das Irving, einen gut laufenden, kuscheligen Live-Music-Club am Rande von Brooklyn. Brenda Lees Mom stand hinterm Tresen, während sich ihr Dad als gelernter Veranstaltungstechniker unter anderem um das Booking der Musik-Acts kümmerte. Am Wochenende spielten oft ziemlich gute Newcomer-Bands und Brenda Lees Dad war verantwortlich für Technik und Sound, wenn die Künstler keinen eigenen Mischer dabeihatten. Er hatte Brenda Lee schon früh in die Welt der Bühnentechnik eingeweiht und sie war vom ersten Moment an Feuer und Flamme. Schnell begriff sie, wie man eine Band richtig ausleuchtete und an welchen Stellen man schrauben musste, wenn die Anlage brummte oder übersteuerte.

Brenda Lee schleppte Equipment vom Tourbus zur Bühne und amüsierte sich dabei über die Blicke der Musiker. Sie hatte mehr Kraft und Energie als manch anderer. Aber die meisten Musiker waren cool und behandelten sie gut, was offenbar in der Branche nicht immer der Fall war. Brenda Lee jedenfalls mochte den lockeren Umgang mit den Bands und die körperliche Arbeit.

»Boah. Du bist der einzige Mensch, dessen Stimme mich fast schon körperlich berührt. Du kannst irgendwie Schmerzen wegsingen – oder sie noch schlimmer machen«, hatte sie mal mit einem Augenzwinkern zu ihr gesagt. Heidi liebte Brenda für ihre Direktheit. Ihre Freundin sagte immer, was sie dachte, und schämte sich ganz im Gegensatz zu Heidi für überhaupt gar nichts.

Brenda Lee war der Meinung, dass Heidi mit ihrer Stimme etwas Grundgutes heraufbeschwören könnte. Etwas, was die Welt verdammt nötig hatte. »Die Welt ist am Verfaulen«, sagte sie oft. »Weil wir einfach alle zu faul sind. Verstehst du? Wir wollen am liebsten den ganzen Tag lang in die Glotze schauen, uns berieseln lassen, dazu 'ne Tüte Chips fressen und literweise Cola in uns reinschütten. Daran wird die Welt vergammeln, genau wie wir …«

Na ja. Brenda Lee war jedenfalls von den Cones gefragt worden, ob sie mit ihnen auf Tour gehen wollte. Und da sie eh noch nicht wusste, was sie nach der Highschool mit sich anfangen sollte, war die Sache für sie schnell klar gewesen. Die Jungs waren wohl nett und der Gitarrist gefiel ihr besonders. In einem engen Nightliner Seite an Seite mit einer Meute müffelnder Musiker von Stadt zu Stadt zu tingeln, fand Brenda Lee tatsächlich reizvoll.

Heidi würde sie vermissen. Und trotzdem scheiterten Brenda

Lees Versuche, sie wenigstens am Abend mal von ihrer Gitarre wegzulocken, regelmäßig.

Ihrer Mutter ging es zusehends schlechter und Heidi konnte die Illusion des großen Sommers und der neu gewonnenen Freiheit schon bald nicht mehr aufrechterhalten. Seit einigen Wochen hatte ihre Mutter Magenschmerzen und schaffte es kaum noch aus dem Bett. Zunächst dachte Heidi noch, sie hätte wieder zu viel getrunken. Dabei hatte sie länger nichts mehr eingekauft und auch ihre Geheimvorräte müssten schon längst aufgebraucht sein. Irgendetwas anderes quälte sie.

»Du bist krank, Mom. Soll ich dir einen Arzt rufen?«, fragte Heidi.

Ihre Mutter aber schüttelte den Kopf. »Ich will niemanden belästigen. Es ist alles gut, Heidi.«

Aber Heidi spürte, dass gar nichts gut war. Sie wartete ab. Zunächst war sie erleichtert, weil ihre Mutter anscheinend endlich nüchtern blieb. Doch sie konnte sehen, wie sehr sie litt. Sie wimmerte und wand sich vor Schmerzen. Mit hohem Fieber schwitzte sie in der Nacht mehrere Laken durch.

Jeden Tag trug Heidi Tabletts mit Wasser und Tee ins Zimmer ihrer Mutter, das nach Krankheit roch, öffnete kurz die Fenster, und versuchte sich an einer Suppe. Sie kühlte ihre fiebrige Stirn mit feuchten Waschlappen, stützte sie, wenn sie auf die Toilette musste, und half ihr beim Duschen.

Nebenbei versorgte sie die Kleinen. Es blieb kaum Zeit für etwas anderes. Wenn sie eine Aufgabe erledigt hatte, stand sofort eine neue an. Sebastián fing wieder an, sich in die Hosen zu machen, und Heidi schaffte es nicht immer, freundliche Worte für alle zu finden. Sie schrie Camila an, die quengelte, weil ihr andauernd langweilig war.

»Camila, jetzt hör endlich auf! Wenn dir langweilig ist, hilf mir Wäsche aufhängen oder spiel mit deinem Bruder. Du bist alt genug!« Als Camila zu weinen begann, tat es ihr sofort leid. Aber sie hatte selbst keine gute Energie mehr übrig und fühlte sich eh schon wie ein Geist.

Jeden Tag spürte sie, wie ihr Nervenkostüm dünner wurde. Ihre Hände zitterten unkontrolliert, wenn sie ihrer Mutter den Tee brachte. Dunkle Ringe unter ihren Augen und ihr zerzaustes Haar verrieten die schlaflosen Nächte. Kopfschmerzen pochten hinter ihrer Stirn und verstärkten sich beim Blick auf die endlose To-do-Liste. Dabei hatte sie sich für diesen Sommer so viel vorgenommen. Sie wollte so viele Songs schreiben, hatte Tausende Ideen, aber jetzt fehlte die Zeit dafür. Nachts war sie so erschöpft, dass sie es manchmal nicht mal mehr ins Badezimmer schaffte und dann einfach im Sessel des Kinderzimmers einschlief, nachdem sie sich eine neue Gute-Nacht-Geschichte für ihre Geschwister ausgedacht hatte.

Heidi hoffte so sehr, dass ihre Mutter bald wieder auf die Beine kam. Doch nachdem es nach zwei Wochen immer noch nicht aufwärtsging, ihre Mutter kaum etwas zu essen runterbrachte und zunehmend dünner wurde, rief Heidi endlich einen Arzt und schickte Brenda Lee mit den Kindern in den Park.

Nach ein paar Minuten Untersuchung nahm der Arzt Heidi beiseite. »Das sieht leider nicht gut aus. Wir müssen Ihre Mutter sofort in die Klinik bringen. Packen Sie ihr bitte ein paar Sachen zusammen«, sagte er, während er sie besorgt musterte. »Sie sagten, Sie hätten noch zwei Geschwister. Und Ihr Vater ist …?«

»Mein Dad lebt nicht mehr. Wir sind hier allein. Ich kümmere mich um alles.« Sie musste gar nicht hinsehen, um den mitleidigen Blick zu spüren, den der Arzt ihr zuwarf.

»Das tut mir leid. Gibt es jemanden, der die kleinen Kinder betreuen kann?«, fragte er.

»Es gibt mich«, antwortete Heidi.

»Aha. Sie gehen doch noch zur Schule, oder?«

»Nicht mehr.«

Der Arzt sah sie irritiert an.

Wahrscheinlich denkt er, ich hätte die Schule abgebrochen. Heidi merkte, wie es in ihr zu brodeln begann, aber sie ging nicht weiter darauf ein und fragte nur: »Was hat meine Mom denn jetzt?«

»Das kann ich Ihnen erst sagen, nachdem wir einige Untersuchungen vorgenommen haben. Vermutlich wird es ein längerer Klinikaufenthalt. Vielleicht sollten Sie darüber nachdenken, ihre Geschwister für einige Zeit in die Obhut einer Pflegefamilie zu geben.«

Bei dem Wort Pflegefamilie erstarrte Heidi.

»Nein, niemals«, erklärte Heidi mit fester Stimme. »Ich werde mich um sie kümmern. Ich hab gerade meinen Abschluss gemacht und werde mir vormittags einen Job suchen, bis meine Mutter wieder heimkommt.«

»Das könnte länger dauern. Wir müssen die Untersuchungen abwarten. Ich werde jemanden von der Jugendbehörde schicken.«

Dann trugen die Sanitäter ihre Mutter fort. Die Tür fiel ins Schloss. Heidi weinte nicht. Es blieb nichts als Leere, die sich anfühlte, als hätte jemand ihr Innerstes ausgeschabt. Und die Gewissheit, dass sie ihren Traum, Musikerin zu werden, bis auf Weiteres abschreiben konnte.

Roboterartig griff sie zum Telefon und wählte zitternd die Nummer des Brooklyn College of Music. Sie schilderte einem teilnahmslosen Sekretär ihre Situation, während alles in ihr danach schrie, nicht zuzulassen, dass dieser Traum starb. Als Heidi auflegte, fühlte es sich an, als hätte sie nicht nur einen Anruf beendet, sondern einen Teil von sich selbst aufgegeben. Es war erschreckend einfach gewesen.

Zu glauben, Musik könnte sie retten, war naiv gewesen. Aber warum erkannte sie das erst jetzt? All die Stunden, die sie in ihre Songs gesteckt hatte, die Hoffnung, dass Musik sie aus diesem Leben herausziehen könnte – nichts als Illusionen. Sie musste jetzt stark sein, einen Job finden, die Miete zahlen, erwachsen werden. Wie Millionen andere auch. Aber der Gedanke, dass sie ihren großen Traum gerade aufgegeben hatte, schnürte ihr die Kehle zu.

Kein Selbstmitleid. Gleich würde sie ihren Geschwistern erklären müssen, dass ihre Mutter ins Krankenhaus gebracht worden war. Und Brenda Lee, dass ihr Traum geplatzt war. Heidi stellte das Radio an. »Imagine.« *Ernsthaft?* Was mit Träumern passiert, hatte vermutlich keiner so endgültig erfahren wie John Lennon selbst. Immerhin hatte auf sie keiner geschossen. Obwohl es sich gerade so anfühlte.

Heidi packte ihre Gitarre in den Lederkoffer und schob ihn unters Bett. Da klingelte es. Treppenhaus-Echo. Quengelnder Sebastián, schreiende Camila, Brenda Lees Augenrollen. Eine Umarmung, die alles sagte.

»Heidi, schau mal! Mein Kleid hat leider Grasflecken gekriegt. Geht das wieder raus? Wo ist denn Mom?«, sprudelte es aus Camila heraus, die Heidi den grünen Zipfel ihres geliebten hellblauen Kleides hinhielt.

Heidi riss sich zusammen und versuchte, den Kloß in ihrem Hals herunterzuschlucken. Sie kniete sich zu den Kindern, fasste sie an den Händen und bemühte sich, stark und gefasst zu wirken.

»Wir werden jetzt erst mal eine Weile zu dritt sein. Mom ist im Krankenhaus und muss sich erholen. Aber ich kümmere mich um euch, wir kriegen das schon hin.« Sebastián fing sofort an zu weinen. Es verlangte ihr alles ab und sie kämpfte: »Panpakes?«, schlug sie vor, doch die Freude an dem Wort, die sie sonst immer verspürt hatte, war verschwunden.

»Panpakes. Panpakes.« Sebastián lief schreiend durch die Wohnung. Zukunftsmusik.

4

Mick und Anna bewohnten ein winzig kleines Apartment im Pariser Stadtteil Marais. Zum altehrwürdigen Théâtre Chaillot, an dem Anna jetzt Ensemblemitglied war, waren es nur drei Stationen mit der Métro. Sie liebte Paris und die Gegend mit den vielen kleinen Cafés, Bars und Boutiquen, in der sie wohnten. Schnell nahm sie typisch französische Gewohnheiten und

Essenszeiten an und verbrachte auch ihre freie Zeit mit ihren Tanzkollegen aus dem Ensemble. Am Theater herrschte allerdings eine komplett andere Arbeitsatmosphäre als noch an der Boston Performing Arts School. Es gab strikte Hierarchien und die Ensembleleiterin aus Osteuropa sorgte für einen strengen und fordernden, mitunter auch ungerechten Ton.

Trotzdem genoss Anna es, ein Teil dieser Truppe zu sein, und empfand sich mittlerweile fast schon als echte »Parisienne«. Abschätzig blickte sie auf die vielen Touristen herab, fühlte sie sich doch selbst – trotz ihres schlechten Französischs – wie eine Einheimische.

Mick musste sich allerdings erst mal zurechtfinden. Es half, dass er perfekt Französisch sprach, einer der Vorteile seiner Internatsbildung. Er legte sich einen neuen Kleidungsstil zu und sah damit endlich nicht mehr so aus wie die Kids aus den Ralph-Lauren-Kampagnen. Er mischte Secondhand-Klamotten mit Vintage-Schuhen und einfachen, langen T-Shirts – und sah in diesem New-Boheme-Stil verdammt gut aus. Nachts arbeitete er im Pyramid, einem Nachtclub, in dem die extrovertiertesten Paradiesvögel der Stadt zur Musik der angesagten DJs der Zeit tanzten.

Mick war hoch motiviert, bei den Angestellten beliebt und grundzufrieden mit seinem vergleichsweise anspruchslosen und mitunter ekelhaften Job als Gläser-Einsammler und Putzkraft, für den er bis in die frühen Morgenstunden schuftete. Nur so konnte er seinen Anteil an der Miete für das Apartment beisteuern. Jeder einzelne, sauer verdiente Euro verstärkte das Gefühl, endlich unabhängig zu sein. Er emanzipierte sich damit Schritt für Schritt von seiner obszön reichen Familie in den fernen USA.

An den freien Sonntagen schlenderte er mit Anna durch die Parks, sie besuchten die Flohmärkte der Stadt oder kochten gemeinsam Pasta in ihrer winzigen Küche.

Mick war sehr glücklich und die starke Liebe, die er für Anna empfand, zeigte sich auch dadurch, dass er viele neue Seiten an sich entdeckte. Er wurde sehr unterhaltsam, witzig, fast schon albern. Zum ersten Mal in seinem Leben, öffnete er sich. Er jammerte nicht über sein bisheriges, verklemmtes und konservatives Leben, sondern schloss damit ab, indem er auf humorvolle Art darüber sprach.

Er vergötterte Anna, ihren quirligen Geist, ihre Spontanität, Verrücktheit und Offenheit gegenüber allem und jedem. Ihr Interesse an der Kunst und die Art, wie sie ihm in den Pariser Museen eine völlig neue Sichtweise auf die in seinen Augen eher trockene bildende Kunst vermittelte. Zudem war sie auch noch eine großartige Tänzerin, der er stundenlang sogar beim Aufwärmen zuschauen konnte.

Anna strahlte Leichtigkeit aus, aber gleichzeitig auch eine Unverbindlichkeit, und Mick wusste, dass sie ein freier Vogel sein musste. Er selbst war da anders: Wenn er jemanden so sehr liebte wie Anna, sah er automatisch eine gemeinsame Zukunft und Kinder vor sich. Ihm war bewusst, dass er Anna damit in die Flucht schlagen würde, weshalb er diese Gedanken niemals laut aussprach.

»Wir haben einen neuen Tänzer im Ensemble und ich würde ihn gerne heute Abend zu uns zum Essen einladen«, erzählte Anna eines Abends. »Würdest du für uns was kochen?«

Mick zögerte keine Sekunde und antwortete knapp: »Klar, gern.«

Fabien war aus Marseille und der neue Primoballerino, der Meistertänzer des Ensembles. Er war unglaublich einnehmend und selbstbewusst, sah mit seinen langen braunen Haaren und seinem sonnigen Teint aus wie aus einem Alain-Delon-Film der 60er-Jahre entsprungen – und benahm sich auch so. Mick bereitete eine recht aufwendige Trüffelpasta zu, deren kostspielige Zutaten er auf dem Wochenmarkt besorgt hatte. Die Pasta wurde dabei sehr langsam in einem speziellen Trüffelsud erhitzt und bisher hatte noch jeder bei diesem Gericht jubiliert.

Während Mick in der winzigen Küche sorgsam darauf achtete, dass er keinen der für dieses Gericht notwendigen Schritte ausließ, saßen Anna und Fabien im Wohnzimmer und verstanden sich prächtig. Fabien hatte offenbar gewusst, dass Mick und Anna einen Plattenspieler besaßen, und ihnen als Geschenk eine alte Platte von Jacques Brel mitgebracht. Damit war ihm bei Anna der Bohème-Status sicher.

Mick mochte die Musik sofort, aber Fabien war ihm unsympathisch. Diese laute und selbstgefällige Art kannte er von zu Hause und war skeptisch, wenn ihm so jemand begegnete.

»Du bist also dieser reiche Milliardärssohn, der im Pyramid die Gläser einsammelt, hmm?«, schoss es scharf aus Fabien heraus, während Mick ihm einen Teller mit Trüffelpasta reichte.

Kann man jemanden eigentlich noch despektierlicher behandeln, fragte sich Mick, der sich jedoch rechtzeitig an seine gute Kinderstube erinnerte und aus Höflichkeit, aber auch aus Rücksicht auf Anna den Konflikt scheute.

Auf einen Schlag wurde ihm klar, dass er seit sehr langer Zeit nicht einen Gedanken an seine Herkunft und seine Geschichte verschwendet hatte. Er lebte komplett in der Gegenwart, auch wenn er seinen Wunsch, Musik zu machen, im Moment noch der Notwendigkeit, Geld für die Miete zu verdienen, unterordnete. Mick liebte seine aktuelle Planlosigkeit sehr.

Danke, du Arschloch, dachte sich Mick und antwortete mit einem gequälten Grinsen: »Ja, da arbeite ich, aber reich bin ich nicht.«

»Ach, ich mach doch nur Spaß«, winkte Fabien ab und sah rüber zu Anna, die seinen eigenwilligen Sinn für Humor offensichtlich goutierte.

Mick fand, dass ihm die Pasta sehr gut gelungen war, aber weder Anna noch Fabien zollten ihm auch nur einen Hauch Anerkennung für dieses – in seinen Augen – meisterhafte Gericht. Eigentlich war es eher ein Vortrag als ein Gespräch beim Essen, denn Fabien erzählte pausenlos und das in einem Wahnsinnstempo. Und wenn er dann doch einmal eine Frage stellte, beantwortete er sie gleich selbst.

Wie sich herausstellte, hatten Fabiens Eltern ein Theater in Marseille und hatten schon früh sein Talent fürs Tanzen entdeckt. Er rauchte viel – natürlich Gitanes –, trank den Wein wie Limo und bemühte sich darum, eine ganz bestimmte Künstlerattitüde hervorzukehren. Fabien blickte auf alles, was nicht aus der Welt der Kunstszene kam, mit einer solchen Abschätzigkeit herab, dass er Mick das Gefühl gab, hier in seiner eigenen Wohnung nicht dazuzugehören.

Tatsächlich war Mick von Anna entsetzt, denn so, wie sie an Fabiens Lippen hing, war unübersehbar, dass er ihr gefiel. Sehr sogar. Der Abend war eigentlich ein Flirt, ein Date. Nur dass Mick mit im Raum saß.

Er war von der ganzen Situation angewidert, sah es aber überhaupt nicht ein, den Silberrücken zu geben und den Rivalen in seine Schranken zu weisen.

Am späten Abend musste Mick aufbrechen, um im Pyramid zu arbeiten. Als er die Wohnung verließ, spürte er eine unglaubliche Schwere und war wie gelähmt, da er wusste, dass er Anna verloren hatte. Er kannte sie gut genug und hatte im Verlauf des Abends dabei zusehen können, wie die Liebe, die sie für ihn empfand, Stück für Stück auf Fabien überging.

Micks Antennen waren diesbezüglich sehr empfindlich und während er in der Métro saß, ging ihm dieser alberne Satz aus dem Song »The Girl Is Mine« von Michael Jackson und Paul McCartney durch den Kopf: »I'm a lover, not a fighter!«

Nur dass in seinem Fall der Kampf schon verloren war und er von nun an ein einsamer, verlassener Lover war.

5

Die Trennung von Anna verlief fast wortlos, komplett ohne Beleidigungen oder Vorwürfe. Mick war sehr gekränkt und wollte Anna einfach nicht mehr sehen oder Zeuge sein, wie sie ihre Zeit nun mit dem lauten Idioten aus Marseille verbrachte. Die gemeinsame Wohnung war möbliert gewesen, sodass Micks

Hausstand in die zwei Koffer passte, mit denen er auch aus den USA eingereist war.

Reno, einer der DJs aus dem Pyramid, bot Mick ein Zimmer in seiner riesigen Wohnung an und der nahm dankend an. Nicht nur, dass Reno ein sehr witziger und lebensbejahender Typ war, die Musik, die dieser im Pyramid auflegte, hatte Mick immer am besten gefallen. Reno hatte in der Szene auch als Remixer bereits einen Namen und machte seine Produktionen vorwiegend in seinem Wohnzimmerstudio in der wunderschönen Dachgeschosswohnung mit Blick auf die Seine.

Mick traf die Trennung von Anna sehr. Er konnte sich nicht erinnern, jemals so lethargisch gewesen zu sein. Er war vollkommen lustlos, konnte sich zu nichts aufraffen, und da das Pyramid wegen einer Renovierung für vier Wochen geschlossen hatte, lag er einige Tage einfach nur rum.

Reno war für ein paar Tage in Berlin und legte dort auf, sodass Mick die Wohnung für sich allein hatte. Irgendwann, als er zum fünften Mal innerhalb einer Stunde zum Kühlschrank geschlurft war, nur um festzustellen, dass dessen Inhalt immer noch nicht interessanter geworden war, fiel sein Blick auf den großen Steinway-Flügel im Wohnzimmer. Reno hatte mal erwähnt, dass er seiner verstorbenen Mutter, einer Sopranistin, gehört hatte, er selbst aber nicht Klavier spielen könne. Mick zog die mit edlem Leder bezogene Klavierbank hervor und setzte sich an das majestätische Instrument.

Er legte seine Finger auf die Tasten und spielte einen Akkord. Zuerst C-Dur. Dann E-Moll, A-Moll, F. Die Kombination der vier Akkorde mit der Pedalnote G wiederholte er ein paar Mal und fing an, es mit einem durchgängigen Stampfen des Fußes zu begleiten. Dann begann er, eine Melodie dazu zu singen. Sinnlose Worte, die einfach nur gut klangen, aber keinerlei Sinn machten und Platzhalter waren.

Mick gefiel, was er da summte, und er zückte sein Handy und nahm ein paar Fetzen auf. In diesem Moment kam zum ersten Mal seit Tagen die Spätnachmittagssonne heraus und flutete das riesige Wohnzimmer mit warmem Licht. Mick spürte direkt die Energie, schloss die Augen, genoss die Wärme der Sonne, klatschte in die Hände und beschloss, dass er jetzt mal raus müsse. Er nahm sich die Schlüssel von Renos altem Porsche, ging in die Garage und fuhr los. Planlos und ohne sich auch nur im Entferntesten auszukennen. Irgendwann sah er Schilder, die Richtung Versailles wiesen, ein Name, den er aus seinem Geschichtsunterricht kannte, und bog dorthin ab.

Als er so herumfuhr, wurde ihm bewusst, dass das eigentlich genau die Art von aristokratischem Prunkort war, die er eigentlich ablehnte. Schließlich entdeckte er ein weiteres Schild: Giverny. Diesen Ort kannte er ebenfalls aus Büchern: Die zauberhaften Landschaften von Giverny hatten vor allem einen der größten Namen der Malerei inspiriert: Claude Monet, dessen Atelier und Haus sich in einer grünen Parkanlage befanden.

Mick fuhr und fuhr. Er hatte das Radio nicht an und summte die ganze Zeit die neue Melodie vor sich hin, die ihn einfach nicht mehr losließ. Als er den Porsche an der 99 Rue de Claude Monet parkte, ging vor seinen Augen langsam die Sonne am Horizont unter. Das Musée des impressionnismes Giverny hatte noch eine Stunde geöffnet. Mick löste ein Ticket und betrat die dunkelblau gestrichenen Museumsräume. Es war fast niemand mehr da. Mick war sofort von dem Museum begeistert. Er hatte einmal zu Anna gesagt, dass Malerei nicht viel in ihm auslöse und er beim Betrachten von Bildern oder Fotografien nicht über eine intellektuelle Wertschätzung hinauskomme. Aber hier in diesen Räumen voller Bilder der impressionistischen Meister überkam ihn ein fast schon feierliches Gefühl. Diese kräftigen Farben, die Körnung, die Tupftechnik, die die Maler angewendet hatten, um die Motive unscharf wirken zu lassen, gefielen ihm außerordentlich gut. Am liebsten wäre er in einige der Szenerien, die er da sah, eingezogen.

Im gleichen Moment wurde er aber auch tieftraurig darüber, dass er an diesem Ort jetzt ganz allein war und er niemanden mehr hatte, mit dem er seine Gedanken und Empfindungen teilen konnte. Nachdem ihm einer der Museumswärter höflich, aber bestimmt in Richtung Ausgang gewiesen hatte, stieg Mick in den alten Porsche und fuhr von der kiesbedeckten Auffahrt zurück in Richtung Paris.

Mick kreisten Millionen Gedanken durch den Kopf, als er weit nach Mitternacht die Stadt erreichte, die voll feierwütiger Nachtschwärmer war. Während die Leuchtschrift des Moulin Rouge an ihm vorbeizog, fühlte er sich wie der einsamste Mensch auf der Welt. Er war jetzt komplett allein, gehörte auch sonst nirgendwo dazu. Beim Anblick der glücklichen Gesichter vor den Kneipen schossen ihm die Tränen in die Augen.

Mick fuhr einfach weiter und brauste durch die Nacht. Irgendwann wurde ihm die Fahrerei dann doch zu viel und er steuerte die Wohnung an. Da die Boulangerie von gegenüber um fünf Uhr bereits geöffnet hatte, holte er sich von dort zwei noch dampfende Croissants und einen Cappuccino. In Renos Wohnung kramte er ein Moleskine-Notizbuch, das ihm seine Mutter mal geschenkt hatte, aus seinem Koffer hervor. Mick fing an zu schreiben. Ein Versuch, seinen rastlosen Zustand wenigstens auf dem Papier in etwas Hoffnungsvolles zu verwandeln.

zum Song

Donnez-moi l'espoir

We're so small
So large against the sky
But I carry hope
Carry hope inside

Donnez-moi l'espoir
Donnez-moi l'espoir

But I write (the final lines)
Some lines to medicate me (no one will know)
For a song (stream it baby)
A song to stimulate me
And the key is love (I can see the sun)
And not to lose control
A spark to light
To light the darkest soul

Donnez-moi l'espoir
Donnez-moi l'espoir

Et les chemins incertains
Dans le silence de la nuit, je crois
Donnez-moi des rêves
Pour éclairer ma voie
Donnez-moi l'espoir
Pour briser le noir
Un rayon de lumière
Dans ce monde si rare
Avec chaque chaque souffle, chaque regard
Je trouverai la paix quelque part
Donnez-moi la force
Pour affronter demain
Avec chaque pas, chaque chaque instant
Je construirai l'avenir, puissant

Donnez-moi l'espoir

Als Reno ein paar Tage später aus Berlin zurückkam, fand er einen besser gelaunten Mick vor. Mick hatte eingekauft und wollte Reno bekochen, der sich sehr darüber freute, mal nicht ins Restaurant gehen zu müssen. Reno war ein lausiger Koch, hatte aber einen von seiner Mutter antrainierten feinen Gaumen. Mick hatte sehr feines Rinderfilet gekauft und schnitt ein paar Süßkartoffeln in dünne Streifen, die er in einem Topf mit heißem Erdnussöl frittierte.

»Du weißt, dass wir Amerikaner die eine Zeit lang nicht mehr *French Fries*, sondern *Freedom Fries* genannt haben, oder?«

»Ja«, antwortete Reno, »weil wir Froschfresser nicht mit euch in den Irakkrieg ziehen wollten, nachdem George *Wanker* Bush überall im Irak Atomanlagen hatte sehen wollen, die es allerdings gar nicht gab. Das war einer der wenigen Momente, wo ich auf mein Heimatland stolz war.«

Mick prostete ihm mit einem Glas Rotwein zu: »Vive la France.«

»Hey, Reno«, begann Mick nach einer kurzen Pause den Satz, der sein Leben verändern sollte. »Weißt du, was Katharsis ist?«

»Nope.«

»Okay, also wenn es einem so richtig scheiße geht, und ich meine so, dass man über Wochen das Gefühl hat, fast krank zu sein, dann hat das auch eine Art reinigende Wirkung.«

»Alter? Scheiße, Reinigung? Hast du Magen-Darm gehabt oder was?«, gab Reno unverblümt in seiner direkten Art zurück.

»Nein, nein«, winkte Mick lachend ab. »Ich meine seelisch. Also emotional scheiße. In meinem Fall ein gebrochenes Herz als absolut wichtiger Bestandteil der Kunst. Es gilt dabei, es zu heilen. Wie auch immer: Ich hab mir erlaubt, ein bisschen auf dem Flügel zu spielen, und dann ist es mir irgendwie gelungen, diese negative Kraft, die mich umgetrieben hat, in eine positive zu verwandeln.«

»Ja, Mann«, bekräftigte Reno. »Musik kann was Therapeutisches haben.«

»Das ist mir so noch nie aufgefallen, da ich selber noch nie wirklich was geschrieben habe. Also ich hab schon oft Musik gemacht, aber einen Song hab ich so und vor allem aus so einer *Ich-hab-den-Blues-Krise* heraus noch nie geschrieben.«

»Spielst du ihn mir vor?«, fragte Reno.

Mick war erleichtert. Er wollte seinen Song unbedingt mit Reno teilen, auch wenn er ein wenig Angst davor hatte, seine innersten, vielleicht viel zu pathetischen Gedanken und Zeilen mit jemand anderem zu teilen.

Mick setzte sich an den Flügel, spielte das Intro und begann zu singen. Er merkte, dass die Textzeilen gut mit der Musik harmonierten und sich geschmeidig singen ließen. Schon die Strophen hatten etwas Treibendes, gleichzeitig aber auch etwas Melancholisches, fast Wehmütiges. Dennoch waren sie cool. Als Mick dann zum Refrain kam und die erste Zeile sang, flippte Reno völlig aus und schrie ein »Woohoo«, gefolgt von einem langen, schrillen Pfiff. Mick prustete mitten im Song los – ein bisschen auch vor Erleichterung.

Reno umarmte Mick und schrie ihn an: »Mick, du geiler Typ, du überraschst mich. Ehrlich, was ist denn bitte hier los? Du kannst solche Songs schreiben? Also im Ernst: Ich finde das echt super. Hast du Bock, dass wir daran arbeiten und es aufnehmen?«

Reno, der gerade mal seit zwei Stunden zu Hause war, wischte sich mit der Serviette den Mund ab und ging rüber zu einem schweren Vintage-Holztisch, auf dem allerlei – wahrscheinlich sehr teure – Geräte standen. Darunter ein sehr großer Apple-Bildschirm und die vermutlich edelsten Studioboxen von Paris. Um den Tisch herum bildeten acht Keyboards eine Art Hufeisen von Musikequipment.

Reno startete seinen Apple-Rechner und begann mit einem kleinen Drumcomputer, einer Linndrum, einen Beat einzuspielen. Er loopte dazu einen Takt und spielte zuerst Bassdrum, dann Snare und zuletzt eine treibende Hi-Hat ein. Dann bat er Mick, seine Akkorde auf den Beat zu legen, und schloss dafür eines der Keyboards, einen Fender Rhodes 73, an. So schichteten sie Arrangement-Ideen übereinander, experimentierten mit Sounds und hatten einen Riesenspaß dabei. Schnell bemerkten sie, was die Nummer für eine Energie entwickelte. Um vier Uhr nachts entschieden sie, dass der Song eine fette Bassline benötigte, die sie aber nicht mit dem Keyboard einspielen wollten. Reno tippte auf seinem Handy herum. Während es am anderen Ende bereits klingelte, flüsterte er Mick zu: »Ich ruf Armand an, das ist der geilste Bassist Frankreichs und der schläft nie, solange es noch dunkel ist.«

Armand, der wegen diverser Marihuana-Vergehen keinen Führerschein mehr hatte, war ein Groove-Genie, aber eben eines ohne Auto. Also schickten sie ihm ein Uber und keine dreißig Minuten später saß Armand mit seinem Bass auf dem Schoß in Renos Studio-Wohnzimmer und wippte zu dem Sound, den die beiden in den Stunden zuvor kreiert hatten, mit dem Fuß.

Armand, der mal wieder leicht bekifft war, sagte sehr langsam und gedehnt: »Das ist ziemlich faaaat, aber was ist mit den Vocals? Wenn ich da meinen Bass drauf hupen soll, dann brauch ich vorher Melodei.«

Reno schaute Mick auffordernd an und der deutete wiederum fragend auf das Mikrofon: »Da rein?«

Mick schloss die Augen und sang die Nummer. Er hatte eine weiche, warme Stimme, die im Grenzbereich etwas rauchig wurde. Er fühlte jede Zeile, was der Nummer guttat.

Armand schien ziemlich beeindruckt von Mick und dem Stück und fing an, dazu zu spielen. Mick hatte hier und da ein paar Anmerkungen und Ideen für die Bassline und sang sie Armand vor, der schließlich sein Grinsen nicht mehr verbergen konnte. Es sah so aus, als hätte er sich direkt in die Nummer verliebt. Und das kam bei Session-Musikern wie Armand sehr selten vor. Aber alle merkten, dass hier etwas Großes entstand.

»Was wollt Ihr da hören, was soll ich spielen?«, fragte Armand.

»Es gibt in diesem Raum keinen besseren Groove-Spezialisten als dich, Armand. Spiel was du fühlst«, sagte Reno.

»Endlich mal jemand, der mich machen lässt und nicht von mir verlangt: Spiel mal so wie soundso. Danke, Reno!« Armand legte los und spielte einen enorm eigenständigen, knochigen, treibenden Basspart und ließ die Nummer fliegen.

Als die Sonne aufging, war der Song komplett eingespielt.

Mick und Reno legten sich schlafen. Das Erste, was sie machten, als sie aufgestanden waren, war, sich das Ergebnis der letzten Nacht anzuhören. Sie waren in einem sehr erschöpften, aber zufriedenen und glücklichen Zustand ins Bett gegangen und waren jetzt etwas unsicher, ob das euphorische Gefühl von gestern sie betrogen hatte. Nachdem die ersten Klänge den Raum erfüllten, lachten sie sich an. Auch mit etwas Abstand waren sie davon überzeugt, dass der Song großartig geworden war. Reno grinste bis über beide Ohren: »Lass uns die Nummer so, wie sie ist, zum Mastern geben und wenn du willst, leg ich sie morgen Abend auf. Dann sehen wir, ob nur wir beiden Holzköpfe und der verrückte Bassist die Nummer gut finden oder ob sie da draußen ein paar mehr Leuten gefällt.«

»Und ob du sie auflegst, Reno«, antwortete Mick.

Reno schickte den fertigen Mix direkt online nach New York zu Palladium Sound, seinem Lieblings-Mastering-Studio. Vier Stunden später bekamen sie ein ausgeglicheneres, sehr fettes und weniger schrill klingendes Master zurück und waren begeistert, was der New Yorker Chefingenieur noch aus dem Song herausgeholt hatte.

Am nächsten Abend legte Reno im Quarante vor fast fünftausend Menschen auf. Renos Stil als DJ war eine Mischung aus Housemusic mit Soul und R'n'B der 60er-Jahre. Er hatte auch kein Problem damit, Country-Elemente mit elektronischen Beats zu vermischen. Mick gefiel das, weil dadurch etwas Interessanteres entstand als das übliche stumpfe Gestampfe mit den Synthiesounds der anderen DJs.

Nach einem Drittel des Sets nickte Reno Mick zu, der ebenfalls auf der DJ-Kanzel stand und nun doch ziemlich nervös wurde. Jetzt würde sich zeigen, ob sich der Dancefloor leerte oder nicht. Reno war sich im Vorfeld schon relativ sicher, dass das nicht passieren würde, denn er hatte über die Jahre ein gutes Gefühl dafür entwickelt, was funktionierte und was nicht. Er startete den Track und gab ein wenig Filter auf das Intro, aber mehr griff er nicht ein, sondern ließ das Stück einfach laufen. Es war eh anders als alles, was er bisher gespielt hatte. Ein guter, treibender Beat, der sehr spezielle Bass-Sound und Groove von Meister Armand und dazu die Wärme des alten Fender Rhodes. Eine einzelne Funk-Gitarre von Reno – und Micks zurückhaltende Stimme, die einen nicht anschrie. Die Menge auf dem Dancefloor war sofort dabei, flippte beim zweiten Refrain komplett aus und Renos DJ-Kollegen kamen auf ihn zugestürmt und wollten wissen, was das für ein Stück war.

Man konnte sagen, der Test unter Realbedingungen war ein voller Erfolg.

Am nächsten Tag bekam Reno einen Anruf von Pierre Hollande, einem Executive von Santienne Records, der bestimmt vom Abend im Quarante gehört hatte und wohl vorfühlen wollte. Reno drückte ihn erst mal weg. Vorher wollte er mit Mick sprechen. Reno hasste Pierre Hollande, weil der ihn immer so anschleimte. Und das Label war einfach nur peinlich, da es richtig schlechte Musik herausbrachte, die aber trotzdem sehr erfolgreich in Frankreich war.

Reno erzählte Mick, dass Hollande darauf aus war, dem Label ein cooleres Image zu vermitteln. Santienne Records war ein Sublabel des britischen Major-Labels Global Records, dementsprechend finanziell gut ausgestattet und konnte daher lukrative Angebote machen. Beim Blick auf die teils peinlichen Veröffentlichungen zog aber kein ernsthafter Künstler eine Zusammenarbeit in Betracht. Das Label castete zum Beispiel Profimusiker, die dann als Piraten verkleidet Seemannsmusik machen mussten, was immens erfolgreich war. Für die wirklich integren Musiker kam so etwas natürlich nicht infrage. Für sie musste die Musik von der Straße kommen und nicht »industriegemacht« sein.

»Hey, Mick.« Reno blickte seinen Freund ernst an. »Wir müssen mal übers Business reden. Das ist deine Nummer, wir haben sie zusammen produziert. Lass sie uns rausbringen, aber wir müssen zuerst überlegen wie. Du weißt, wie viel da von dir drinsteckt. Wir müssen aufpassen, wen wir da mit an Bord holen.«

Mick war – was das Musikbusiness betraf – komplett unerfahren, während Reno schon einige Veröffentlichungen hatte und ziemlich gut im Geschäft war.

»Die Branche ist eine einzige Kloake, voller Speichellecker und Hyänen«, redete sich Reno in Rage. »Gerade am Anfang ist es so, dass die dich derbe ausnutzen, wenn du falsch beraten wirst. Du musst deine Weichen jetzt stellen. Du brauchst jemanden, der deine Musik nach außen trägt und vielleicht auch manchmal für dich in den Ring steigt. Der für dich kämpft, dich deinen Job machen lässt und dir dabei den Rücken freihält.«

»Welche Art Kämpfe meinst du?«, fragte Mick.

»Na ja, erstmal sind die vordergründig wahnsinnig nett zu dir, aber wenn du dir die Details der Verträge ansiehst, erscheint dir der Drogendealer aus dem Vorort dagegen wie ein fairer Geschäftsmann. Sie geben dir vielleicht einen fetten Vorschuss, aber wenn die Musik ein Erfolg wird, siehst du gar nichts mehr, weil sie dich viel zu wenig an den Rechten beteiligen. Dann ist der Vorschuss auch nichts wert. Dann erzählen sie dir vielleicht was von langfristiger Karriere, verkaufen aber – wenn sie die Rechte haben – deine Nummer für eine Joghurt-Werbung. Das gibt zwar gutes Geld, aber deine Musikkarriere kannst du danach vergessen. Da nimmt dich keiner mehr ernst. Dann bist du der Joghurtmann. Das Problem bei diesen großen Labels ist, dass sie jedem das Gefühl geben, sie wären sein größter Fan. Die sagen dir ins Gesicht, dass sie noch nie einen großartigeren

Künstler gesehen haben – der ganze Gänsehaut-pur-Scheiß. Und natürlich lieben ihre Kinder oder ihre Frauen deine Musik. Dasselbe erzählen sie aber der Naziband und dem singenden Pornostar mit den 1,5 Millionen Followern.«

»Wie würdest du in unserem Fall vorgehen, Reno?«

»Also als Erstes: Das ist dein Projekt. Ich kann dir da helfen, stell dir mein Studio zur Verfügung, aber du bist so ein krasses Talent, du brauchst mich dafür nicht. Du musst frei sein. Ich hab das gesehen.«

Er kannte Reno noch nicht lange, aber wenn Mick eine weitere Gabe hatte, dann war das seine Menschenkenntnis und sein Bauchgefühl. Und dass jemand zu ihm sagte: »Ich helfe gerne, will nix von dir und du bist hier der Protagonist«, das war ungewöhnlich. So viel wusste er übers Musikbusiness. Aber Reno war einfach so. Er war glücklich, so wie es lief. Er legte drei- bis viermal im Monat auf und fuhr damit fast sechsstellige Gagen ein. Und er hasste Verpflichtungen.

Reno rief also Germinal Bison, den ehemaligen Anwalt und Agenten seiner verstorbenen Mutter an. Germinal war berüchtigt dafür, knallhart und bestens vernetzt zu sein. Ihm entging kein Vertragsdetail, er verhandelte gnadenlos und holte das Beste für seine Klienten raus. Zudem war er selbst überhaupt nicht an Geld interessiert, da er bereits unverschämt reich war. Er war nur noch Teil des Business, um seine Machtspiele zu betreiben und auf diesem Weg den ein oder anderen jungen, attraktiven Mann kennenzulernen. Er vertrat die wirklich großen Künstler Europas und die Tatsache, dass diese über Jahrzehnte bei ihm blieben, bewies, dass er gut war.

Mick traf sich noch am selben Tag mit Germinal, dessen Büros eingerichtet waren wie das Schloss von Louis XIV. Sie plauderten und hörten sich den Song von Mick und Reno an. Germinal sah in ihm ein großes Talent. Er wirkte zwar nicht wie ein Musikexperte, aber das konnte bei Agenten auch ein großer Vorteil sein. Viel wichtiger war es, dass Mick frei in seiner kreativen Entfaltung sein konnte. Er wusste ja zu dem Zeitpunkt noch nicht mal, was er genau machen wollte. Aber die Möglichkeit, mit Musik sein Leben gestalten zu können, flutete seinen ganzen Körper mit Glückshormonen. Mick konnte gar nicht glauben, dass er tatsächlich hier saß, und hörte nicht mal richtig zu, während Germinal redete. Er tagträumte viel mehr, welche Musik er zukünftig machen wollte. Germinal würde zehn Prozent seiner Einnahmen nehmen, was Mick als sehr fair empfand. Er schlug ein – ab jetzt war Germinal Micks Anwalt.

Ein paar Wochen später fand sich Mick im Headquarter von Universum Music in Paris wieder und unterschrieb einen Vertrag über ein Album mit zwei Optionen auf Verlängerung. Seine erste Single »Donnez-moi l'espoir« war in der Zwischenzeit viral gegangen und wurde in Frankreich ein Sommerhit. Sehr bald überquerte der Song auch die Grenzen Frankreichs und wurde international erfolgreich. Mick war fassungslos, nahm sich aber keine Zeit, den Erfolg zu feiern, sondern arbeitete Tag und Nacht an seinem ersten Album. Er wohnte weiterhin bei Reno, der wieder mal monatelang in Südamerika auflegte, und nutzte dessen Studio.

Micks Debütalbum hatte einen neuen Sound, der aus alten Bausteinen bestand. Er kombinierte viel: echte akustische Instrumente, Vintage-Keyboards, treibende, tanzbare Beats, die irgendwie nicht elektronisch, aber trotzdem ungemein groovig und fett klangen. Die Harmonien waren eher einfach und immer etwas melancholisch. Große Aufmerksamkeit richtete er auf den Bass und seine Basslines. Jede musikalische Line war ausgesucht, verspielt. Die Vocals der Stücke lieferten zum Teil Gastsänger und zum Teil kamen sie von Mick selbst. Immer wieder klangen südamerikanische Latin-Elemente mit durch. Man hätte vielleicht mutmaßen können, dass Ruben, aber auch Annas Bostoner Tanzklasse Mick unbewusst beeinflusst hatten.

Nach zehn Monaten war das Album fertig und wurde veröffentlicht. Dann ging alles rasend schnell: Mick wurde zuerst ein Held des Undergrounds, was ihm eine coole, glaubwürdige Note verlieh, aber schon bald entdeckten ihn auch die Redakteure der Mainstream-Radios und spielten seine Musik. Ein Riesenschub war aber vor allem die Tatsache, dass die größten Stars der Musikwelt Micks Musik vergötterten. Sie teilten seine Musik in den sozialen Medien und waren voll des Lobes. Schon bald klingelte das Telefon bei Germinal ununterbrochen. Etliche Labels und Künstler fragten nach Kollaborationen und Features und Mick hatte große Mühe, zu entscheiden, mit welchem der Superstars er zusammenarbeiten wollte. Er traf seine Entscheidungen weise. Germinal öffnete immer größere Türen und fortan entstanden weitere Hits, die von Micks eigenständigem Sound geprägt waren. Das alles machte ihn innerhalb kürzester Zeit zu einem der erfolgreichsten und gefragtesten Produzenten und Songschreiber der Welt.

6

Die Realität hatte Heidis Pläne mit sich gerissen wie ein Tsunami. Ihre Mutter wurde zwar ein paar Wochen später wieder entlassen, doch sie war in einem schlimmeren Zustand als vorher. Ihre Leber war stark angegriffen und ihr wurde ein Entzug nahegelegt. Aber ohne den Alkohol wurde sie nur noch depressiver. Sie verfiel in ihre gewohnte Lethargie, nur dass es nun kaum noch Phasen gab, in denen sich der Nebel lichtete. Sie kam wochenlang nicht mehr aus dem Bett. In ihren alten Job als Kellnerin konnte sie in diesem Zustand nicht zurück. Wenigstens lagen keine leeren Flaschen mehr herum. Das war auch schon das einzig Gute.

Heidi kümmerte sich um alles. Sie hatte vormittags einen Job an der Kasse von Walmart, lernte am Nachmittag mit den Kindern für die Schule und half abends hin und wieder im Irvings aus. Nach außen hin versuchte sie, sich nicht anmerken zu lassen, wie ausgelaugt sie war. Unangenehme Nachfragen überspielte sie mit einem Lachen und lenkte das Thema in eine andere Richtung. Sie lernte schnell, dass sie ihr Leben nur ertrug, indem sie es niemandem auf die Nase band. Nur nicht zu viel nachdenken, einfach funktionieren. Keiner wusste, wie es wirklich in ihr aussah.

Jetzt wünschte Heidi sich sogar ihr altes Leben zurück. Sie vermisste es, sie selbst zu sein. Sie war wütend auf Gott, an den sie nicht mehr glaubte, wütend auf ihre Mutter, wütend auf ihre Geschwister und in manchen Momenten war sie sogar wütend auf ihre beste Freundin Brenda Lee, die gerade ihr bestes Leben lebte. Ein Leben, von dem Heidi nur träumen konnte. Brenda Lee tourte mittlerweile weltweit mit unterschiedlichen Bands und hatte ein ausgiebiges Techtelmechtel mit dem Sänger der Cones. Wenn sie mit Heidi telefonierte, säuselte sie verliebt in den Hörer: »Du müsstest ihn sehen, wenn er auf der Bühne steht. Er ist der Wahnsinn. Und wir sind so derbe verknallt!«

Heidi versuchte wirklich, sich zu freuen. Ihre Freundin hatte es ja verdient. Wenigstens sie konnte frei sein. Schließlich war es nicht Brenda Lees Schuld, dass sich das Schicksal gegen Heidis Familie verschworen hatte. Aber immer wenn Brenda Lee für ein paar Off-Days nach Hause kam, erzählte sie mit einer solchen Begeisterung von den aufregenden Konzerten der Bands. Für Brenda Lee war das Leben wie bei Forrest Gump eine Schachtel Pralinen, die scheinbar nie leer wurde. Immer wenn sie sich sahen, hatte Brenda Lee etwas Neues, super Spannendes erlebt. Wenn Heidi die Schachtel Pralinen öffnete, war sie leer. Jedes Mal. Und jedes Wort von Brenda Lee brannte dann wie eine Wunde, die wieder aufriss. Das hätte auch Heidis Leben sein können.

So vergingen die Jahre und irgendwann erkannte ich, dass ich mich selbst verloren hatte. Jedes Mal, wenn ich in den Spiegel sah, fragte ich mich, ob das wirklich ich war – oder nur eine Hülle, die durch die Jahre des Funktionierens geformt wurde.

Dabei ist es nicht so, dass ich nur unglücklich gewesen bin. Ich habe es geliebt, meine Geschwister aufwachsen zu sehen. Gleichzeitig wusste ich, dass ich niemals eigene Kinder haben würde. Meine einzige Hoffnung, an die ich mich klammerte, war ein leises »Vielleicht« – vielleicht würde ich noch einmal zu mir zurückkehren, wenn mein Bruder und meine Schwester selbst erwachsen wären. Ich wusste, was in mir schlummerte. Aber es in diesen Jahren der Entbehrung hervorzuholen, wäre zu schmerzhaft gewesen. Ich suchte mir eine andere Ablenkung: Wenn ich mit Männern, hin und wieder auch mit Frauen, zusammen war, dann erkannte ich mich wieder. Ich wollte keine feste Beziehung, keine zusätzliche Verantwortung. Aber die Liebe, die ich fand, war intensiv und von Freiheit geprägt. Hier konnte ich ausleben, was mir im Alltag verwehrt blieb. Ich konnte mich spüren und ja, der Ort, an den sich meine Seele in diesen Momenten des Verlorenseins in einen anderen Körper zurückzog, war dem, den ich beim Singen gefunden hatte, nicht unähnlich. Heute kann ich mit einer gewissen Uneitelkeit sagen, dass es mir nie schwerfiel, die Aufmerksamkeit potenzieller Affären auf mich zu ziehen. Und ich weiß, dass mein Aussehen mir dabei sicherlich geholfen hat. Ich war jung und schön. Meine blauen Augen und die langen, dunkelbraunen Haare zogen die Blicke auf sich. Und so liebte ich mich durch die tristen Jahre und hatte schon beinahe vergessen, wieso ich eigentlich auf dieser Erde war. Und dann, endlich, lag eine Praline in der Schachtel.

7

Es war der Morgen von Camilas 18. Geburtstag. Heidi hatte Schokoladenkuchen gebacken und 18 Kerzen darauf gesteckt. Sie wartete gemeinsam mit ihrem Bruder und ihrer Mutter in der Küche auf das Geburtstagskind, das von nun an keines mehr war. Aus Camila war eine wunderschöne junge Frau mit einer umwerfenden Lockenpracht geworden und sie war dabei, ihre eigenen Träume zu verwirklichen. Sie war auf einer renommierten Schule für Mode und Design aufgenommen worden und entwarf nun Kleider nach ihren eigenen Vorstellungen.

In einem hübschen Hippiekleid in Neonfarben stand sie lächelnd in der Küchentür und ließ sich mit einem gesungenen »Happy Birthday« feiern. Dann pustete Camila unter Applaus alle Kerzen auf einmal aus.

»Und? Was hast du dir gewünscht?«, wollte Sebastián wissen. Dabei klang er so, als ob er einen Plan verfolgen würde.

Camilas Blick wanderte zu Heidi und verweilte dort einen Moment zu lange.

»Was ist denn los, Camila?«

»Heidi«, begann sie. »Ich weiß, man soll nicht laut sagen, was man sich wünscht. Das tu ich auch nicht, aber damit mein Wunsch in Erfüllung geht, dafür brauche ich dich.« Camila sah Heidi noch eindringlicher an.

»Hmm?«

»Okay, pass auf. Es gibt einen recht neuen Club in der Stadt, er heißt Blue Night. Die veranstalten einmal im Monat eine Open Stage. Ich war da schon ein paar Mal und da sind wirklich gute Leute am Start.«

Heidi überkam eine dunkle Vorahnung. Ihr Herz begann schneller zu klopfen. Was hatte Camila denn vor? Sie wollte jetzt alles, nur nicht über Musik nachdenken. Es weckte einfach zu viele Erinnerungen. Noch bevor ihre Schwester weiterreden konnte, ahnte Heidi, worauf das alles hinauszulaufen schien. Aber das konnte sie vergessen.

»Camila …«, setzte Heidi zu einer Antwort an.

»Jetzt lass mich ausreden, bitte«, wurde sie von ihrer Schwester unterbrochen. »Also ich … ich hab dich da angemeldet für heute Abend«. Camila biss sich auf die Unterlippe und machte ein Gesicht wie früher, wenn sie etwas Verbotenes getan hatte.

»Überraschung«, rief Sebastián und pustete dazu in eine dieser unsäglichen Papiertröten.

Wenn die Situation eine andere gewesen wäre, hätte Heidi das fast witzig gefunden. Aber dazu ließ die aufsteigende Panik keinen Platz. Das letzte Mal hatte sie vor ungefähr acht Jahren auf einer Bühne gestanden. Das konnte Camila komplett knicken, Geburtstag hin oder her. Das würde sie nicht überleben, auf keinen Fall.

»Du hast was? Camila, nein. Das kannst du nicht machen.« Sie sah ihre Schwester flehentlich an.

»Das hab ich aber schon gemacht. Und heute ist immerhin mein Geburtstag. Ich weiß, was du die letzten Jahre, ach was, mein ganzes Leben lang für uns gemacht hast, wenn Mom es nicht konnte. Ich hab im Gegensatz zu dir nicht vergessen, wer du bist, Heidi«, sagte Camila.

Volltreffer. Heidis Herz knallte gegen ihr Rippen. Dann wurde Heidi still.

»Wer ich mal gewesen bin, meinst du.« Sie spürte, wie ihre Augen feucht wurden. Sie wollte nicht anfangen zu heulen, nicht jetzt. Es war schließlich Camilas Geburtstag.

»Mein Gott. Jetzt komm schon. Du bist noch immer dieser Mensch. Denkst du echt, wir hören dich nicht, wenn du spät in der Nacht Gitarre spielst?« Camila sah Heidi kopfschüttelnd an und Sebastián nickte heftig. Und dann geschah etwas Seltsames: Heidis Mutter, die noch immer Camilas Geburtstagsgeschenk in der Hand hielt, begann zu summen.

Heidis Augen weiteten sich. Die Melodie kannte sie. Es war der Refrain von »Mi Alma«, einem ihrer allerersten Lieder. Sie hatte ihn seit Jahren nicht mehr gespielt – und nicht gewusst, dass ihre Mutter ihn je bewusst wahrgenommen hatte. Sie hatte bisher nie großartiges Interesse an ihrer Musik gezeigt.

»Woher kennst du den Song, Mom?«, schluchzte Heidi.

Ihre Mutter hörte sofort auf zu singen. Es kam keine Antwort, was keinen überraschte.

Die anderen hatten recht. Es hatte gedauert, bis sie wieder zur Gitarre gegriffen hatte. Ihre Leidenschaft war leise zurück in ihre Seele gekrochen. Zunächst waren es nur die Träume, die sich veränderten. Beziehungsweise die Tatsache, dass sie überhaupt wieder träumte. Die meiste Zeit war sie nämlich viel zu erschöpft dafür. Doch seit ein paar Monaten blitzten Zeilen alter Songs auf und so etwas wie eine innere Stimme erinnerte sie an den Menschen, der sie einmal gewesen war. An die Heidi, die etwas zu sagen hatte. Die ihre Stimme benutzen wollte, um die Welt zu einem besseren Ort zu machen. Stattdessen hatte sie das Gefühl, dass sich um sie herum alles zum Schlechten wandelte. Oder war es ihr Blick auf die Welt, der sich verändert hatte? Während sich Sunset Park immer mehr zu Sunrise Park entwickelte, war sich Heidi sicher, dass das nicht für sie galt.

Jeden Tag dieselbe Schleife: Walmart, Café, Bar – ohne Ausweg. Die Miete stieg, ihr Lohn nicht. Heidi fühlte sich nur noch wie ein Zuschauer in ihrem eigenen Film, unfähig, die Handlung zu beeinflussen. Der Streifen war schlecht und das Popcorn längst alle.

Dass Amerika einem narzisstischen Präsidenten, der Frauenfeindlichkeit offen zeigte, wieder seine Stimme gegeben hatte, war für Heidi unverständlich. Diese egozentrische Denkweise schien sich weltweit auszubreiten und Parolen wie »America First« widerten sie an.

Wieso konnten sich die Menschen nicht mit einem liebevollen Blick betrachten, wieso sahen sie nur das Schlechte aneinander? Am schlimmsten aber war, dass die Menschen die Hoffnung verloren hatten. Heidi aber spürte, dass es da noch etwas gab. Etwas, das sie durch die finsteren Jahre getragen hatte, obwohl es nur in ihrem Innersten zu hören gewesen war: ihre Musik.

Heidi hatte diesen Teil von sich so lange verdrängt, aber eines Tages war ihr klar geworden, dass sie ihre Stimme wiederfinden musste, nicht nur für sich selbst, sondern um gegen all das anzusingen, was in ihr und um sie herum falsch lief. Vielleicht konnte sie durch die Musik wieder einen Funken Hoffnung entfachen, den sie selbst fast verloren hatte.

Sie spürte, wie sich eine alte, vertraute Energie in ihr regte. Diese Gedanken und Gefühle mussten irgendwohin. Und das einzige Gefäß, das sie dafür hatte, lag alt und verstaubt unter ihrem Bett.

Zuerst träumte sie nur davon, diesen Koffer, der für sie ein

Tor zu einer anderen Welt darstellte, wieder zu öffnen. Sobald sie ihre Augen schloss, griffen ihre Hände nach ihrer Gitarre. Und jede Nacht wurden ihre Träume intensiver und ließen sich schon bald auch tagsüber nicht mehr ignorieren.

Also holte Heidi schließlich den alten, braunen Gitarrenkoffer wieder hervor, der seit so langer Zeit unter ihrem Bett lag. Sie pustete dicke, graue Flocken vom Leder und schob die metallenen Verschlüsse nach oben. Klack. Ein vertrautes, warmes Gefühl durchfuhr sie, als sie das Instrument vor sich liegen sah. Behutsam nahm sie die Gitarre heraus, als würde sie einen Schatz bergen. Einen, den sie selbst vergraben und dann vergessen hatte. Und mit ihm eine Seite von ihr, die sie jeden Tag vermisst hatte.

Die Gitarre lag in ihrem Schoß, ihre Finger schlossen sich um den Gitarrenhals und griffen sofort ihren Lieblingsakkord. A-Moll. Heidi schloss die Augen. Es war fast wie beim ersten Mal, als sie den Brief von Papa in den Händen gehalten hatte. Die Gitarre klang alt und abgenutzt, furchtbar verstimmt und trotzdem: Das Schwingen nur einer Saite beruhigte sie mehr als jede verdammte Yogaübung, bei der sie statt ihrer Mitte immer nur einen Schmerz im Rücken spürte.

Schon bald floss die erste Melodie durch sie hindurch, als hätten Tausende Ideen nur darauf gewartet, entdeckt zu werden. Nachts fühlte sie den Zauber wieder, doch bei Tageslicht erinnerte sie alles nur an den Preis, den sie hatte zahlen müssen. Es wäre zu schmerzhaft gewesen, die Musik wieder ganz in ihr Leben zu lassen und ein weiteres Mal zu scheitern.

Und jetzt verlangte Camila genau das. Eine Bühne, heute Abend? Unvorstellbar.

»Na gut, ich werde es machen. Weil du Geburtstag hast«, hörte sie sich sagen. War sie jetzt völlig verrückt geworden? Warum hatte sie das gesagt? Wer hatte das gesagt? Sie würde niemals einen Ton herausbekommen.

»Doch nicht weil ich Geburtstag habe, Heidi. Weil du da verdammt noch mal hingehörst. Du bist mittlerweile vielleicht etwas zu alt fürs College, aber jung genug, um der Welt zu zeigen, wer du bist.« Camila strich ihrer Schwester übers Haar.

Heidi schwitzte. So aufgeregt war sie seit Jahren nicht mehr gewesen. Es fühlte sich an, als würde sie endlich wieder spüren, wer sie eigentlich war. Sie hatte ihre eigene Wahrheit so viele Jahre verdrängt, damit ihre Familie überleben konnte.

»Ich bin jetzt endlich 18, Heidi. Verdammt, ich verdanke dir alles. Wenn du nicht gewesen wärst, hätte ich es nie auf die Modeschule geschafft. Ich wünsche mir, dass du jetzt endlich mal an dich denkst.«

Heidis Blick wanderte zu Sebastián, der mittlerweile zwei Köpfe größer war als sie. »Um mich brauchst du dir keine Sorgen zu machen«, ertönte die tiefe Stimme ihres Bruders, der inzwischen ein schlacksiger Teenager war, nie mehr Worte als nötig verlor und eine Ausbildung als Rettungssanitäter anstrebte. »Ich hab ab nächsten Monat einen Job als … ähh …«

»Bademeister«, beendete Camila trocken den Satz. Dann prusteten sie alle drei los.

»Wo, Coney Island Beach?«, fragte Heidi, nachdem sie sich wieder beruhigt hatte. Sie stellte sich ihren eher schmächtigen Bruder im Baywatch-Kostüm vor und hielt sich erneut den Bauch vor Lachen.

»Ähm, nö. Im Recreation Center Sunset Park. Aber die zahlen tatsächlich 18 Dollar die Stunde, also keine Sorge wegen der Kohle.«

»Ihr seid ja echt verrückt. Habt ihr das alles ohne mich ausgeheckt oder wie?« Heidi schüttelte den Kopf.

»Und? Machst du's jetzt?«, wollte Sebastián wissen.

»Na gut. Ich tu euch den Gefallen. Es ist ja erst mal nur dieser Abend. Ihr habt allerdings keine Ahnung, wie ich euch blamieren werde.«

Den ganzen restlichen Vormittag verbrachte Heidi allein in ihrem Zimmer und versuchte, sich an ihre alten Songs zu erinnern. Es dauerte nicht lange, schon fielen ihr Worte und Akkorde ein, und nach einigen Versuchen waren alle Sätze wieder an der richtigen Stelle. Plötzlich war da wieder dieses alte, längst verloren geglaubte Gefühl. Aber irgendetwas war anders. Die einst so kraftvollen Worte hatten nicht mehr die gleiche Wirkung auf sie. Vielleicht, weil das Leben es besser gewusst hatte. Plötzlich wurde Heidi von einer Energie in Besitz genommen, die ihr zu befehlen schien, was der nächste Schritt war.

Heidi wollte schreiben. Endlich wieder schreiben. Sie holte ein noch verpacktes Notizbuch hervor, nahm ihre Gitarre und ließ sich einfach treiben. Sie zupfte sanft die Saiten, eine nach der anderen. Stellte sich den Sound eines Klaviers dazu vor. Und dann kam von irgendwoher die Melodie, die alles in sich trug, was sich in ihr angestaut hatte. Die Worte, die sich wie von selbst bildeten, erzählten den Schmerz, der nun endlich einen Weg nach draußen fand. Nach einer Stunde schloss sie zufrieden ihr Buch. Der Song war fertig.

Sie suchte in ihrer Kommode nach einem Outfit für heute Abend. Die Ausbeute war ernüchternd. Sie hatte genau ein schulterfreies Oberteil, das sie für einigermaßen bühnentauglich befand. Wenn man ein Auge zudrückte. Sie zog ihre enge Jeans an und schlüpfte in ihre schwarzen Boots. Umrandete ihre blauen Augen mit etwas schwarzem Kajal und tuschte ihre Wimpern, puderte ihr Gesicht und verteilte Rouge auf ihre Wangen. Sie band ihre langen Haare zu einem seitlichen Zopf und war zufrieden. Kein weltbewegender Look, aber irgendwie auch nicht ganz übel.

Camila holte sie pünktlich und schon leicht beschwipst mit einigen ihrer besten Freunde im Schlepptau ab. Heidi schlüpfte in ihren Mantel und nahm den Gitarrenkoffer in die Hand.

8

Das Blue Night lag ein wenig versteckt im East Village von Manhattan und war bereits am frühen Abend gut gefüllt. Der Club verströmte eine warme Atmosphäre: Sanfte Jazztöne umhüllten die angeregten Gespräche des Publikums, einer Mischung aus Musikliebhabern, Künstlern, Studenten und anderen Figuren der Nacht. Das Design erinnerte ein wenig an die goldenen Zeiten des New Yorker Nachtlebens.

An den holzverkleideten Wänden hingen Schwarz-Weiß-Fotografien bekannter Jazz- und Soul-Größen. Elegante Kronleuchter tauchten die samtbezogenen, dunkelroten Sitzmöbel in schummriges Licht und eine Bar aus dunklem Mahagoni verlieh allem einen Hauch Art déco. Heidi brachte ihre Gitarre zur Bühne, die sich im Zentrum des Blue Night befand. Dort hatten sich bereits die anderen Künstler des Abends versammelt.

Ein dicker Mann mittleren Alters stellte sich ihr als »Mo« vor. Er war für das musikalische Programm an diesem Abend zuständig und strahlte eine Ruhe aus, die Heidi guttat. »Und du bist?«, fragte er in ziemlich breitem Akzent.

»Heidi Morales. Meine Schwester hat mich angemeldet.«

Mo checkte kurz seinen Notizblock. »Okay, mal sehen …«, murmelte er. »Du spielst nach Sam«, meinte er schließlich und zeigte auf einen jungen schwarzen Mann, der sich im Gegensatz zu Heidi richtig herausgeputzt hatte. In seinem edlen Hemd mit den Hosenträgern und mit seiner Schiebermütze, die er höflich lupfte, als er sich vorstellte, wirkte er wie aus einer anderen Zeit.

»Er ist der Erste. Bitte nicht länger als 15 Minuten, die anderen wollen auch noch. Soundcheck kannst du jetzt kurz machen, wenn du willst. Lass dein Instrument am besten gleich auf der Bühne. Sam drückt ja die Tasten. Wünsch dir einen geilen Auftritt. Übrigens«, fuhr Mo fort und winkte alle zusammen, »gut möglich, dass Mick Montgomery heute hier ist. Ihr kennt ihn sicher …«

»Oh mein Gott«, entfuhr es einer jungen Frau im rosa Paillettenkleid, die es mit ihrem Make-up etwas übertrieben hatte. Ihre Zähne waren voller Lippenstift und Heidi wies sie mit einer dezenten Geste darauf hin.

Heidi versuchte, ruhig zu bleiben. Natürlich kannte sie Mick Montgomery. Jeder kannte ihn. Er war einer der international erfolgreichsten Produzenten. Seine Handschrift erkannte man unter Tausenden heraus. Er hatte mit den Größten der Branche gearbeitet: Beyoncé, Lady Gaga, Taylor Swift. Was zur Hölle wollte er im Blue Night?

»Weißt du was über ihn?«, flüsterte Heidi der Pailletten-Frau zu.

»Oh, Darling. Niemand weiß etwas über ihn. Die Montgomerys sind steinreich und eine der einflussreichsten Familien in den USA. Angeblich hatte Mick aber keinen Bock mehr auf seine Alten, ist nach Europa abgehauen und hat sich alleine durchgeschlagen. So erzählt man es sich zumindest«, sagte sie, während sie sich ihre üppigen Brüste zurechtrückte, die in einem viel zu engen BH steckten. »Ich weiß aber, dass er verdammt sexy ist.«

»Aber was zur Hölle macht er hier?«, fragte Heidi.

»Ich hab keine Ahnung. Aber Mick erkennt wahre Talente, und was soll ich sagen? Ich hab gleich zwei davon.« Sie schürzte ihre Lippen, während sie mit beiden Zeigefingern auf ihre Oberweite deutete.

Heidi lachte laut los. Sie fing sich aber schnell wieder. Jetzt musste sie erstmal mit dieser unerwarteten Nachricht klarkommen. Mick Montgomery war eigentlich ein Phantom. Er gab keine Interviews und wirkte auf den seltenen Bildern unnahbar und bisweilen arrogant. Was sie aber musikalisch von ihm kannte, gefiel ihr wahnsinnig gut. Der Sturm in ihrem Innern, der sich gerade erst gelegt hatte, wurde erneut entfacht.

Sie versuchte, den Gedanken an den Produzenten zu verdrängen, während sie die Saiten ihrer Gitarre stimmte. War er wirklich heute hier? Vielleicht würde sie es sich doch noch mal anders überlegen und kneifen. Sie redete sich ein, dass seine Anwesenheit nichts ändern würde. Aber ihre schwitzigen Hände verrieten etwas anderes.

Beim Soundcheck hauchte sie allenfalls ins Mikro, so sehr vermied sie es, Aufmerksamkeit zu erregen. Sie schrammelte ein paar Akkorde und sah betreten zu Boden.

Von dem Gutschein, den Mo ihr in die Hand gedrückt hatte, bestellte sie sich etwas zu trinken an der Bar. An ihrer Coke nippend hielt sie Ausschau nach Montgomery.

Sie entdeckte ihn tatsächlich an einem separierten Tisch in einer kleinen Nische, zusammen mit einer Gruppe schräg aussehender Typen. Oh Scheiße, durchfuhr es sie wie ein Blitz und sie sah schnell wieder weg. Ihr allererster Auftritt und dann war kein Geringerer als Mick Montgomery im Publikum. Sie musste cool bleiben. Einfach nicht mehr hinsehen. Heidi blickte stattdessen in Camilas Richtung, die mit ihren Freunden an einem der Tische saß. Wenigstens musste sie jetzt keinen Small Talk halten. Das Alleinsein beruhigte sie. In wenigen Minuten würde sie eine andere Welt betreten und versuchen, mit ihrer Musik eine Verbindung zu schaffen.

Es ging los. Die Lichter wurden gedimmt und Sam trat auf die Bühne. Seine Vorstellung war charmant, aber auch ein bisschen langweilig. Seine Finger flogen virtuos über die Tasten und die Menge applaudierte brav, aber seine Stimme konnte nicht einlösen, was seine Worte versprachen. Heidi war sich sicher, dass sie im Vergleich dazu etwas mehr Aufmerksamkeit bekommen würde. Sie wunderte sich, wo das Selbstbewusstsein auf einmal herkam, aber schaden konnte es nicht.

Heidi sah immer wieder zu Montgomery, der den Auftritt kaum verfolgte und nur hin und wieder einen Blick Richtung Bühne warf. Nach dem ersten Song verließ er seinen Platz und ging nach draußen. Mein Gott, was für eine respektlose Geste, dachte Heidi. So schlecht war Sam nun auch wieder nicht. Jetzt war sie wirklich angestachelt und bereit, ihm zu zeigen, was sie konnte. Wenn er es denn überhaupt mitbekäme.

Der letzte Song von Sam ging zu Ende und schon fiel ihr Name. Erhobenen Hauptes betrat sie die Bühne. Sie vergaß, dass sie eigentlich erst ein paar Worte hatte sagen wollen, und schloss stattdessen gleich ihre Augen. Versank in ihre Welt. Es war unbeschreiblich, was sie dort innerhalb eines Augenblicks fand. Alle Fäden ihres Lebens führten hier zusammen. Sie sah ihren Vater, der sie mit seinen liebevollen Augen anblickte, im nächsten Augenblick erschien Camila, dann Mr. Jones, wie er sie anfeuerte, die lachende Brenda Lee und gleich darauf das traurige Gesicht ihrer Mom. Die leeren Flaschen. Sie spürte Wut, Ängste, Zweifel, Wahrheit, Lüge und dann … nichts mehr. Alles löste sich mit den ersten Klängen ihrer Gitarre auf und Heidi fand sich an einem friedlichen Ort wieder. Der Strudel in ihrem Kopf beruhigte sich mit jeder Note, die sie spielte.

Die Stimmung im Raum änderte sich schlagartig. Heidi sang den ersten Ton und alle Gespräche verstummten. Man hätte eine Stecknadel fallen hören können.

zum Song

Why Should I Cry For You

I don't see a reason
To give in, to give up, speak out against the odds
Was I made to stay here
Forever and ever

Why should I cry for you
Why should I cry you
My dreams in a glass of blue

In the blink of an eye
I can make them mine again
But why should I cry for you

Words – they came out so easy
Of the silent sea
To settle in my song
But I'm here
Lost in predestination
Aren't we all

Why should I cry for you
Why should I cry you
My dreams in a glass of blue
In the blink of an eye
I can make them mine again
But why should I cry for you

Als Heidi fertig war, herrschte Stille. Sie öffnete ihre Augen und konnte spüren, dass ihr Song etwas ausgelöst hatte. Die Menschen wirkten wie angefasst. Es dauerte eine gefühlte Ewigkeit, bis jemand zu klatschen begann. Aber dann gab es kein Halten mehr. Der Applaus war umwerfend und trieb ihr direkt die Tränen in die Augen. So fühlte sich Glück an, verdammt.

»Heidi! Du warst der Wahnsinn. Krass« Camila stürmte strahlend auf sie zu und ihre Freunde jubelten laut. »Danke, vielen Dank, Leute«, sagte Heidi, während sie versuchte, Mick Montgomery aus den Augenwinkeln zu erspähen. Sie konnte ihn nirgends entdecken. Hatte er ihren Auftritt überhaupt mitbekommen? Wahrscheinlich war er einfach gegangen, bevor sie zu spielen begonnen hatte. Sie stellte fest, dass sie sich leer fühlte. Nicht, dass sie sich große Hoffnungen gemacht hätte. Es wäre auch zu schön gewesen, um wahr zu sein.

Ein paar Leute aus dem Publikum gratulierten ihr zu ihrem

gelungenen Auftritt, aber Heidi merkte, dass sie das Lob gar nicht an sich heranließ. Sie kam einfach nicht über den Gedanken hinweg, dass sie möglicherweise eine riesengroße Chance verpasst hatte. Nun gönnte sie sich einen richtigen Drink an der Bar. Als Nächstes war die Paillettenkleid-Frau mit dem vielen Make-up dran. Sie schritt divenhaft auf die Bühne und während ihr schmächtiger Pianist das Intro spielte, begann sie mit ausladenden, Mariah-Carey-artigen Handbewegungen ihren eigenen Gesang zu dirigieren. Sie klang ein bisschen wie eine aufgescheuchte Henne, fand Heidi. Das war etwas fies von ihr, aber sie merkte, wie sie sich angesichts der schlechten Performance tatsächlich langsam besser fühlte.

Eine sanfte Berührung an der Schulter riss sie aus ihren Gedanken. Als sie sich umdrehte, stand er plötzlich vor ihr. Blondes, leicht gewelltes Haar, das ihm lässig ins Gesicht fiel. Leichter Schlafzimmerblick. Seine Hände steckten halb in den Hosentaschen. Seine Augen schimmerten ihr blau entgegen.

»Hey, du warst wirklich toll gerade.« Mick ließ die Worte fast beiläufig fallen, während er an ihr vorbeiging, als wäre das alles nicht so wichtig.

»Ähh. Dankeschön …«, brachte Heidi mit leiser Stimme hervor. Ihre Hand zitterte leicht. Sie nahm all ihren Mut zusammen und rief ihm hinterher: »Hey … ähm. Warte doch mal!« Ihre Worte klangen aufdringlicher, als sie beabsichtigt hatte. »Ich … ich weiß, wer du bist.«

Mick blieb stehen, drehte sich langsam zu ihr um, ein kaum merkliches Lächeln auf den Lippen, als ob er diese Situation schon oft erlebt hatte. »Ach ja?«

Heidi spürte, wie ihre Kehle sich zuschnürte. »Ja, du bist Mick Montgomery, oder?« Ihre Stimme klang fest, doch innerlich kämpfte sie gegen das Gefühl an, dass sie sich gerade auf dünnem Eis bewegte.

Er musterte sie für einen Moment, sein Blick prüfend. »Schon möglich«, erwiderte er schließlich, als wäre es ihm gleichgültig.

»Ähm. Ich bin Heidi«, sagte sie und schob noch einen unsicheren Lacher hinterher. Oh nein. Sie musste cool bleiben. Aber ihr Herz pochte viel zu schnell und jetzt wurde sie auch noch rot.

»Hi, Heidi.« Micks Augenbrauen zogen sich fragend nach oben.

»Also, ich … Hättest du Lust, mit mir was zu trinken?«, platzte es aus ihr heraus. *Oh Gott. Hatte sie das gerade wirklich gesagt? Hättest du Lust, mit mir was zu trinken? Sehr kreativ.*

Mick hielt inne, sah sie an und für einen Moment war da ein Ausdruck in seinen Augen, den sie nicht deuten konnte.

»Eigentlich nicht, nein«, antwortete er schließlich, so ruhig, dass es fast schon wehtat.

Wie peinlich. Jetzt hatte ihr Gesicht ganz sicher die Farbe einer Tomate.

Doch dann, als hätte er ihre Enttäuschung gespürt, huschte ein Lächeln über seine Lippen. »Aber lass uns doch nach draußen gehen, wenn du willst. Es ist verdammt stickig hier drin«, fügte er hinzu, als wäre das die natürlichste Sache der Welt, und deutete Richtung Ausgang.

Heidi blieb wie angewurzelt stehen. Erst als er schon durch die Tür verschwunden war, ging sie endlich hinterher. Ein kühler Luftschwall wehte ihr entgegen. Sie atmete tief durch.

Mick zündete sich eine Zigarette an. »Auch eine?« Er hielt ihr die Packung hin.

»Nein, danke, ich rauche nicht«. Heidi bemerkte, dass ihre Hände zitterten. Sie steckte sie schnell in die Hosentaschen.

»Dieser Flamingo, der da gerade singt, macht mich wahnsinnig. Kriegt keinen Ton ohne einen Schlenker raus«, murmelte Mick und nahm einen tiefen Zug von seiner Zigarette.

»Du bist aber kritisch. Für einen Flamingo singt sie doch nicht schlecht.« Heidi versuchte, locker zu klingen, während sie sich gegen die kalte Mauer lehnte. In Wahrheit wollte sie einfach nur wissen, was er wirklich dachte – und zwar über sie.

»Haha. Mag sein« Mick ließ den Rauch langsam entweichen,

sein Blick verlor sich kurz in der Ferne. Dann wandte er sich wieder Heidi zu. »Aber dein Auftritt …« Er kam ins Stocken, als ob er die richtigen Worte erst noch finden musste.

Mick war beeindruckt. Um ehrlich zu sein, sie hatte ihn umgehauen. Die Art, wie sie sang, direkt und ohne Imponiergehabe. Pur und schnörkelos. Ihr Gespür fürs Songwriting. Aber da war noch mehr. Ihm gefiel, wie unprätentiös sie ihn angesprochen hatte. Sie hatte gar nichts mit den Mädchen gemein, die ihn üblicherweise umgarnten und sich von ihm eine Eintrittskarte in die Unterhaltungsbranche erhofften. Die meisten von ihnen würden alles dafür tun. Das alte Klischee von der schnellen Nummer mit einem Produzenten hielt sich hartnäckig in den Köpfen. Für Männer wie ihn war es gefährlich geworden. Ein falscher Blick, ein böses Wort und schon wäre auf Social Media die Hölle los. Er war da sehr zurückhaltend, ganz der Gentleman-Producer, und arbeitete selten mit einer weiblichen Künstlerin allein in einem Raum. Er hätte wahrscheinlich jeden Abend jemanden abschleppen können, aber Sängerinnen waren für ihn eh tabu und mit Künstlerinnen im Allgemeinen hatte er nach Anna abgeschlossen. Hin und wieder hatte er Dates mit Frauen aus allen möglichen Branchen. Es waren durchaus Interessante dabei, klug, wortgewandet, und manche waren sogar witzig. Aber er blieb immer auf Distanz und ließ keine zu nah an sich ran. Das war vermutlich der Preis, den er für sein Leben bezahlen musste. Das Bild des leidenden Künstlers war wie für ihn geschaffen. In seiner Wahrnehmung füllte die Kunst stets einen Mangel aus. Und mit jedem Schritt zum Erfolg schien das eigene Privatleben mehr und mehr zu schrumpfen, bis es nur noch ein verkohlter Klumpen war, aus dem man nicht mehr viel machen konnte – außer große Kunst.

Er bemerkte, dass sie die ganze Zeit über nichts gesagt hatte. Sie sah ihn einfach nur an. Drängte sich ihm nicht auf. Das Schweigen war nicht unangenehm. Das war neu für ihn. Er wollte mehr über diese junge Frau wissen.

»Also, ich mag sehr, was du da gemacht hast heute. Wann

trittst du das nächste Mal auf?« Mick nahm einen weiteren Zug von seiner Kippe.

»Hmm. Vielleicht in zehn Jahren?«, erwiderte Heidi trocken.

Mick fing an zu lachen. Witzig war sie auch noch.

»Nein, nein, das meine ich ernst. Das war mein erster Auftritt seit acht Jahren oder so. Meine Schwester hat mich überredet, heute hier aufzutreten.«

Mick spürte, dass es sie Überwindung gekostet haben musste, das zuzugeben. »Tolle Schwester hast du.« Er dachte an seine eigene Schwester Abigail, mit der er nichts gemein hatte. Sie hatte in all den Jahren nicht ein Wort über seine Musik verloren. Kein einziges. Heidi faszinierte ihn. Da hatte sie so unglaubliches Talent und nutzte es nicht. Dabei sah sie schon aus wie ein Star. Und das lag nicht an dem, was sie anhatte, sondern an dem, was sie ausstrahlte. Charisma konnte man nicht kaufen, man hatte es oder man hatte es nicht, so einfach war das.

In ihm formte sich eine Idee. Normalerweise war das nicht sein Stil. Er zögerte noch einen Moment, dann machte er ihr das Angebot. »Deine Stimme hat echt was Besonderes, Heidi. Ich würde dich gern mal zu mir ins Studio einladen.«

»Ins Studio? Das … das wäre unglaublich.«

»Perfekt. Wie wär's, wenn wir uns gleich morgen treffen? Wir könnten einfach mal ein paar Sachen ausprobieren und sehen, wohin das führt?« Mick versuchte, das dezente Prickeln zu ignorieren, das sich in seiner Magengegend breitmachte.

Heidi nickte und notierte sich die Adresse in einem lilafarbenen Notizbuch, dass sie aus ihrer Jacke hervorzog. Er musste erneut grinsen. Wer hatte im Zeitalter von Smartphones denn noch Notizbücher dabei?

»Gegen 14 Uhr? Passt das?«, fragte er.

»Super«, antwortete sie mit einem breiten Grinsen, was den Blick auf die kleine Zahnlücke freigab, die ihm schon beim Singen aufgefallen war.

Mick drückte seine Zigarette auf dem schwarzen Asphalt aus. »Dann bis morgen, Heidi. Ich freu mich.«

»Ich mich auch.« Heidi blickte Mick Montgomery hinterher, der in der Nacht verschwand.

Fassungslos starrte sie auf die Adresse, die sie sich notiert hatte. Es fühlte sich an, als würde etwas Großes passieren. Etwas, das ihr Leben verändern könnte. Und sie merkte, wie die Angst in ihr hochstieg. Was, wenn sie ihren Traum ein zweites Mal verlieren würde? Das würde sie nicht überleben. Sie steckte das Notizbuch zurück in die Tasche, holte ihre Gitarre aus dem Club und ging nach Hause.

9

Die Adresse, die sie sich notiert hatte, befand sich im Künstlerviertel Greenwich Village. Heidi war viel zu früh dran, also schlenderte sie an den gemütlichen Cafés vorbei und blieb vor einigen hübschen Vintage-Läden stehen, ohne wirklich etwas anzusehen. Sie war viel zu nervös, um an etwas anderes zu denken als an ihr Treffen mit Mick. Sie hatte die ganze Nacht kein Auge zugetan, weil sie noch immer nicht begreifen konnte, welch unerwartete Wendung der gestrige Abend genommen hatte. Gleich würde sie in einem professionellen Tonstudio mit einem der besten Produzenten überhaupt gemeinsam an ihrer Musik arbeiten.

Heidi kannte diese Ecke New Yorks. In derselben Straße befand sich nämlich eines der bekanntesten Tonstudios der Welt: die Voodoo Child Studios. Wie oft war sie schon an dem schokoladenbraunen, eher unscheinbaren Gebäude mit dem weltberühmten Logo vorbeigegangen und hatte davon geträumt, hier ihre Musik aufzunehmen. In schweren Limousinen waren hier schon Stars wie die Rolling Stones, David Bowie oder Taylor Swift vorgefahren.

Und jetzt war sie tatsächlich in derselben Gegend und Mick Montgomery wartete auf sie. Heidi sah auf die Uhr und gab sich noch fünf Minuten. Sie wollte keinesfalls zu früh sein. Kurz nach zwei Uhr hielt sie es nicht mehr aus und rannte zu der von

Mick genannten Adresse: 52 West 5th Street. Hektisch suchte sie alle Hausnummern ab. Ihr Herz raste und Schweiß trat auf ihre Stirn. In ihrem Kopf drehte sich alles. So etwas passierte doch allenfalls in einem Film. Die Adresse war dieselbe wie die der Voodoo Child Studios. Vielleicht sollte sie doch umdrehen. Das war mindestens zehn Nummern zu groß für sie. Ihr Gehirn war völlig überfordert, aber auf Heidis Körper war Verlass. Sie klingelte.

Ein junger, schräger Typ in einem kurzen, bunt gemusterten Anzug, nahm sie überschwänglich in Empfang. Es fühlte sich an, als wäre sie wirklich jemand Besonderes. Heidi nannte ihren Namen und erklärte, zu wem sie wollte.

»Kurzes Sekündchen, Herzchen, ich klingel da mal kurz durch. Warte mal … Möchtest du einen Cappuccino oder etwas anderes?«, fragte er, während er schon den Hörer in der Hand hielt.

»Nichts, danke.« Heidi sah sich um. Der Raum war stilvoll eingerichtet. Legendäre Plattencover und Fotografien berühmter Musiker zierten die Wände. Jimi Hendrix. Mick Jagger. Daft Punk.

Heidi ließ sie sich in einen der üppigen Ledersessel fallen und schloss einen Moment lang die Augen. Sie sog das Flair des Studios tief in sich ein. Es roch ganz leicht nach Patschuli und einem Hauch Vanille. Aus einem alten Plattenspieler plätscherte sanfte Gitarrenmusik vor sich hin. Man konnte die Energie in der Luft fast greifen, als sie sich vorstellte, wer hier bereits alles vor ihr gesessen hatte.

»Hey, Heidi, wie schön, dass du da bist«, ertönte die warme Stimme von Mick. Heidis Herz schlug schneller. Sie öffnete die Augen. Vor ihr stand Mick und breitete seine Arme aus. Jetzt nahm sie auch seinen markanten, dennoch subtilen Duft wahr. Er roch warm und erdig. Sie merkte, wie die Anspannung von ihr abfiel.

»Hey, Mick. Das ist also dein Studio. Klar, wieso auch nicht «, bemerkte Heidi beiläufig, als ob es keine große Sache wäre, in den berühmtesten Studios der Stadt zu stehen und dieselbe Luft zu atmen wie einst Joni Mitchell.

»Ich weiß. Ich wollte dich nicht gleich verschrecken. Ich bin gerade ein paar Wochen hier eingebucht… Also willkommen in den Voodoo Child Studios, Mylady.«

Mick machte einen übertriebenen Knicks, als wäre sie die Königin von England. Heidi spielte mit, reichte ihm vornehm ihre Hand und ließ sich von ihm aus dem Sessel hochziehen.

»Nicht in die Augen sehen«, sagte Heidi mit gespieltem Ernst, den sie nicht lange durchhielt, und beide kicherten, als wären sie zwei Teenager.

Mick führte Heidi ein Stockwerk höher in einen großen, durch Vorhänge leicht abgedunkelten Raum, der eine behagliche Atmosphäre ausstrahlte und durch eine große Glaswand in mehrere Bereiche unterteilt war. Er zeigte ihr die Regie, in der ein gigantisches Mischpult stand. Hinter den Reglern saßen ein Typ mit schulterlangem, blondem Haar und muskulösen Armen sowie eine junge, schmale Frau mit Brille.

»Das sind Lena und Dexter. Sie kümmern sich unter anderem um die Technik und den Sound bei der Aufnahme«, erklärte Mick.

Die beiden reichten Heidi kurz die Hand zur Begrüßung und sie kamen ins Plaudern. Dexter stellte sich als Kaffee-Nerd heraus. Er pries den »exzellenten Espresso« aus der exklusiven Siebträgermaschine des Studios an und servierte Heidi nach einer aufwendigen, bestimmt zehnminütigen Prozedur den winzigen Schluck Kaffee.

»Frisch gemahlen. Schmeckt wie in Italien, oder?« Dexter nippte an seiner Tasse und sah Heidi erwartungsvoll an.

»Si, si, schmeckt wie in Italien«, erwiderte Heidi mit einem falschen italienischen Akzent, dann grinste sie. »Obwohl ich noch nie da gewesen bin.«

Dexter lachte.

Mick führte Heidi schließlich in einen weiteren angrenzenden Raum, da er ihr zeigen wollte, woran er gerade arbeitete.

Hier zog er die Vorhänge ein wenig zurück, sodass das Tageslicht sanft ins Zimmer dringen konnte. Beide setzten sich auf eines der Sofas und Heidi lauschte gespannt der Aufnahme, die Mick ihr vorspielte. Sie schloss die Augen. Es war ein sehr atmosphärisches Stück mit zum Teil sehr experimentellen Elementen. Ein dumpfer, pochender Beat verwebte sich mit sehr reduzierten Pianosounds, sphärische Gitarren und Synthesizer schufen ein wolkiges Bett für etwas anderes. Etwas, das noch fehlte.

»Wie findest du es?«, fragte Mick ein wenig zu schnell, nachdem der letzte Akkord verklungen war.

Heidi überlegte lange, wägte ihre Worte ab. »Danke, dass du mir das vorspielst. Man checkt irgendwie sofort, dass das von dir ist. Aber …« Sie hielt inne, unsicher, wie weit sie gehen durfte.

Mick starrte sie mit hochgezogenen Augenbrauen an, als wäre er nicht gewohnt, dass jemand ihn kritisierte. »Sei ehrlich, bitte.«

»Okay, gut. An manchen Stellen wirkt es irgendwie fast zu perfekt. Für mich liegt die Schönheit eher in den Rissen. Du hast da tolle Sounds geschaffen, aber ich glaube, dass da noch irgendwo was verborgen liegt, was ich noch nicht greifen kann.« Heidi versuchte, zu formulieren, was genau sie störte.

»Ich glaube, mir fehlen da ein paar echte Instrumente, die ich mehr spüren kann. Nur einen Hauch, verstehst du?«

Mick war ein bisschen baff. Es war lange her, dass ihm jemand nicht einfach nach dem Mund geredet hatte. Zu lange. Es langweilte ihn. Seit er Erfolg hatte, wurde er bewundert und angehimmelt. Zuerst hatte es sich großartig angefühlt, keine Frage. Die Meute gierte nach seinem Sound. Jeder wollte ihn. Aber Heidi hatte gleich in der ersten gemeinsamen Stunde einen wunden Punkt getroffen. Denn die Leute hatten aufgehört, ehrlich zu ihm zu sein. Lieber schmeichelten sie ihm und warfen ihm abgedroschene Floskeln zu. Alles an ihm und an seiner Arbeit wurde plötzlich zum Dogma, das keiner mehr hinterfragte.

Nur eine Sorte Mensch war noch schlimmer als diese Schleimer: die, die ihm ungefragt ins Gesicht sagte, dass sie weder Fan seiner Musik noch seiner Person war. Die hoffte, damit seine ungeteilte Aufmerksamkeit zu erlangen, indem sie versuchte, sich mit ihrer Negativität unvergesslich zu machen.

Manchmal erinnerte ihn der ganze Zirkus an sein kaltes Elternhaus. An den goldenen Käfig voller Lügen, den er eigentlich für immer hinter sich lassen wollte. Erfolg brachte so einiges mit sich, aber selten brachte er Menschen dazu wahrhaftiger zu sein als ein leeres Blatt Papier.

Diese Frau hingegen hatte Verve. In ihr sah er das, was er bei sich längst vermisste. In diesem Moment war er sich sicher: Er musste mit ihr arbeiten.

»Entschuldige, ich wollte bestimmt nicht anmaßend sein. Mir gefällt dein Stück wirklich total gut«, stotterte Heidi, unsicher, ob es eine gute Idee gewesen war, sich so weit aus dem Fenster zu lehnen. Aber gut, er hatte schließlich gefragt.

»Nein, ich finde dich nicht anmaßend. Im Gegenteil, ich finde es toll, wenn jemand ehrlich ist. Alles andere ist doch Bullshit. Erzähl, wie muss Musik denn für dich sein?«

Heidi lächelte, zog ihre Boots aus und setzte sich im Schneidersitz auf das Sofa. Sie dachte nach. »Musik kann alles sein, darf alles sein. Das ist ja gerade das Schöne. Aber ich will mit meiner Musik etwas erschaffen, woran ich mich festhalten kann. Etwas, das echt ist.« Heidi hielt Micks Blick einen Moment zu lang fest, als wolle sie darin etwas entdecken. Ihre Finger strichen unruhig über die Naht ihrer Jeans. Sie wollte ihm von ihrem Vater erzählen und ein Stich durchfuhr sie, als sie es schließlich tat. »Manchmal ist das alles, was bleibt: Momente, in denen wir ehrlich waren. Nicht die perfekten Abende, sondern die echten Augenblicke. Die bleiben hier drin.« Sie legte ihre Hand auf ihre Brust, an die Stelle, wo ihr Herz war, und hielt kurz inne.

Sie dachte an ihren Vater, wie er neben ihr auf dem Fahrersitz seines Taxis saß, während draußen der Regen gegen die Scheiben prasselte. »Was bleibt eigentlich von uns, wenn wir sterben?«, hatte sie ihn damals gefragt, ohne zu ahnen, dass es das letzte Mal sein würde, dass sie so zusammensaßen. Ihr Vater hatte ihr einen nachdenklichen Blick zugeworfen, dann leicht geschmunzelt. »Weißt du, was bleibt, ist das, was uns wirklich ausmacht. Die Leute, die ich herumkutschiere, vergessen oft die merkwürdigsten Dinge in meinem Taxi. Teure Uhren, Geldbörsen, Aktentaschen, Schmuck, was auch immer. Aber irgendwie schaffe ich es, dass diese Dinge wieder zu ihnen zurückfinden.»

Heidi sah ihn lächelnd an, als er fortfuhr: »Und wenn ich mal nicht mehr da bin, woran wird man sich erinnern?»

»Dass du ein guter Mensch warst», antwortete Heidi, ohne zu zögern.

Ihr Vater nickte ein wenig melancholisch. »Vielleicht. Aber ich hoffe, sie erinnern sich daran, dass ich ehrlich war. Das kann dir niemand nehmen. Dinge gehen verloren, das ist sicher. Aber wenn du ehrlich bist, dann bleibt das. Für immer.»

Eine Träne rollte über ihre Wange. Sie sah wieder zu Mick, der seinen Kopf in die Hände gelegt hatte und ihr aufmerksam zuhörte.

»Geht es dir gut?«, wollte er wissen.

»Entschuldige, ich musste gerade an meinen Dad denken. Er … ist gestorben, als ich zwölf war.«

»Oh.« Mick konnte fühlen, wie sehr Heidi ihren Vater geliebt haben musste. Eine Floskel war dieser Liebe nicht würdig und so entschied er sich, lieber nichts zu sagen.

»Schon okay«, murmelte sie schulterzuckend, als ob sie die Schwere des Moments abschütteln wollte. »Was ich sagen will: Heute muss immer alles perfekt sein. Dabei übersehen wir das wirklich Schöne an den Menschen«.

»Und das wäre?«

»Wir streben nach Perfektion, aber dabei verlieren wir den Blick für das Wahre. Ständig vergleichen wir uns mit dem inszenierten Leben, das uns auf TikTok oder Instagram präsentiert wird – als wäre das die Wirklichkeit. Jeden Makel glätten wir mit digitalen Filtern, bis nichts Menschliches mehr bleibt. Aber das Schöne am Menschen ist doch seine Wandelbarkeit, die Fähigkeit, sich zu erneuern. Wenn wir die Kraft der Veränderung, die in uns allen steckt, nicht nur auf unser Äußeres, sondern auch auf die Welt um uns herum lenken würden, wie viel mehr könnten wir bewirken? Anstatt die Narben unserer Seele zu kaschieren, sollten wir die Wunden heilen, die wir der Welt zufügen. Musik kann uns daran erinnern. Sie sollte nicht die Oberflächen glätten, sondern die Brüche sichtbar machen. Musik ist am ehrlichsten, wenn sie unsere tiefsten Gefühle berührt und das Unausgesprochene ausspricht. Sie könnte eine Brücke sein, um uns wieder zu vereinen, und sie könnte die Welt ein wenig heller machen.»

Während sie sprach, wurde Mick klar, dass sie weit mehr war als nur eine talentierte Sängerin. Sie war der Spiegel, in dem er einen Teil von sich selbst wiedererkannte – sein früheres rebellisches Ich, als es noch nicht von den Zwängen der Branche erdrückt worden war. Heidis Mut, ihre Überzeugung, die Dinge auf ihre Weise zu machen, ließ ihn sich klein fühlen. Er spürte den Drang, wieder Risiken einzugehen, etwas Neues zu schaffen, das nicht nur an seinem Signature-Sound festhielt. Die Leidenschaft, mit der Heidi ihre Haltung darlegte, ging direkt auf ihn über. Er wollte jetzt auf der Stelle mit ihr Musik machen.

»Hast du eine Gitarre da? Dann kann ich dir zeigen, was ich meine«, sagte Heidi.

»Klar, warte.«

Mick brachte Heidi eine alte Martin mit massiver Fichtendecke, Boden und Zargen aus ostindischem Palisander. Er beobachtete sie dabei, wie sie die Gitarre anspielte. Sie schien sofort zu bemerken, dass es sich um ein besonderes Instrument handelte.

»Oh. Die klingt ja fantastisch. Spielt sich fast wie von selbst.«

Jetzt schloss Heidi die Augen, warf ihren Kopf leicht in den Nacken und zupfte vorsichtig an den Saiten. Die Gitarre wirkte ein bisschen zu groß für ihre zierliche Figur. Ihr dichtes, dunkles Haar fiel ihr ins Gesicht und die Mundwinkel zogen sich leicht nach oben, als sie eine Melodie fand, die ihr offenbar gefiel. Sie öffnete ihre Lippen und begann, ganz leise vor sich hin zu summen. Das hatte etwas sehr Sinnliches. Ihre Stimme nahm Mick vollständig ein und er versuchte, zu verbergen, wie nahe es ihm ging.

»Warte, bleib so«, sagte er und klang dabei wie ein Fotograf, dessen Model gerade die perfekte Pose eingenommen hatte.

Heidi wusste intuitiv, was er meinte, und blieb in einer Art Schleife, die sich immer wiederholte. Sie wollte nicht herausgerissen werden und Mick wollte das offenbar auch nicht.

Er stellte fast lautlos ein Mikrofon vor sie und ihre Gitarre und verstärkte so ihre gehauchten Töne, die sich nun im ganzen Raum ausbreiteten.

Er setzte sich etwas näher an Heidi, klopfte mit seinen Händen einen sanften Beat und warf dabei Dexter einen Blick zu. Der verstand sofort, was Mick wollte, und drückte lächelnd die Record-Taste. Mick wechselte zum Piano und untermalte Heidis Idee mit seinen sphärischen Synths. Ihre Stimme legte sich wie eine Decke aus Samt auf das Musikbett.

Eine Gänsehaut jagte ihm über den Rücken. Da war sie. Diese unergründliche Magie, die nur zwischen zwei Musikern erblühen konnte, wenn sie sich gegenseitig inspirierten. Sie war so selten und kostbar, als hätte man soeben unter Milliarden Menschen seinen Seelenverwandten gefunden. Man konnte sie nicht erzwingen. Aber Mick wusste, wie man sie einfangen konnte.

In diesem Augenblick wurde ihm klar, dass er sein Leben auf einen Moment wie diesen gewartet hatte. Und gleichzeitig stürzte ihn Heidis Anwesenheit in ein Gefühlschaos, von dem er nicht wusste, ob er es überhaupt wollte.

zum Song

What If We Start A Loveolution

Everybody seeks love
Some in anything up above
Fathers of strife

We're just here
We're the visitors
Fortune smiled conspirators
Mothers love all
But you can have it all, have it all
We're gonna break the wall, break the wall
I won't fade away, away
But you can have it all, have it all
We're gonna get it on, get it on
I won't fade away, break away

Make the most of the day now
Make some friends on your way now
Abbreviate hate
Make the most out of nature
Be a good peacemaker
Contemplate the end

But you can have it all, have it all
We're gonna break the wall, break the wall
I won't fade away, away
But you can have it all, have it all
We're gonna get it on, get it on
I won't fade away, break away

What if we start a loveolutiuon
Of love of love of love – a loveolution
What if we start a loveolutiuon
Of love of love of love – a loveolution

Heidi und Mick arbeiteten von nun an Tag und Nacht an neuer Musik. Der Prozess war wie ein langsamer Tanz, der nur in ihren Köpfen stattfand: Sie näherten sich einander an, betrachteten sich still, ließen sich gegenseitig zu, loteten die Grenzen des anderen aus und gossen alles, was sie entdeckten, in Songs, die besonders waren. Heidi fühlte sich, als hätte ihr Leben von Neuem begonnen. Die Ideen sprudelten nur so aus ihr heraus, als wären alle Schleusen geöffnet worden. Mick gab ihr, ohne dass sie sich rechtfertigen musste, den nötigen Raum dafür. Er war feinfühliger, als sie es von ihm vermutet hätte. Es gelang ihr nicht sofort, aber sie spürte, dass sie sich trauen konnte, auch Schwäche zuzulassen. Nach einer intensiven Woche brach sie erschöpft in Tränen aus. Es war ihr nicht peinlich, dass Mick das sah. Er nahm sie einfach nur in den Arm. Drängte sie nicht dazu, aufzuhören. Sie hatte ihre Tränen bisher für sich behalten, sich vor anderen Menschen keine Schwäche erlaubt. Aber jetzt hatte sich so viel aufgestaut. Mick holte ihr ein Dutzend Taschentücher und brachte sie schließlich wieder zum Lachen, als er ihr wortlos eine Schüssel mit Schokoladeneis servierte. Gierig verschlang sie die ganze Portion.

»Besser?«, wollte Mick wissen, eine Augenbraue hochziehend.

»Mhmm. Viel besser. Danke … Was machen wir jetzt?«, murmelte Heidi.

»Ich denke, wir haben erst mal genug gemacht. Wir sollten überlegen, wie wir weiter vorgehen.«

»Was meinst du?«

»Was wir hier geschaffen haben, ist wirklich … besonders«, sagte Mick und ließ die Worte einen Moment in der Luft hängen. »Ich würde wahnsinnig gerne mit dir den nächsten Schritt gehen. Ich könnte dich … Peter Farell vorstellen.« Er zuckte mit den Schultern, doch sein Blick veränderte sich, wurde schärfer, fast verschlossen. »Auch wenn er …« Mick zögerte. War es klug gewesen, diesen Namen ins Spiel zu bringen?

»Auch wenn er was?«

»Er ist …« Mick presste die Lippen zusammen, als würde er die richtigen Worte suchen. »Er ist kompliziert.«

»Wer ist überhaupt Peter Farell?», fragte Heidi, die merkte, wie unangenehm Mick das Thema war.

»Du kennst ihn nicht? Er ist CEO von Universum Music, der mit Abstand größten Plattenfirma der Welt. Nicht zu vergessen die Tochterfirmen, die an Universum angeschlossen sind. Er kontrolliert mehr oder weniger die halbe Unterhaltungsbranche.»

»Das klingt gefährlich.» Heidi war sich nicht sicher, ob sie schon bereit war, ihre Musik einer Plattenfirma zu zeigen. Außerdem hatte sie das Gefühl, dass Mick ihr nicht alles sagte, was er wusste.

»Er ist gefährlich, ja, aber er versteht den Markt wie kaum ein anderer. Es gibt nur wenige, die so ein Gespür für Starappeal und Talent haben. Aber … man muss wissen, worauf man sich einlässt.» Micks Blick verhärtete sich, als er an Robbie dachte, einen Künstler, den Farell einst groß rausbringen wollte unter der Bedingung, dass er seine Homosexualität versteckte. Robbie lehnte ab und Farell ließ ihn fallen. Seitdem war seine Karriere praktisch vorbei, ein klares Beispiel für die Reichweite von Farells Macht. Er verhandelte knallhart und kompromisslos. Andererseits erkannte aber auch niemand das Potenzial, das in einem Newcomer steckte, besser als er. Dazu hatte er einen goldenen Riecher für das, was das Business gerade verlangte und die nötigen Mittel, den Markt entsprechend zu lenken. Eine gewinnbringende Kombination. Einen so mächtigen Mann wollte man nicht zum Feind haben. Mick hielt sich eigentlich von Businesstypen wie Farell fern, zumal dieser ein langjähriger Freund seines Vaters war. Doch so einfach war das nicht. Seit seinem letzten Nummer-1-Hit mit Madonna wurde Mick von ihm umgarnt. Bislang hatte er jede Einladung ausgeschlagen. Aber er wollte so sehr, dass Heidi den Erfolg bekam, den sie verdiente. Er war bereit, es auf einen Versuch ankommen zu lassen.

»Wir müssen ja noch gar nichts entscheiden. Aber Farell steht auf mich. Ich will deinen Namen unbedingt sobald es geht ins Gespräch bringen. Immerhin bist du keine zwanzig mehr«, sagte Mick ernst, bevor sich seine Miene entspannte und er Heidi in den Arm kniff.

»He, lass den Scheiß. Immerhin bin ich auch noch nicht über dreißig, so wie du.« Heidi lächelte gekünstelt, aber seine unbedachten Worte hatten sie getroffen. Sie wusste selbst, dass sie einige Jahre vergeudet hatte. Sie musste jede Chance ergreifen, die sich ihr bot, auch wenn sie noch nicht sicher war, wohin das führen würde. Sie hatte kein gutes Bauchgefühl, was diesen Peter Farell betraf. Sie wollte Musikerin sein, ja. Aber würde sie einen Preis dafür zahlen, und wenn ja, welchen?

»Ich bin bereit!« Heidi war selbst überrascht von ihrer plötzlichen Entschlossenheit.

»Bist du sicher?« Mick fixierte sie eindringlich.

»Tausend Prozent!« Heidi hielt seinem Blick stand. Sie wollte endlich Sängerin sein und wieder Songs schreiben. Alles andere war ihr in diesem Moment egal. Jetzt war sie an der Reihe.

»Gut. Dann lass uns unser erstes Album schreiben.«

10

Die kühle Morgenluft roch nach Salzwasser. Schäumende Wellen bäumten sich vor der Küste Frankreichs auf, fielen im nächsten Moment in sich zusammen und glitten sanft über den Boden aus runden Kieseln hinweg.

Heidi und Mick saßen mit Kaffee und Keksen auf der Terrasse der großzügigen Villa, die ihnen als kreativer Rückzugsort dienen sollte. Das weiß gestrichene Haus stand erhaben mitten im parkartigen Garten, umgeben von alten Bäumen und mit direktem Strandzugang. Der nächste Nachbar war weit genug entfernt, um sich ungestört zu fühlen, was in dieser dicht besiedelten Gegend an ein Wunder grenzte.

Heidi ließ ihre Füße ins azurblaue Wasser des Swimmingpools baumeln und genoss die ersten Sonnenstrahlen des Tages auf ihrer Haut. Es war so viel passiert in den letzten Wochen. Es kam ihr noch immer surreal vor. Im Grunde hatte sie es nur ihrer Schwester zu verdanken, dass sie heute hier in Frankreich in der Sonne saß und an ihrem ersten Album arbeitete.

Sie schickte Camila ein Bild des malerischen Anwesens und fügte ein Betende-Hände-Emoji hinzu.

Brenda Lee, die wahrscheinlich gerade in einem stickigen Tourbus unterwegs war, schickte sie lieber kein Foto, nur eine kurze, Nachricht: »Boah, es ist soooo schön hier. Falls das doch so was wie ein Traum ist, ich bleibe liegen! Ich hoffe dir geht's gut. Kuss, Heidi.«

Heidi schaltete ihr Handy aus, griff nach ihrem Notizbuch und begann zu schreiben. Die Worte schrieben sich hier wie von selbst. Sie konnte sich nicht sattsehen an dem scheinbar unendlichen Blau des Meeres.

Mick hatte ganz bewusst dieses Haus an der Côte d'Azur ausgesucht. Hier konnte Heidi kreativ sein, ohne die Ablenkungen einer Metropole, die einem keine Pause gönnte. Sie hatte bereits mehr durchlitten als so mancher Künstler, der Großes hervorgebracht hatte. Die perfekte Voraussetzung für Kunst, die mehr sein wollte als substanzloser Einheits-Pop.

Auch er selbst hatte schon ewig nicht mehr so frei von Druck an etwas gearbeitet und wollte diese Zeit auskosten. Es war der Beginn einer noch unbekannten Reise. Noch konnten sie selbst entscheiden, wohin sie führen sollte. Mick merkte, dass sich hier etwas in einer Dimension anbahnte, die er so noch nicht kannte. Er wusste, so unbeschwert wie jetzt würde es nie wieder sein. In entspannter Kulisse und im kleinsten Kreis wollte er den Grundstein für etwas schaffen, was das Potenzial hatte, riesig zu werden. Er hatte also das Haus mit angeschlossenem Tonstudio für sechs lange Wochen gemietet, sodass genügend Zeit zum Schreiben und Ausruhen blieb. Erst für die letzten beiden Wochen hatte er ein paar Musiker eingeladen, um die Songs aufzunehmen.

Mick bemühte sich, für Heidi ein Umfeld zu schaffen, in dem sie sich entspannen konnte. Sie kannte nur die staubige Luft von New York City. Manchmal kam sie ihm wie eine Außerirdische vor. Sie war jedenfalls ganz anders als die Menschen, denen er bislang in seinem Leben begegnet war. Die meisten hingen gefühlt wöchentlich auf einer traumhaften Insel ab, tingelten von Stadt zu Stadt – oder ließen es zumindest auf ihrem Instagram-Account so aussehen.

Noch etwas, das er an Heidi mochte: Sie hatte kein öffentliches Profil und wenn sie privat etwas postete, waren es interessante Bildausschnitte, die für sich genommen kleine Geschichten von New York erzählten. Beobachtungen, die man nur machen konnte, wenn man mit einem geschärften Blick durch die Straßen streifte.

Offensichtlich hatte sie schon früh erwachsen werden müssen, doch es war ihr irgendwie gelungen, sich einen ungetrübten Blick auf die Welt zu bewahren. Sie setzte all ihre Energie dafür ein, dass es ihrer Familie gut ging, und nahm dabei in Kauf, selbst unter dieser Last zu verschwinden.

Aber sie war nicht verschwunden. Mick vermutete, dass sie nur vieles, was sie ausmachte, in einem sicheren Versteck eingeschlossen hatte. Seine Aufgabe würde es nun sein, sie dabei zu unterstützen, diese Schätze wieder ans Licht zu holen. Den Staub wegzuwischen und sie in das Wertvollste zu verwandeln, was eine Seele in seinen Augen erschaffen konnte.

Mick war sich noch nicht sicher, ob ihm gefiel, welche Seiten Heidi in ihm zum Vorschein brachte. Die Mauern, die er über die Jahre um sich herum errichtet hatte, begannen erste Risse zu zeigen. Und diese Risse konfrontierten ihn mit sentimentalen

Gedanken über seine Familie – Gedanken, die er bisher erfolgreich in Schach gehalten hatte. Auch wenn es nach außen oft anders wirkte: Seine Familie war ihm nicht gleichgültig. Und insgeheim fragte er sich, ob es wirklich die richtige Entscheidung gewesen war, einfach abzuhauen, ohne auch nur einmal zurückzublicken. Tief in seinem Inneren wusste er, dass es der einzige Ausweg gewesen war, um herauszufinden, wer er wirklich sein wollte. Seine Vergangenheit sollte genau das bleiben: Vergangenheit.

Und doch hatte er eine Familie. Ein dumpfes Ziehen in seiner Brust machte sich bemerkbar, wann immer er an seine Schwester Abigail dachte, die sich nun vermutlich noch stärker in der Pflicht sah, die Familiendynastie fortzuführen. Er hatte sie im Stich gelassen, das war ihm inzwischen klar geworden. Schon früh in ihrem Leben hatte sie die Rolle übernommen, es allen recht zu machen – sie suchte nach Anerkennung und lechzte nach dem Lob von Mutter und Vater. Dafür hatte er sie oft verspottet und so jede Chance vertan, sie wirklich wahrzunehmen. Plötzlich spürte er, dass er sie im Grunde gar nicht kannte. All das wusste er tief in seinem Innern, doch noch war er nicht bereit, diese Wunden – die auch er mit seinem egoistischen Verhalten verursacht hatte – genauer zu betrachten. Vielleicht sollte er sie einfach mal anrufen …

Sein Blick ruhte auf Heidi, die mittlerweile am Rand der Treppe saß, die zum Meer führte. Ihre Finger umschlossen einen Bleistift, während das Notizbuch locker auf ihren Knien lag. Mit der linken Hand spielte sie mit einer Haarsträhne, wickelte sie um ihren Finger. Ihr dünnes, apricotfarbenes Kleid, das im Wind leicht um ihren Körper wehte, ließ die Konturen ihrer hübschen Brüste durchscheinen. Mick konnte den Blick von ihrer Silhouette vor dem leuchtenden Blau des Meeres nicht abwenden, auch wenn er wusste, dass er es sollte.

Erst jetzt schien Heidi ihn bemerkt zu haben. Sie winkte ihn zu sich herbei. »Ich hab was«, rief sie ihm zu.

Mick versuchte, seine Gedanken abzuschütteln, während er

näherkam. Ihr feinblumiger Duft machte es ihm nicht leichter. »Cool! Zeig mal …«

Sie gewährte ihm nur einen kurzen Blick auf ihre Notizen, zog sie dann aber schnell zurück. »Vielleicht ist es doch nicht so gut«, murmelte sie und umklammerte das Papier. Mick hatte nur ein paar Zeilen lesen können:

The vibe right here is like a beat
My skin so red – like the heat inside me
Burning inside me
I'm flying over waves and seas
The only walls are inside of me

»Wieso denn? Das ist doch super … Ein bisschen viel *me* vielleicht. Aber ich mag's«, sagte Mick, erleichtert, dass sie ihn offenbar nicht dabei ertappt hatte, wie er sie anstarrte.

»Oh Gott, ich wusste es.« Heidis Gesicht nahm die Farbe eines Hummers an.

Mick lächelte und nahm instinktiv ihre Hand. »Hör mal«, er räusperte sich. »Ich werde dir immer meine ehrliche Meinung sagen, wenn du mir was zeigst. Aber das ist nur meine Meinung. Worauf es wirklich ankommt, ist, dass es dir gefällt, okay? Und mach nicht den Fehler, beim Schreiben daran zu denken, was ich oder sonst jemand davon halten könnte.« Er ließ ihre Hand los.

»Das mach ich nicht«, flüsterte sie kaum hörbar.

»Schreib einfach so viel du kannst und denk nicht darüber nach. Bewerte nicht, was du tust. Das ist der sicherste Weg, jede Idee im Keim zu ersticken. Sollte unser Album ein Erfolg werden, wirst du noch oft genug mit solchen Gedanken konfrontiert sein.«

Mick wusste, wovon er sprach. Die Menschen liebten es, über andere zu urteilen. Und hatten sie sich erst einmal ein Bild von dir gemacht, blieben dir nur zwei Möglichkeiten: die Erwartungen zu erfüllen oder nicht. Bewusst oder unbewusst baute man dann auf dem Fundament weiter, das man sich selbst geschaffen hatte. Aber der Moment des Anfangs – dieser flüchtige Augenblick völliger Freiheit – kam nie zurück. Stattdessen traten Erwartungen an seine Stelle, sowohl die eigenen als auch die von außen. Bei Heidi wollte er diese Phase der Freiheit so lange wie möglich verlängern. Doch er wusste, dass sie intuitiv bereits alles richtig machte – besser als jede andere Person, mit der er zuvor gearbeitet hatte.

Sie verbrachten den weiteren Tag damit, nichts zu tun. Mick hatte am Vormittag eingekauft, frischen Fisch und Gemüse vom Markt und einen teuren Rosé.

Heidi saß draußen auf der mit bunten Lichterketten geschmückten Terrasse, die von blühendem Lavendel umgeben war. Der ätherische Duft des Lavendels mischte sich mit dem von Rosmarin und Salbei und sie atmete diesen Geruch tief ein. Mit einem Buch in der Hand lag sie in einem der breiten Sessel der Lounge und vergrub ihre nackten Füße in den bequemen Polstern. Sie liebte das Flair, das das ganze Gelände verströmte. Alles war im Boho-Stil gehalten, überall standen kleine Vasen mit Blumen.

»Magst du eigentlich Fisch?« Micks Stimme riss sie aus ihren Gedanken. Er zog ihren Sonnenhut nach oben, um zu sehen, ob sie eingeschlafen war.

Heidi richtete sich auf und gähnte. »Ich denke schon. Ist lange her, dass ich einen zu Gesicht bekommen hab.« Sie dachte angestrengt nach, wann sie das letzte Mal frischen Fisch gegessen hatte. Zuhause gab es nur welchen aus dem Tiefkühler. Und selbst der war abartig teuer. Während die Kohlen im Grill vor sich hin kokelten, holte Mick die Flasche Wein und schenkte zwei Gläser ein.

»Auf dich, Heidi. Und dein unfassbares Talent«, prostete Mick ihr zu.

»Ach komm, hör auf… Salud«, entgegnete sie in ihrer Muttersprache. Sie nahm einen großen Schluck und verzog dann das Gesicht.

»Nicht gut?«, fragte Mick überrascht.

Heidi schüttelte leicht angewidert den Kopf. »Kann ich eine Cola haben, bitte?«

Mick grinste. »Oh, klar. Der Wein war zwar ziemlich teuer, aber wenn er dir nicht schmeckt…«

»Oh je, war der wirklich so teuer? Tut mir leid, vielleicht schmeckt er mir ja doch, warte.« Heidi leerte das Glas in einem Zug. »Jetzt wo du es sagst. Exquisit! Ein fan-tas-tisches Tröpfchen…«, verkündete sie schließlich und tupfte sich betont vornehm die Lippen ab.

Mick lachte laut. »Haha, schon gut. Hier ist deine Cola.«

Sie saßen noch lange nach Sonnenuntergang auf der Terrasse. Die Nacht war sternenklar und mild. Die Lampions warfen ein warmes Licht auf sie und Heidi dachte, dass sie nie an einem friedlicheren Ort gewesen war. Und Mick spürte, dass er sich nie zuvor so zu Hause gefühlt hatte wie an diesem lauen Sommerabend – mit ihr.

In den kommenden Wochen tauschten Heidi und Mick ihre Ideen aus, nahmen Melodiefetzen auf, diskutierten viel und intensiv über Musik und Texte und was ihnen an den Songs anderer Künstler gefiel oder nicht. Heidi spielte ihre Lieblingslieder von Leonard Cohen vor (Suzanne, Chelsea Hotel). Mick antwortete begeistert mit Tom Petty (Free Fallin). Joni Mitchell (California, Both Sides Now) und Bob Dylan (Don't Think Twice, It's Alright) wechselten sich mit Aretha Franklin (Spirit in the Dark) und den Beatles (Blackbird, Norwegian Wood) ab.

Am Ende fügte Mick die entstandenen musikalischen Skizzen aneinander und sie waren bereit für den nächsten Schritt: die Recording-Session!

Morgen würde die Band anreisen. Heidi freute sich, war aber gleichzeitig ein wenig angespannt, weil sie bis dato kaum mit »echten« Musikern zu tun gehabt hatte. Außer, wenn sie im Irvings gekellnert hatte, oder ab und an mit den Leuten aus Brenda Lees Umfeld.

Die Gespräche mit Mick fühlten sich gut an. Er begegnete ihr mit Wertschätzung und Respekt. Dass ihre künstlerische Zweisamkeit jetzt von erfolgreichen Session-Musikern durchbrochen werden würde, machte sie aber doch etwas nervös.

Der Erste, der die Auffahrt heraufschlenderte, war ein dunkelhäutiger Mann mit langen, gepflegten Rastazöpfen. Ein Bär von einem Mann. Mit einem breiten Lachen und offenen Armen rannte er auf Mick zu.

»Ist das vielleicht ein geiler Platz, um Musik zu machen? Yeah, Mick, leck mich doch. Wir könnten ja auch in einer fensterlosen, schimmligen Butze im verregneten London sitzen. Aber was macht *The Hitmachine Montgomery*? Hat mal eben die fetteste Villa der ganzen Côte d'Azur am Start. Komm her, Mann, schön dich zu sehen.«

Mick drückte ihn kurz an sich und machte eine Handbewegung in Heidis Richtung. »Heidi, das ist Rock Cooper. Wir nennen ihn alle nur Coop. Eine absolute Schlagzeug-Legende. Er hat schon für Justin Timberlake, Michael Jackson und Lenny Kravitz getrommelt und du wirst keine Top-Ten-Produktion der letzten zwanzig Jahre finden, an der er nicht beteiligt war.«

»Ah«, winkte Coop ab. »Jetzt übertreib nicht, Mann. Du bist also Heidi«, sagte er und nahm sie ohne Scheu in seine mächtigen Arme.

Heidi war augenblicklich von seiner entwaffnenden Art eingenommen und sie atmete erleichtert auf.

In diesem Moment fuhr ein Van die Einfahrt hoch und zwei Leute trugen Coops Schlagzeug in die Villa.

Für Mick war Coop der perfekte Drummer. Er verlieh jedem Song mit seinem einzigartigen und eigenständigen Spiel eine besondere Note, ohne sich dabei jemals in den Vordergrund zu drängen.

Der Nächste, der eintraf, war David Semita, der Heidi ebenfalls sofort sympathisch war. Er schien südländischer Abstammung zu sein, seine dunklen Augen lugten schüchtern hinter seinen kinnlangen Locken hervor. Er wirkte ganz sanft und weich und seine Stimme klang leise und rauchig. Mick schwärmte von seinem ungewöhnlichen Gitarrenspiel, seinen Ideen und seinem klaren, ehrlichen Sound, den er für ihr gemeinsames Projekt vor Augen hatte.

Als Letztes fuhr ein dunkler BMW die Einfahrt hoch und Armand stieg aus dem Wagen aus. Eine dicke Rauchwolke umhüllte ihn und der Geruch nach Gras wehte zu Mick und Heidi rüber.

»Ehhhh, Mickey! Danke für den Anruf, Mann.«

»Armand, seit wann hast du ein Auto?«

»Mickey, Alter, das ist die Karre von Jerome, meinem Dealer. Mit dem ganzen Dope setz ich mich doch in keinen Flieger. Ich bin doch nicht bescheuert.«

»Aber in ein Auto schon«, stellte Mick irritiert fest.

»Jetzt zeig mir mal dein Mädchen«, entgegnete Armand, während er einen tiefen Zug von seinem Joint nahm.

»Sie ist nicht mein …«

»Schon okay«, unterbrach ihn Heidi und reichte Armand die Hand. »Heidi. Ich bin mittlerweile kein Mädchen mehr und schon gar nicht seins. So weit kommt's noch«, lachte sie und zwinkerte Mick zu.

»Ich bin Armand«, sagte er. »Excuse-moi. War nur Spaß. Mick und ich sind gute Freunde. Es freut mich.«

Nachdem sich alle eingerichtet hatten, unterhielten sich die Musiker über ihre letzten Gigs. In Heidis Ohren klang das alles total verrückt. All die großen Namen, die ständig fielen und die für alle anderen kein Grund zur Aufregung waren. Heidi war überwältigt davon, wie sympathisch und offen alle waren.

Während die anderen ihre Instrumente aufbauten, klammerte sich Heidi an ihre Kaffeetasse und steckte ihren Kopf in ihre Textblätter. Eigentlich hatte sie keinen blassen Schimmer, wie so eine Session überhaupt ablief. Sie musste zugeben, dass sie angesichts dieser Ikonen im Raum doch ziemlich eingeschüchtert war. Da konnten alle noch so freundlich sein.

Wer war sie schon? Eine komplette Amateurin aus Brooklyn,

die eine Handvoll Songs geschrieben hatte. Wie Millionen andere auch. Auf TikTok hörte sie jeden Tag Stimmen, die unglaublich waren. Ein anspruchsvolles Gesangsriff nach dem anderen wurde in einer Perfektion durchs Internet geschossen, da konnte das, was aus ihrer Kehle kam, wohl kaum mithalten. Warum saß nun ausgerechnet sie mit den besten Musikern der Welt in dieser Riesenhütte? Das konnte nur ein Irrtum sein. Ihre Gedanken überschlugen sich und sie fühlte, wie ihr Herz fast explodierte. Sie sprang auf und verschwand ohne Entschuldigung mit blassem Gesicht auf die Toilette. Sie kam sich auf einmal so fehl am Platz vor, dass sie sich schwor, nicht mehr herauszukommen.

»Heidi? Bist du da drin?« Mick klopfte an die Badezimmertür.

Sie reagierte nicht.

»Komm schon, ich weiß, dass du da drin bist. Gib mir ein Zeichen, dass alles okay ist!«

»Ich … ich komme gleich.« Heidi atmete tief durch. So viele Gedanken schossen ihr durch den Kopf. Natürlich wollte sie nichts lieber, als dazuzugehören. Endlich Menschen zu finden, die dachten wie sie, denen Musik dasselbe bedeutete. Und jetzt, wo sie diese Menschen endlich gefunden hatte, holten sie die ganzen Zweifel ein, die sie bisher so gut verdrängt hatte.

»Scheiße. Mir ist irgendwie schlecht«, murmelte sie, als sie endlich die Tür öffnete.

»Okay, entspann dich.« Mick drückte sie fest an sich. Er roch wie immer nach warmer Erde und sein Duft beruhigte sie ein wenig.

»Ich weiß, die drei können einem ganz schön Respekt einjagen. Ging mir nicht anders, als ich anfing. Aber das ist total unnötig. Wovor hast du Angst? Du hast mehr Talent als alle anderen im Raum, mich eingeschlossen. Siehst du das nicht?«

»Oh Mick, so ein Quatsch.« Heidi verdrehte die Augen und löste sich aus seiner Umarmung. »Ich bin nur ein einfaches Mädchen aus Brooklyn, Sunset Park, das gerne singt. Das ist alles. Ich glaube, ich schaff das nicht.«

Sie merkte, wie die Stimmung bei Mick kippte. Seine Augen funkelten.

»Tja. Was denn nun? Mädchen oder Frau? Was machen wir denn da jetzt?«, fragte er leise. »Soll ich jetzt Mitleid mit dir haben? Das arme kleine *Mädchen* aus Brooklyn? Das sich lieber für alle anderen aufopfert, als einmal an sich selbst zu denken? Wieso bist du so hart zu dir selbst? Ich glaube an dich. Schon seit ich dich zum ersten Mal auf dieser Bühne singen gehört habe. Wieso um alles in der Welt glaubst du nicht an dich?«

Jetzt merkte Heidi, wie die Wut in ihr aufstieg. »Ich bin einfach noch nicht so weit, okay?« Sie rannte in ihr Zimmer und ließ die Tür hinter sich zuknallen.

Wie peinlich war das denn, dachte sie nur Sekunden später. Sie spielte filmreif das Klischee der unsicheren Sängerin ab, die sich im Bad verkriecht, während die coolen Jungs schon am Mucken waren. Das war ja nicht zu glauben. Sie brach in Gelächter aus und hörte, dass auch Mick vor ihrer Tür zu lachen anfing. Heidi kam wieder aus ihrem Zimmer und umarmte ihn. »Zu viel Drama, hmm?«, meinte sie kleinlaut.

»Unnötig«, entgegnete Mick und strich ihr eine Strähne aus dem verheulten Gesicht.

Von unten hörte sie die Jungs jammen. Hoffentlich hatten sie nichts mitbekommen. Heidi atmete tief durch. Ihr Vater wäre stinksauer, wenn er sie sehen würde, wie sie in Selbstmitleid badete. Ihm war jegliche Chance genommen worden, gehört zu werden. Aber sie hatte eine Chance. Und die würde sie jetzt verdammt noch mal nutzen. Natürlich konnte sie es schaffen. Sie hatte zwar weniger Erfahrung als die anderen, aber sie hatte eine Geschichte. Und etwas zu sagen. Sie hatte es verdient, hier zu sein. Punkt. Sie würde da jetzt rausgehen und singen, wie sie es nie zuvor getan hatte.

»Okay, Jungs. Wollen wir anfangen?« Heidi griff nach ihrer Gitarre und begann, einen ganz neuen Song zu spielen, den sie selbst Mick noch nicht gezeigt hatte, weil sie ihn erst vor ein paar Tagen geschrieben hatte.

Sie hatte ihn »Mi Vida« genannt. Sie mochte die Leichtigkeit, die sie dabei spürte, und wollte ihn unbedingt mit Band hören. Sie war bereit, die Führung zu übernehmen. Das zu lernen, dazu hatte sie nun wirklich reichlich Gelegenheit gehabt.

»Very nice«, sagte Coop und fing an, einen ungewöhnlichen Drumbeat dazu zu spielen.

»Yeah. Cool, Coop. Vielleicht bisschen federnder sogar noch, nicht ganz so schwer?«, schlug Heidi vor.

»Alles klar. Federleicht und nicht zu fett. Genau wie ich«, sagte der 150-Kilo-Drummer.

Alle fingen zu lachen an. Die Stimmung in der Band war locker und natürlich. Heidi atmete auf. Sie war genau richtig hier. Und sie wusste, was sie wollte. Sie spielte den Song ein zweites Mal und einer nach dem anderen stieg mit seinem Instrument mit ein und begleitete den Song, der langsam Form annahm.

Mick war erleichtert. Da war sie wieder, die Heidi, die ihn so umgehauen hatte. Die wusste, was sie wollte, und lieber führte, als geführt zu werden. Sie ließ die Musiker herumprobieren und schrie begeistert auf, wenn jemand eine besonders schöne musikalische Idee gefunden hatte. Sie ließ sich fallen und sang mit einer Inbrunst, die alle Musiker zu immer kreativeren Höhenflügen hinriss.

Auch Heidi bemerkte, wie Mick mit seiner komplett frischen Art alle Beteiligten in einen Sog der Kreativität ziehen konnte. Er war energiegeladen, war positiv, witzig, begeisternd und versprühte eine Aura, in der sich alle gut fühlten. Er gab ihnen ein Gefühl der Stärke, was sie wiederum antrieb, neue Wege zu beschreiten. Mick sagte ihnen nicht: »Finde das Besondere«, sondern: »Du bist was Besonderes«, und das gab ihnen Freiheit. Freiheit und die Wertschätzung anderer konnte der Motor der Kreativität sein.

zum Song

Mi Vida

Spend a little time
Away from home
I thought I would miss it, but I don't miss it
I never allowed my heart to feel
But I can hear it, yes I can hear it

The vibe right here is like a beat
My skin so red – like the heat inside me
Burning inside me
I'm flying over waves and seas
The only walls are inside of me

I need to let go of my fears
Been hiding these voices for so many years
Now it's time to give up
Stop putting stones in my path
Ya es tiempo de vivir mi vida

It takes a little time to find out life
Is on your side now, it's on your side now
And when you ever happen to strike out
Have a little patience

Whoever turned the tide for me
I wanna thank you for turning me

I need to let go of my fears
Been hiding these voices for so many years

I need to let go of my tears
Been hiding these feelings for so many years
Now it's time to give up
Stop putting stones in my path
Ya es tiempo de vivir mi vida

In den darauffolgenden Tagen nahmen sie 14 weitere Songs auf, von denen Mick wusste, dass einige davon Hits werden würden. Heidi entwickelte sich in den zwei Wochen zu einer kompletten Künstlerin und Mick war froh, eine musikalische Partnerin gefunden zu haben, die ihn inspirierte, kritisierte und immer wieder zu überraschen vermochte. Als alles eingespielt und arrangiert war, nahm Mick die fertigen Aufnahmen mit zurück nach New York und gab sie Michael Power, seinem Lieblings-Engineer, der die Songs mischen sollte. Der nächste Schritt war, Peter Farell um einen Termin zu bitten. Und das, obwohl er Heidi noch immer nicht alles über ihn erzählt hatte und eine innere Stimme ihn zur Vorsicht mahnte. Er ignorierte sie. Manchmal musste man eben etwas riskieren, um zu gewinnen. Und Mick wollte gewinnen.

11

Das Hauptquartier der Universum Music Group war in Santa Monica, Kalifornien. Mick bereitete sich auf sein Meeting mit Peter Farell vor. Die Aufnahmen mit Heidi waren das Beste, was er seit Langem produziert hatte. Noch nie war er sich seiner Sache so sicher gewesen. Heidi war ein unbeschriebenes Blatt, unverbraucht, was in der heutigen Welt der Selbstinszenierung selten war. Geheimnisse zu haben, war nicht mehr angesagt. Es widerte Mick an, wie jeder Möchtegern-Popstar sich im Netz inszenierte, je melodramatischer, desto besser. Wo waren die Künstler, die im Stillen mit ihrem Leid rangen und das dann in große Kunst gossen, anstatt sich dem unerbittlichen Algorithmus auszuliefern?

Heidi war anders. Sie wollte nicht gefallen oder auffallen – für sie schien Musik beinahe überlebenswichtig zu sein und nicht bloß ein Weg zum Ruhm. Ihre Botschaft nach Wahrhaftigkeit wollte sie mit größter Dringlichkeit verbreiten. Sie begann gerade erst, sich zu entwickeln, ohne dass die ganze Welt in den sozialen Medien dabei zusehen musste. Mick dachte an Madonna: Hatte sie etwa ihre ersten Tanzschritte auf TikTok geteilt? Hatte sie etwa auf SoundCloud ihre Tracks umsonst verscherbelt? Und hätte sie das gemacht, wäre sie dann zu der Ikone geworden, die sie heute war?

Für Mick war klar: Es musste einen anderen Weg für Heidi geben. Sie sollte mehr sein als nur ein weiterer Fund im Netz. Auch wenn das nicht mehr zeitgemäß zu sein schien, glaubte er, dass wahre Künstler anders gefördert werden müssten. Große Labels entschieden heute zuerst nach Followerzahlen, nicht nach Talent. Doch bei der verzweifelten Jagd nach Aufmerksamkeit waren die ehrlichen Stimmen oft die leisesten. Wer wollte in dieser Welt noch Musiker sein?

Er verstand, dass die Möglichkeit, Millionen Menschen ohne viel Aufwand zu erreichen und sie an sich zu binden, den meisten reizvoll erschien. Doch die vermeintliche Freiheit verwandelte sich schnell in eine Welt hinter Gittern. Der Kampf um Sichtbarkeit war der vielleicht härteste in der Unterhaltungsbranche. Damit auch noch Geld zu verdienen, war wieder etwas ganz anderes. Mick konnte sich glücklich schätzen. Er hatte Hunderttausende Follower, obwohl er selbst gar nicht im Netz aktiv war.

Für Heidi war das nicht der richtige Ort, um ihre Karriere zu starten. Deshalb hielt Mick es für eine gute Idee, sie Universum vorzustellen. Ihn verband eine lange Partnerschaft mit der Plattenfirma. Er hatte mit den Jahren dort viele wertvolle Kontakte knüpfen können und die meisten Mitarbeiter waren freundliche und sehr fähige Menschen.

Zu den weniger erfreulichen Seiten des Erfolgs gehörte das unvermeidliche Händeschütteln mit den Anzugträgern. Mick hatte das bevorstehende Treffen mit Peter Farell, dem CEO von Universum, schon im Vorfeld als unangenehm eingestuft. Auf dem Weg in dessen Büro – an den Wänden prangten pompöse Auszeichnungen und Platinplatten – fiel ihm auf, wie sehr das Ganze trotz aller Angeberei den sterilen Charme einer Vorstadtbank versprühte.

Farell, in maßgeschneidertem Dunkelblau und mit roter Krawatte, schüttelte ihm mit seiner unförmigen Pranke die Hand und zeigte dabei sein breites Lächeln. »Mick Montgomery, Junge. Schön, dich mal wieder hier zu haben. Wie geht es deinem Vater?«

»Danke. Keine Ahnung.« Micks Körper spannte sich sofort an, sobald das Gespräch auf seinen Vater Mason kam.

»Wieso begleitest du uns nicht zur nächsten Jagd? Das ist immer ein großer Spaß«, meinte Farell und spielte auf den exklusiven Kreis einflussreicher Männer an, der sich jährlich auf dem Landsitz der Montgomerys traf. Mit dabei auch Tom Carrington, der ehemalige Vizepräsident.

»Kein Interesse, danke«, antwortete Mick, während er auf einem der unbequemen Stühle vor Farells Schreibtisch Platz nahm.

»Also, worum geht's?« Farell lehnte sich zurück, legte die Fingerspitzen aneinander und musterte ihn erwartungsvoll.

»Ich arbeite mit einer neuen, sehr interessanten Künstlerin aus Brooklyn«, begann Mick, während er Farells abwartende Haltung beobachtete. »Ich wollte dir als Erster die Gelegenheit geben, reinzuhören. Am besten, ich spiele dir gleich etwas vor – dann verstehst du, was ich meine.«

Farell nickte, noch immer mit leicht zurückgelehntem Oberkörper. Er verharrte kurz in dieser gönnerhaft wirkenden Pose, bevor er antwortete. »Da bin ich ja mal gespannt. Von wem reden wir?«

»Sie heißt Heidi Morales.«

»Heidi Morales … Hmm.« Farell trommelte nachdenklich mit seinen Fingern auf dem Tisch. »Interessanter Name«, sagte er schließlich, aber Mick konnte den leicht ironischen Unterton in seiner Stimme hören.

»Dann lass mich mal hören, woran ihr gearbeitet habt.« Ein Funken Interesse blitzte in Farells sonst müdem Blick auf. »Und danach habe ich noch etwas für dich.«

Mick stellte eine Bluetooth-Verbindung zu Farells monströser Musikanlage her. Diese war sehr teuer gewesen, klang aber wie ein Haufen Mist, da der Marmor des Bürobodens und Farells hässlicher Glastisch alles reflektierten. Die ersten Takte von »Born to Fly« dröhnten aus den mannshohen Lautsprechern.

Mick beobachtete Farell, wie dieser ungelenk mit dem Kopf im Takt wippte, während er an seinem Brillengestell lutschte. Nach dem zweiten Refrain deutete Farell mit dem Finger auf Mick, schnalzte anerkennend mit der Zunge und zwinkerte ihm zu. Mick blieb regungslos und wartete, bis der Song zu Ende war.

»Mannomann! Was für ein Mördersong!«, rief Farell anerkennend aus. »Scheiße, ist das eine großartige Nummer. They don't call you the Hitmachine for nothing. Monsterhook!« Er stimmte den Refrain im Tonfall eines Elvis-Imitators an, was Mick tatsächlich einen kurzen Lacher entlockte.

»Der Song ist groß. Ein paar Bauchschmerzen hab ich allerdings schon …«

Micks Lächeln verschwand sofort. »Hmm?« Er spürte, wie sich Widerstand in ihm aufbaute.

»Ich finde …« Farell zögerte. »Ach, wie soll ich dir das jetzt sagen, ohne dich zu verärgern.«

Mick spürte bereits, worauf es hinauslief, noch bevor Farell weitersprechen konnte.

»Ich höre da ganz klar eine Stimme, Mick. Und es ist – muss ich dir leider sagen– nicht die Stimme von Heidi Maroles.« In Farells Stimme schwang plötzlich etwas mit, was Mick nicht einordnen konnte.

»Morales. Sie heißt Heidi Morales«, murmelte Mick. »Entschuldige, Heidi Morales.« Farell lächelte kurz. »Nicht falsch verstehen, sie ist wirklich gut. Potenzial hat sie auch. Ich kann verstehen, was du in ihr siehst.«

»Das glaube ich eher nicht«, erwiderte Mick scharf.

»Doch, doch, Mick, glaub mir. Aber ich bin in erster Linie Geschäftsmann. Du weißt doch selber, wie es läuft. Wir brauchen Hits und die Big Names. Vor zwanzig Jahren hätte sie mir auch gefallen, das geb ich zu. Und ich würde mich freuen, wenn eine Künstlerin wie sie wieder mal eine echte Chance hätte.« Farell wirkte nachdenklich. Vielleicht hatte auch er einmal an die Kunst geglaubt – doch die Jahre bei Universum hatten ihn desillusioniert.

»Wieso tust du dann nichts dagegen?«, fragte Mick und meinte es ernst. Farell hätte alle Möglichkeiten und doch hatte er sich dazu entschieden, den Markt hauptsächlich mit leicht verdaulichem Fast Food zu beliefern.

»Ich sehe ja, wie wichtig sie dir ist. Trotzdem, bei diesem absolut grandiosen Song kann ich mit ihrer Stimme nichts anfangen, so hart es klingt. Die Produktion ist doch viel zu überladen für eine so zarte Stimme. Da braucht es etwas mit Wumms. Ich würde da in eine andere Richtung gehen.«

Farells Bedenken brachten Mick ins Schwanken. War er mit der Produktion übers Ziel hinausgeschossen?

»Stell dir vor, wenn der Song von jemanden wie«, Farell machte eine dramatische Pause, »Queen Drama gesungen werden würde.« Er sah Mick an, als hätte er gerade die Idee des Jahrhunderts enthüllt. »Ich will ehrlich sein, Mick. Es gibt derzeit keinen Produzenten, der dir das Wasser reichen kann. Was ich da gerade gehört habe – mega! Dieser Sound könnte die Musiklandschaft auf den Kopf stellen, wenn wir es richtig angehen. Aber mein Gefühl sagt mir, dass ein so großer Song auch nach einer großen Künstlerin schreit.«

Mick war sich auf einmal selbst nicht mehr sicher. Heidi hätte bei einem Meeting wie diesem dabei sein sollen. Ursprünglich hatte er nur vorgehabt, ein wenig vorzufühlen, bevor es dann zu einem gemeinsamen Treffen mit Heidi käme. Aber etwas war ihm entglitten. Er hatte das ungute Gefühl, es verbockt zu haben. Was, wenn Heidi sogar wollte, dass ihr Song von jemandem wie Queen Drama gesungen wird. Verwehrte er ihr so eine Chance? Auch für ihn wäre es eine großartige Möglichkeit, wieder im Rampenlicht zu stehen, dachte er und schämte sich sogleich für seinen Gedanken. Nein, es war nicht richtig!

»Ich weiß gar nicht, was ich sagen soll«, begann er auszuholen. »Keine Frage: Queen Drama ist eine herausragende Künstlerin. Aber sie mit Heidi zu vergleichen, ist … absurd. Drama ist seit wie vielen Jahren im Geschäft? Zwanzig? Natürlich könnte sie den Song großartig singen. Das Ding ist nur: Ohne Heidi gäbe es den Song überhaupt nicht. Es ist nämlich ihr Song. Sie hat ihn geschrieben. Es sind ihre Worte, es ist ihre Geschichte. Du weißt ja noch gar nichts von ihr und willst auch nichts wissen. Aber einige Leute werden da anderer Meinung sein, glaub mir, Peter.«

»Lass uns realistisch sein, Mick«, sagte Farell und hob beschwichtigend die Hände. »Ich kann dir einen Publishing-Deal anbieten, dann schreibt sie den Song erst mal nur und Queen Drama performt ihn und trägt die Message in die Welt hinaus und alle haben was davon.«

Mick sagte nichts.

»Als angehenden Star sehe ich sie jedenfalls nicht. Lassen wir das jetzt einfach mal kurz so stehen.« Farell ging zur Bar in seinem Büro und schenkte ihnen zwei Gläser Bourbon ein.

»Vielleicht solltest du sie erst einmal kennenlernen«, erwiderte Mick trocken.

»Schon gut. Ich verspreche dir, ich werde deiner Heidi noch eine Chance geben und sie mir genauer ansehen.« Farell lehnte sich zurück und nahm einen tiefen Schluck aus seinem Glas. Dann sah er Mick an, als hätte er gerade das bestgehütete Geheimnis der Branche erfahren. »Also, du wirst nicht glauben, wer an mich herangetreten ist.« Er schob Mick den Bourbon hin.

Mick nahm das Glas, leerte es in einem Zug und knallte es unsanft zurück auf den Tisch, ohne mit Farell anzustoßen. »Wer?«, fragte er betont gelangweilt.

Farell machte eine lange Pause und flüsterte: »Super Bowl, Halbzeitshow.« Er lehnte sich weit nach vorne und rüttelte an Micks Arm. »Sie wollen dich dort dabeihaben. Wir haben eine Anfrage für die größte Bühnenshow der Welt. Und der geniale Song, den du mir gerade vorgestellt hast, wäre perfekt dafür! Das ist Next Level, Montgomery. Ich bin verdammt stolz, dass wir diese Chance haben.« Er sah Mick begeistert an.

Wow. Das waren zweifelsohne Neuigkeiten, die Mick erst mal verdauen musste. Jeder wollte diesen Job. Es gab keine bessere Möglichkeit, seinen Status als Legende zu zementieren, als ein Auftritt beim Super Bowl. Er würde Milliarden Menschen an den Bildschirmen und im Netz erreichen. Natürlich wollte er diese Chance nicht verstreichen lassen. Der Super Bowl fand in weniger als acht Monaten statt. Das war nicht viel Zeit, um solch einen bombastischen Auftritt auf die Beine zu stellen. Und bombastisch musste er sein. Ein Auftritt der Superlative. Mit Superstars, selbstredend. Selbst wenn er mit Heidi gleich morgen durchstarten würde, wäre sie im besten Falle ein heißer Newcomer.

Ein Newcomer beim Super Bowl? Das war natürlich keine Option. Deshalb wollte Farell also von vornherein nichts von ihr wissen. Er konnte Farell in dem Moment sogar verstehen. Der neue Song würde sich wirklich perfekt für eine Halbzeitshow eignen. Jetzt verstand er auch, warum sein Gegenüber so heiß auf Queen Drama war. Sie könnte den Song perfekt inszenieren. Er sah sie schon singend über dem Stadion schweben. Mit einem Fluggerät, das an den Flug des Ikarus erinnerte. Mit seiner positiven Message war der Song wie maßgeschneidert für einen Auftritt, der in die Geschichtsbücher eingehen würde.

Aber Heidi so ins Aus zu befördern, erschien Mick schlicht falsch. Es schnürte ihm die Kehle zu. Das konnte er nicht bringen. Schließlich hatten sie »Born To Fly« gemeinsam geschrieben. Es war also nicht nur seine Entscheidung. Mick musste es Heidi erzählen. Schonend beibringen, sonst wäre das der Todesstoß für ihr noch nicht hundertprozentig gefestigtes Selbstbewusstsein als Sängerin. Oder unterschätzte er sie? Er musste jetzt jedenfalls erstmal herausfinden, ob er derjenige war, der die Anfrage bekommen hatte, oder ob es Queen Drama persönlich war, die mit ihm arbeiten wollte. Er hakte nach. »Wem gilt die Anfrage?«

»Wie meinst du das, Mick?«, fragte Farell.

»Na ja, haben die explizit mich angefragt? Oder hat Queen Drama angefragt?«

»Nein. Sie wollen dich, Mick. Aber …«

»Ich denk drüber nach!« Mick stand auf und verließ das Büro, ohne Farell aussprechen zu lassen.

zum Song

Born to Fly

He wakes up
with a thought not to do what they told him
Gets a plan for his life, but it's not kids and wife
He's up for the stars

But it takes one look in your eyes
That your soul wants change, change of mind

I was born to fly
They forgot to give me wings
So I will fight for mine
I was born to rise
Just like Icarus
But I'm going to survive

Should they want you to fall
To stay small to just crawl
As you reach out for bigger things
But get up fix your crown
Don't let them drag you down
Take your leave and spread your wings

But it takes one look in your eyes
That your soul wants change, change of mind

I was born to break free
No more chains on me
I wanna shout it out
There is no therapy
That keeps up with me
I wanna shout it out

12

Die sechs Wochen an der sonnigen Küste Frankreichs waren zu schnell vergangen.

Zurück im hektischen New York kamen ihr die Wochen mit Mick und den Jungs wie die Kostprobe einer neuen Ära vor. Hier hingegen war alles beim Alten. Die Stadt pulsierte so rastlos wie eh und je. Daran änderte auch der einsetzende Frühling nichts. Mit den steigenden Temperaturen füllten sich die Parks mit Lebendigkeit und in den Straßen kehrte die Musik zurück.

Heidi liebte den Sound der Stadt. Aus jeder Ecke hörte man Jazz, Blues, Hip-Hop, der selbst dem dumpfen Dröhnen der Baustellen ein wenig Starappeal verlieh. New York im Frühling klang wie die Fusion einer mellow gespielten Jazztrompete mit den typischen Großstadtgeräuschen. Aus irgendeinem Grund kam ihr alles hier sehr viel echter vor als das azurblaue Idyll in der überdimensionierten Villa am Meer.

Sie stapfte durch den aufblühenden Central Park. Um sie herum Menschen aus den unterschiedlichsten Schichten mit all ihren Gefühlszuständen. Sie fühlte sich den anderen Großstädtern in ihrer Einsamkeit und Ohnmacht sehr viel mehr verbunden als den flanierenden Louis-Vuitton-Bonzen, denen sie an der Côte d'Azur begegnet war. Das Anhäufen von Statussymbolen und der Schwanzvergleich mancher Jachtbesitzer war im Grunde auch nur eine Bewältigungsstrategie angesichts der Plagen von heute. Der eine legte sich unters Messer, der andere kokste sich die Birne weg. Musik schien ihr da noch der am wenigsten riskante Weg zu sein. Eigentlich ging es hier wie da um eine einzige Sache: das Überwinden der Einsamkeit. Wie konnte man seinen Ängsten entkommen und wahres Glück finden?

Sicher, Ängste tauchten in unterschiedlichsten Formen auf. Die Angst einer Mutter, deren Baby hungerte, war offensichtlich von ganz anderer Beschaffenheit als die Angst der alten Dame, die zwar im Geld schwamm, aber niemanden hatte, der sie an Land zog. Die Angst davor, nicht geliebt zu werden, lähmte das Mädchen aus der Bronx genauso wie den Oligarchen aus Novosibirsk. Und auch wenn sie es nicht zugeben wollte, ging es Heidi genauso. Sie wollte endlich gesehen werden. Und geliebt werden für das, was sie war. Nicht für das, was sie für ihre Familie tat.

Heidi hielt kurz inne, als sie an einem älteren Straßenmusiker vorbeikam, dessen Blues sie schon aus der Ferne gehört hatte. Er stand an der gleichen Ecke wie immer und haute in seine rostigen Saiten, die kaum noch Klang hatten.

»Hey, Rod«, sagte sie lautlos, legte ihm ein paar Dollar mehr als sonst in die Mütze und ging weiter. Er zwinkerte ihr kurz zu und klampfte weiter. Welche Ängste hatte Rod? Das Leben in New York allein mit Straßenmusik zu bestreiten, musste einem auch Angst machen. Aber Rod sah immer fröhlich aus. Obwohl er seit Jahren dieselben Songs herunterleierte.

Hatte ihr Vater auch solche Ängste gehabt? Er war ihr immer so mutig erschienen, weil er sich gegen das brutale Pinochet-

Regime zur Wehr gesetzt hatte. Er war als einer der wenigen Anhänger von Salvador Allende, der sich nach dem Putsch 1973 das Leben genommen hatte, im Land geblieben. Der Gefahr war er sich bewusst, wollte aber seine Vorstellungen von Freiheit und einem guten Leben verteidigen. Die Angst um seine Familie war es schließlich, die ihn dazu zwang, seinen Kampf zu beenden. Was waren ihre Ängste im Vergleich zu seinen?

Seit ihrem Auftritt im Blue Night übte sie sich stetig darin, ihre Ängste zu überwinden. Sich nach so vielen Jahren wieder zu öffnen und dabei selbst wiederzuerkennen, wer sie eigentlich war, fühlte sich gut an. Aber die Gefahr, erneut verletzt zu werden, war allgegenwärtig. Wie schaffte man es, seine Ängste zuzulassen, ohne dass sie die Kontrolle übernahmen? Wenn es gelang, bekam man eine echte Chance. Die Möglichkeit, das Leben mit vollem Herzen zu umarmen. Unter der Angst lag das Herz, so frei, so verwundbar. Und sie war davon überzeugt, dass nur eine weichere, offenere und ja, angstbefreite Kultur die Kluft überwinden konnte, die sich in die Gesellschaft gegraben hatte. Denn nur wenn man einander nah war, konnte eine friedlichere Zukunft gelingen. Grenzen aufzubrechen, würde ein echter Gewinn für die Menschheit sein. Doch der Weg, der sich gerade abzeichnete, führte in eine völlig andere Richtung. Irgendwer hatte einmal gesagt, dass Angst der Feind der Liebe sei. Aber gehörten die beiden nicht eher zusammen? Ging doch die Liebe mit der Angst ihres Verlusts einher. Ach, es war kompliziert.

Heidi zückte ihr Notizbuch und begann zu schreiben. Als sie fertig war, klappte sie das Buch zu und ging zum Treffpunkt, den sie mit Mick vereinbart hatte. Sie sah ihn schon von Weitem. Er sah gut aus, wie immer. Retro-Herrenhose, lässiges Hemd und Picknickdecke unterm Arm. Sein Teint noch sonnengebräunt. Die Haare trug er unordentlich verwuschelt, was sie besonders an ihm mochte. Sie umarmten sich zur Begrüßung.

Mick breitete die Decke aus. Überall roch es nach Gegrilltem, die Vögel zwitscherten und man konnte beinahe vergessen, dass man in einer der größten Metropolen der Welt war.

»Wie war dein Treffen mit Farell?«

»Furchtbar.« Mick ließ sich auf den Rücken fallen.

Heidi legte sich bäuchlings neben ihm, den Kopf auf ihre Hände gestützt. Sie schob sich mit ihrer großen, dunklen Sonnenbrille das Haar hinter ihre Ohren und sah ihn fragend an. »Wirklich? So schlimm? Was hat er denn gesagt?«

Mick zögerte. Er hatte sich im Flugzeug von Los Angeles nach New York genau zurechtgelegt, was er ihr sagen wollte. Sie sollte auf keinen Fall erfahren, wie abschätzig Farell über sie gesprochen hatte. Er wollte ihr eigentlich versichern, dass sie Universum nicht bräuchten und er das Album selbst veröffentlichen würde. Dann könnten sie selbst entscheiden. Für Queen Drama würde ihm schon noch was einfallen. Doch aus seinem Mund kam etwas anderes. »Also, unseren Song fand er großartig«. Mick holte tief Luft.

»Echt jetzt?« Heidi strahlte ihn mit ihren großen, blauen Augen an.

»Im Grunde ja. Allerdings …«

»Was?«

»Ich … habe eine Anfrage für die Halbzeitshow beim Super Bowl.« Mick versuchte die Information so beiläufig wie möglich einzustreuen. Was ihm natürlich nicht gelang. Er suchte ihren Blick.

»Super Bowl? Mick, das ist ja der Wahnsinn. Sag schon, mit wem wirst du dort auftreten?«

Mick richtete sich auf und nahm ihre Hand. »Mit … dir«, begann er seinen Satz, einem Geistesblitz folgend. »Ich möchte, dass wir dort gemeinsam auftreten.«

Heidi riss ihre Hand zurück und zeigte ihm einen Vogel. »Mick, spinnst du jetzt komplett? Ich bin ein Niemand. Mich erkennt nicht mal der Obstmann, obwohl ich ständig bei ihm einkaufe. Beim Super Bowl treten Superstars auf, wie der Name schon verrät.« Heidi schüttelte fassungslos den Kopf. »Ich bin übrigens *kein* Superstar.«

»Schon klar, dass das schräg für dich klingt«, rechtfertigte sich Mick. »Aber ich meine es ernst. Und wir sollten keine Zeit verlieren. Am besten ziehst du erst mal aus diesem Loch in Sunset Park aus. Und zwar auf der Stelle. Dann nimmst du dir einen Anwalt, wir setzen ganz offiziell einen Vertrag auf und dann bekommst du einen Batzen Vorschuss und musst dir über Geld erst mal keine Sorgen mehr machen. Ich organisiere dir jemanden, der dir bei der Wohnungssuche hilft. Bis dahin kannst du gerne bei mir bleiben und ich ziehe solange ins Hotel.«

»Stopp, Mick. Halt mal die Luft an. Was fällt dir ein, so mit mir zu reden? Du bestimmst hier gerade über *mein* Leben. Aus meinem Loch ausziehen? Echt jetzt?« Heidi konnte nicht glauben, was gerade passierte. »Ich will dir mal was sagen, Mick. Bisher hat mir noch niemand sagen müssen, was ich zu tun hab. Im Gegenteil: Ich hab mehr oder weniger meine Geschwister allein großgezogen. Seit ich zwölf war, habe ich die Verantwortung für unsere Familie getragen. Das verstehst du natürlich nicht, dir wurden wahrscheinlich noch die Unterhosen gebügelt ans Bett gebracht.« Sie klang schärfer, als sie es beabsichtigt hatte. Aber anstatt sich zu entschuldigen, redete sie sich weiter in Rage. »Jedenfalls kannst du mich doch nicht so einfach mit dieser wahnwitzigen, irren Idee überfallen und dabei den Versorger spielen. So läuft das nicht. Ich kann nicht alles stehen und liegen lassen, meine Familie verlassen um … ja, um was eigentlich genau zu machen? So zu tun, als wär ich jemand? Ausgerechnet die aus dem Loch in Brooklyn?«

Mein Gott, dachte er. Musste sie immer so übertreiben? Mick sprang auf und ging ein paar Schritte auf und ab. So hatte er das alles nicht gemeint. Er verstand sie nicht. Jeder andere Mensch würde ihm doch jetzt um den Hals fallen. Er bot ihr eine riesige Chance, auch wenn er nicht mit offenen Karten spielte. Er wusste ja selbst noch nicht mal, wie er es anstellen sollte. Sie hatte recht, seine Idee war irre. Oder aber genial.

»Heidi, ich weiß, wie das für dich klingt. Es ist sicher nicht meine Absicht, dir etwas aufs Auge zu drücken, was du nicht willst. Das mit dem Loch tut mir leid. So war das nicht gemeint.« Er stand jetzt dicht vor ihr und suchte ihren Blick. Aber Heidi war bockig und erwiderte den Augenkontakt nicht. Er fuhr fort, diesmal dringlicher: »Aber was willst du wirklich? Dein Talent verschwenden? Morgens Supermarkt, abends kellnern? Hey, dann nur zu, ich werde dich nicht aufhalten. Aber so eine Chance kriegst du nie wieder. Wovor verdammt noch mal hast du Angst?«

»Ich habe keine Angst«, brüllte sie ihm entgegen.

»Dann setz jetzt alles auf eine Karte, Heidi – oder wir lassen es. Ich hab keine Lust auf dein Zögern, dein Zweifeln. Schon klar, dass du eine unabhängige Frau bist. Entschuldige, wenn das gerade anders rüberkam.« Jetzt endlich, sah sie ihn an. In ihren Augen sammelten sich Tränen. Er fuhr noch sanfter fort: »Ich biete dir nur meine Hilfe an, das ist alles. Wenn du es alleine versuchen willst, werde ich dir nicht im Weg stehen. Ich denke, du hast der Welt wirklich etwas zu geben. Aber zusammen würde es mehr Spaß machen.«

Mick lächelte zaghaft, als er bemerkte, dass sich die Atmosphäre änderte. Der Sturm legte sich, die Wogen schienen sich langsam zu glätten.

»Aber wenn man immer wieder zögert und alles infrage stellt, dann wird sich gar nichts bewegen. Nicht einmal hier drin«, sagte Mick, während er auf sein Herz zeigte.

Heidis Schultern bebten und endlich ließ sie die Tränen zu, die sie so lange zurückgehalten hatte. Mick zog sie in seine Arme, spürte ihre Verzweiflung. Und seine. Ja, er wollte sie irgendwie beschützen, auch wenn sie das nicht nötig hatte. Er verstand, dass sie eine Frau war, die nur blieb, wenn man sie gehen ließ.

Nachdem ihre Tränen versiegt waren, löste sie sich aus seiner Umarmung und sagte: »Danke, Mick, dass du so viel Vertrauen in mich steckst. Das kenne ich so einfach nicht. Ich habe das erst durch dich kennengelernt.« Heidi schlang erneut ihre Arme um ihn. »Ich rede noch heute mit meiner Familie, hole meine Sachen und zieh bei dir ein. Aber meine Miete zahl ich selber.«

»Wie du meinst. Ist aber nicht ganz billig bei mir«, witzelte Mick.

»Kein Problem. Erst die Miete und dann, meinetwegen, Super Bowl.« Heidi wischte ihre Tränen weg und brach in Gelächter aus. So verrückt das alles klang: Sie wusste, dass sie ihm jetzt vertrauen musste. Und ehrlicherweise hatte sie noch nie in ihrem Leben etwas so sehr gewollt wie das. Der Weg lag schon vor ihr, sie musste ihn nur noch gehen.

13

Mit pochendem Herzen packte Heidi einen Tag später ihre Sachen. Ihr ganzes Leben schien in zwei erbärmliche Kisten zu passen. Plus einem Gitarrenkoffer. Sie stand in ihrem winzigen Zimmer, das ihr trotz der Widrigkeiten immer ein Zuhause gewesen war. Sie sah sich ein letztes Mal um. So viele Erinnerungen. Hier war sie erwachsen geworden. Und auch wenn es manchmal nicht so schien: Sie war immer dankbar gewesen, ein Dach überm Kopf zu haben. Manche hatten weniger Glück.

Camila und Sebastián standen in der Tür. Wortlos umarmten sie einander. So, das würden die letzten Tränen sein, die sie in diesem Haus vergoß. Vor vielen Jahren hatte sie schon gehen wollen. Doch jetzt, wo es endlich an der Zeit war, loszulassen, schaffte sie es nicht, den Kloß im Hals loszuwerden.

»Du wirst uns hier fehlen«, weinte Camila.

Sebastián, von den Emotionen völlig überfordert, beendete die Szene. »Gut. Reicht jetzt aber auch mal wieder. Wirst du nun berühmt oder beerdigt?«

»Du Idiot«, schimpfte Heidi. Endlich löste sich der Knoten in ihrer Brust.

Jetzt musste sie nur noch den Abschied von ihrer Mutter durchstehen. Die saß mit apathischer Miene in der Küche. Heidi setzte sich zu ihr. »Wie geht's dir, Mom?« Insgeheim hoffte sie auf ein paar bestärkende Worte. Aber sie wusste, dass diese nicht kommen würden. »Ich wünsche mir so sehr, dass du nicht mehr leiden musst. Aber ich muss jetzt einmal an mich denken. Hörst du mich?« Sie nahm die weichen, schon etwas faltigen Hände ihrer Mutter in ihre. Sie schluckte. »Ich muss dir was sagen …« Schau mich doch wenigstens an, dachte sie. Zwecklos. Sie war an diesem unergründlichen Ort, zu dem niemand den Eingang kannte. Und sie vermutlich keinen Ausgang.

»Ich werde heute ausziehen, Mom. Du brauchst keine Angst haben, du wirst nie alleine sein. Sebastián und Camila sind da und ich werde versuchen, so oft es geht herzukommen.« Tränen strömten über ihre Wangen, als sie die Leere in den Augen ihrer Mutter sah. Wie sehr hätte sie sich gewünscht, dass sie sie ansah und ihr versicherte, dass es in Ordnung war, zu gehen. Dass sie endlich die Welt erobern solle. Ihre Träume verfolgen. In Gedanken stellte sie sich vor, wie ihre Mutter aufstand und sie umarmte. Es wäre auch okay gewesen, wenn sie sie wütend aus der Haustür geschmissen hätte. Sogar im betrunkenen Zustand wäre sie ihr lieber gewesen. Aber dass ihre Mutter so gar keine Regung zeigte, schmerzte am meisten. »Mach's gut, Mom.« Heidi küsste sie auf die Stirn und verließ schweigend die Wohnung.

Unten wartete Brenda Lee mit dem schwarzen Van, den sie sich für Heidis Umzug von ihrem Freund geliehen hatte. »Und?«, wollte sie wissen.

Heidi schüttelte den Kopf und ließ sich in die Arme ihrer besten Freundin sinken. Die strich ihr sanft über den Kopf.

»Scheiße«, sagte Brenda Lee.

»Lass uns fahren.«

Sie stiegen in den Wagen. Heidi sprach kein Wort, als die vertraute Gegend an ihnen vorbeizog.

»Hier muss es sein. Hui«, pfiff Brenda Lee angesichts der noblen Umgebung, in der sie parkten. »Das nenn ich mal ein Upgrade.«

Sie standen vor einem Wolkenkratzer in der Upper East Side, einem der gehobeneren Viertel Manhattans. Nicht die Gegend, in der sie Mick zuerst vermuten würde. Zumindest nicht den Mick, den sie kennengelernt hatte. Sie hievten gerade die Umzugskartons aus dem Wagen, als Mick aus dem Gebäude auf sie zukam.

»Alter, er sieht in Wirklichkeit ja noch hotter aus als in den Magazinen.«

»Reiß dich zusammen, Brenda Lee«, wies Heidi ihre Freundin zurecht, konnte sich aber ein Lächeln nicht verkneifen.

»Hi, ich bin Brenda Lee, Heidis allerallerbeste Freundin.« Sie zwinkerte Mick zweimal lässig zu, wobei sie ihren rechten Mundwinkel nach oben zog und ihm kumpelhaft die Hand zur Begrüßung hinhielt.

Mick tat es ihr gleich und stellte sich knapp vor. Die Szene erinnerte Heidi an ihre erste Begegnung im Blue Night. Er schien auch jetzt nicht in Stimmung für Small Talk. »Darf ich euch was abnehmen?«, bot er an.

Mick schnappte sich einen der Kartons und sie fuhren zusammen mit dem Aufzug bis ins oberste Stockwerk.

»Holy Shit«, entfuhr es Brenda Lee, als sie ganz oben angelangt waren.

»Natürlich das Penthouse«, stellte Heidi trocken fest.

Mit offenstehenden Mündern betraten sie das Apartment. Geräumig, könnte man sagen. Die bodentiefen Fenster gaben einen überwältigenden Blick auf die Stadt frei und verstärkten das unwirkliche Gefühl, Hunderte von Metern über den Straßen New Yorks zu schweben. Mick hatte sich sehr retromäßig mit Vintage-Möbeln, Ledersofas und ein paar schrulligen Deko-Objekten eingerichtet.

»Ich zeig euch die Terrasse, sie ist das schönste an der Wohnung.« Mick führte sie nach draußen.

Der Begriff »Wohnung« ist doch leicht untertrieben, dachte Heidi. Die »Wohnung« bot schließlich Platz für ein ganzes Football-Team.

Das Penthouse besaß eine weitläufige Dachterrasse mit verschiedensten Sitzgelegenheiten, darunter bequeme Sitzsäcke in Erdfarben mit schwarzen Kissen. Und die Aussicht war einfach unbeschreiblich. Von hier aus hatte man einen Blick auf ganz Manhattan. Was für ein Ort.

»Wow! Und hier wohnst du?«

»Wenn ich in New York bin.«

»Das kann ich nicht annehmen, Mick.« Heidi sah etwas in seinen Augen auflodern. Etwas, das sie nicht zum ersten Mal bemerkte. Vielleicht erschien sie ihm wieder undankbar und er war genervt von ihrer Art. Dabei war sie weniger kompliziert, als es den Anschein machte.

Brenda Lee schien bemerkt zu haben, dass Heidi sich unwohl fühlte und mischte sich ein: »Mann, Heidi, jetzt ist aber auch mal gut. Wenn einer mal ein bisschen High Class verdient hat, dann ja wohl du. Aber wenn du hier nicht einziehen willst, dann kannst du ja meine abgerockte Bude haben. Und ich nehm das hier.« Damit wandte sie sich an Mick. »Ich muss mich für meine Freundin entschuldigen. Kann ich dann den Westflügel haben, Mr. Montgomery?«

Damit brachte sie Mick zum Lachen. Und zwar so laut und ansteckend, dass Heidi auf der Stelle nachgab.»Okay. Beruhigt euch, ich hab's gecheckt.«

Mick holte ein paar Bierflaschen aus dem Kühlschrank und zeigte Heidi die restliche Wohnung. Das Badezimmer war prächtig, mit vielen unterschiedlichen Spiegeln bestückt. Und so groß, dass die geschwungene, antik wirkende Badewanne mitten im Raum stehen konnte. Selbstredend gab es zusätzlich einen großzügigen Duschbereich, versteckt in einer Art Schnecke im hinteren Teil des Zimmers. Das Waschbecken war aus poliertem Marmor gefertigt und von edlen Verzierungen umrahmt. Im Schlafzimmer stand ein majestätisches, frisch bezogenes Boxspringbett. Durch das Dachfenster konnte man nachts bestimmt die Sterne sehen. Heidi stellte sich vor, wie es klingen würde, wenn der Regen auf die Scheibe prasselte und sie sich unter die Decke kuscheln würde. Vielleicht mit ihrer Gitarre in der Hand und einem neuen Song im Kopf. In ihr breitete sich ein warmes Gefühl aus und sie konnte es kaum erwarten, allein zu sein. Kreativ zu sein. So viel hatte sich in den letzten Monaten in ihr verändert. Es gab kein Zurück mehr. Sie wollte auch nicht mehr zurück. Heute war der erste Tag in ihrem neuen Leben und sie beschloss in dieser Sekunde, dass es okay war, die Zeit endlich auf ihrer Seite zu haben.

Als die Nacht hereinbrach, verabschiedete sich Brenda Lee und Heidi blieb allein mit Mick zurück. Ihr Herz schlug schneller. Sie zuckte beinahe zusammen, als Mick seine Jacke und seine Autoschlüssel nahm.

»Wo willst du hin?«

»Ins Hotel.«

»Wieso bleibst du nicht hier? Die Wohnung ist doch groß genug für uns beide.«

Mick schien zu bemerken, dass sie zitterte, denn er legte seine Jacke um sie und nahm ihre Hände. »Heidi …« Es war nur ein Moment, in dem er verharrte und ihren Blick erwiderte. »Es ist besser, wenn ich gehe. Wir sehen uns morgen.« Er ließ ihre Hände los und zog die Tür hinter sich zu.

Wieso fühlte sie sich jetzt zurückgewiesen? Sie waren doch nur … Freunde. Aber wenn sie nur Freunde waren, wieso wollte er dann nicht bleiben?

Zu aufgebracht zum Schlafen, beschloss Heidi, die Musikanlage im Wohnzimmer auszutesten, die mit einem alten Plattenspieler verbunden war. Dieser stand auf einem Holztisch und daneben befand sich eine Sammlung alter und neuer Vinylplatten. Sie suchte sich einen echten Klassiker aus, der perfekt zu ihrer Stimmung passte, dämmte das Licht und wurde dank Miles Davis' »Kind of Blue« in eine andere Welt befördert. Müde sank sie schließlich in die Kissen der Chaiselongue. Der herbe Duft von Micks Lederjacke, die noch immer über ihren Schultern hing, half ihr, in den Schlaf zu gleiten. Was auch immer ihre Gefühle bedeuteten – sie mussten warten.

14

Mick fuhr in seinem Auto, einem schwarzen Ford Mustang, durch die nächtlichen Straßen New Yorks. Er liebte es, nachts durch die Gegend zu fahren, um seine Gedanken zu sortieren. Er versuchte erneut, den romantischen Gefühlen, die er Heidi gegenüber empfand, keinen Raum zu geben.

Er parkte in der Tiefgarage seines Lieblingshotels, bezog sein Zimmer und nahm einen Pisco Sour an der Bar.

An seinem Cocktail nippend, schmiedete er Pläne, um Heidi den Slot in der Halbzeitshow zu sichern. Er wusste, dass er hoch pokern musste, denn Heidi war ein unbekannter Trumpf, den er unbedingt so lange wie möglich geheim halten musste. Das Risiko zu scheitern war groß, ebenso wie die Gefahr, seine Reputation in der Branche zu verlieren. Er lehnte sich für die unerfahrene Heidi weit aus dem Fenster. Aber er hatte einen genialen Plan.

Er würde alle Parteien zufriedenstellen: Farell, die Plattenfirma, die Organisatoren, die Sponsoren. Gestern hatte er mit Queen Drama telefoniert und sie war bereit, sein Vorhaben zu unterstützen. Trotz ihres Status als Popikone vergaß sie nie, wie hart sie dafür gearbeitet hatte. Jeder bereits erfolgreiche Künstler wählte einen anderen Weg, aus der Masse hervorzustechen, was im neuen Zeitalter der Streaming-Kultur nicht unbedingt leichter geworden war. In Queen Dramas Fall war es eine Mischung aus unfassbarer Musikalität, genialem Verstand und Mut zur Extravaganz gewesen, die ihr den Erfolg brachte. Sie erschuf eine faszinierende Kunstfigur, an der sie selbst wachsen konnte und die am Ende wie ein Kokon wirkte, aus dem sich genau die geniale Sängerin befreite, die sie schon immer gewesen war. Aber erst jetzt waren die Menschen auch bereit, ihr zuzuhören.

Heidi war anders: Neben ihrer Stimme und Unbedarftheit hatte sie eine natürliche Bühnenpräsenz. Um die Menschen aufzurütteln, brauchte sie nur eine Gitarre. So hatte sie ihn von Anfang an in ihren Bann gezogen. Die große Show würde ein nie da gewesenes Spektakel werden und Heidi würde alle umhauen.

Doch bis dahin gab es noch eine Menge zu tun. Sie musste dringend Bühnenerfahrung sammeln, um ihre Nervosität in den Griff zu bekommen.

Mick wollte, dass sie bis zu diesem großen Tag keine Aufmerksamkeit erregte. Keine schlecht gefilmten Handyaufnahmen, kein kurzlebiger TikTok-Trend, kein künstlich generierter Hype. Keine Bilder, die vorgaukelten, sie würde auf großen Bühnen performen, obwohl sie nur ein Vorgruppen-Act war.

Er konnte diese Art der Selbstvermarktung zwar verstehen, aber nicht ausstehen. Alles daran kam ihm falsch vor. Und doch verfolgten so viele kleinere Bands und Künstler in den sozialen Medien diese Strategie. Das System war krank und infizierte jeden, der Teil davon war. Eine künstliche Welt mit künstlichen Hypes, mit künstlichen Gesichtern und Körpern, bald schon mit künstlicher Intelligenz, und niemand würde mehr unterscheiden können, was wahr war und was nicht.

An Heidi aber war alles echt. Und sie schien anders als die meisten Newcomer kein Problem damit zu haben. Sein Plan würde funktionieren. Wenn es ihnen gelang, die Füße stillzuhalten. Um sie dennoch ein wenig auf ihren Auftritt vorzubereiten, würde er demnächst ein paar Gigs organisieren, die im Untergrund stattfinden würden. Kein großes Publikum, aber genug, um ein wenig Routine zu bekommen. Der Sprung ins Super-Bowl-Becken vor Milliarden von Zuschauern würde so oder so eiskalt sein. Aber wenn sie wusste, wie man im kalten Wasser schwimmt, würde sie nicht untergehen.

Mick nahm einen letzten Schluck von seinem Cocktail. Ihm war nicht entgangen, dass ihn eine hübsche Brünette schon seit einigen Minuten nicht aus den Augen ließ. Sie lächelte und strich sich mit den Fingern durch ihre langen Locken. Vielleicht konnte ein wenig Ablenkung nicht schaden.

15

Ein ihr unbekanntes Geräusch riss Heidi aus dem Schlaf. Sie musste sich erst orientieren, bis sie begriff, wo sie war. Sie gähnte, zog die Vorhänge auf und mit einem Mal lag ihr die Stadt zu Füßen. Sie hatte New York lange nicht so herausgeputzt gesehen. Von oben wirkte alles anders. Es beruhigte sie, dass sie wusste, wie es unten aussah. Da war die Fallhöhe nicht so groß. Wäre es für Mick vielleicht sogar ein Schock, wenn er sehen würde, wie sie früher gelebt hatte? Sie vermisste Sunset Park. Kaum zu glauben, angesichts dieser spektakulären Kulisse. Ihre jetzige Situation war auf jeden Fall nicht ganz so schlecht. Nicht zu fassen, dass sie in aller Ruhe ins Bad gehen konnte, ohne dass jemand gegen die Tür klopfte, weil er es eilig hatte. Heidi ließ die Dusche laufen, bis das Wasser warm wurde. Ganze zehn Sekunden konnte sie sich berieseln lassen, bis es plötzlich klingelte. Mist! Sie schnappte sich eines der Handtücher und rannte mit nassen Füßen zur Tür.

»Heidi, ich bin's. Bist du da?«

Sie öffnete überschwänglich die Tür und merkte einen Moment zu spät, dass sie nur ein Handtuch anhatte.

»Oh. Kann ich … ähh … reinkommen?« Mick stand mit einer Tüte duftender Croissants und Kaffee vor ihr.

»Mierda«, fluchte Heidi und flüchtete. Sie schlüpfte in ihre Jeans, zog ein weißes T-Shirt über und wickelte ihr Haar ins Handtuch zu einem Turban. Sie überlegte kurz, ob sie sich schminken sollte, ließ es aber bleiben.

»Gut geschlafen?«, fragte Mick. Auf dem Terrassentisch stand bereits ein Tablett mit Geschirr. Mick saß mit einer Kippe in der Hand und übereinandergeschlagenen Beinen in einem der Sitzsäcke.

»Wie ein Stein.«

»Bist du vorbereitet für die Probe nachher?«

Heidi nickte. Konnte man ihm das Oberlehrerhafte irgendwie abgewöhnen?

»Ich hab für heute Abend ein paar Leute eingeladen. Denkst du, wir schaffen es, ein kleines Set für sie zu spielen?«

»Entspann dich, Mick. Sicher«, sagte Heidi betont lässig. Wann begriff er endlich, dass sie kein Idiot war. Was musste sie noch tun? »Ich bin ready.«

Mick pustete den Rauch absichtlich laut in die Luft. »Was ist passiert, Heidi Morales? Keine Zweifel mehr?«

Heidi riss ihm die Zigarette aus den Fingern und nahm einen kräftigen Zug. Sie sah ihm tief in die Augen und paffte ihm direkt ins Gesicht. »Nope«, flüsterte sie, doch es klang wie eine Drohung.

»Okay«, gab er kleinlaut zurück.

Nach dem kleinen Frühstück schlüpfte Heidi in ihre schwarzen Ankle Boots, holte ihre Gitarre und ihr Notizbuch und fuhr mit Mick nach Williamsburg, wo die Probe stattfinden würde.

Sie hielten vor einem Komplex aus Industriegebäuden und Mick erklärte ihr, dass hier eine vielfältige, vibrierende Kunstszene zu Hause war. Der Proberaum gehörte einem Künstlerkollektiv, dem er seit vielen Jahren verbunden war. Er wollte Heidi gerne noch ein paar Leute vorstellen, unter anderem eine Fotografin namens Tara Ronson, von der er eine hohe Meinung hatte. Er geriet regelrecht ins Schwärmen, als er Heidi von Taras rohen und ausdrucksstarken Porträts erzählte.

Sie klopften an Taras Tür. Eine große, tätowierte Frau mit wilder Mähne und etwas verlebtem Gesicht bat sie rein. Heidi fielen sofort die sehr speziellen Fotografien auf, die auf dem Boden verstreut lagen. Einige Porträts hingen in unterschiedlichen Größen plakativ an der schwarz gestrichenen Wand. Die Rauheit, die sie ausstrahlten, kam Heidi vertraut vor. Als sie die Werke näher betrachtete, wusste sie, was es war. Tara bildete das Leben selbst ab. Oberflächliches, schützendes oder gar gefälliges Lachen suchte man vergebens. Tara mochte offenbar keine aufgesetzten Posen. Die Fotos gefielen Heidi auf Anhieb. Sie erforderten Mut. Von den Menschen, die fotografiert wurden, weil sie sich in all ihrer hässlichen Schönheit zeigten. Und Tara musste mutig genug sein, genau diese Verletzlichkeit auszuhalten, ihr Raum zu geben und sie letzten Endes so darzustellen, wie sie war. Die Frau war genial.

»Was denkst du?«, fragte Tara.

»Ich weiß nicht, was ich sagen soll. Bilder wie deine hab ich noch nie gesehen. Alles wird immer so aufgehübscht. Dabei finde ich gerade das schön, was nicht so schön ist.«

»Du bist irgendwie anders als die meisten Menschen, die ins Showgeschäft wollen«, bemerkte Tara direkt.

»Ha. Ich bin mir gar nicht sicher, ob ich ins Showgeschäft will. Ich möchte eigentlich Musik machen, die etwas bedeutet«, sagte Heidi.

Tara sah sie lange an, was Heidi aber nicht unangenehm war. Sie waren aus demselben Holz geschnitzt.

»Du hast melancholische Augen. Aber ich sehe keine Düsternis. Da ist ein Hunger. Voll interessant. Du strahlst. Kann ich dich fotografieren?«

»Ähh … jetzt?«

»Warum nicht?«

»Okay. Warum nicht.«

Tara holte bereits ihre Kamera und tauschte das Objektiv aus. Dann führte sie Heidi in ein anderes Zimmer, in dem sich eine schwarze, bis zum Boden aufgerollte Leinwand und jede Menge Lampenschirme befanden. Das Tageslicht fiel durch riesige Milchglasfenster in den ansonsten kargen Raum.

»Stell dich hier hin. Mach ganz entspannt …« Tara betätigte ein paar Mal den Auslöser. »Ich will wissen, wer du bist.«

Mick bemerkte Heidis Unbehagen, aber er hielt sich zurück, um nicht schon wieder in dieselbe Falle zu tappen.

Heidi stand bestimmt das erste Mal vor einer Kamera. Er wusste, dass sich Tara darüber freute, denn das war genau, was sie in ihren Bildern suchte: diesen einen Moment, wenn die Aufregung verschwunden war und man sich darauf einließ, seine Persönlichkeit zu zeigen. Sie konnte besser als jeder andere diese Magie einfangen.

Heidis Natürlichkeit faszinierte Mick. Und, dass sie anders war. Ihre tiefblauen Augen, die so gar nicht zum Rest passten. Die kleinen, fast unsichtbaren Linien, die sich kaum merklich in ihr Gesicht eingegraben hatten.

Tara schien noch auf diesen einen magischen Moment zu warten, um das perfekte Foto zu schießen. Sie warf Mick einen Blick zu. Heidi war wohl doch noch nicht so weit, merkte er jetzt. Sie wirkte irgendwie steif. Er dachte kurz nach, dann verband er sein Handy mit den Bluetooth-Lautsprechern, aus denen ein paar Sekunden später Jazzmusik erklang.

Sofort änderte sich Heidis Haltung. Ihre Schultern hingen jetzt natürlich herunter und ihre Augen tanzten zur Musik. Waren erfüllt von dem Leuchten, dass er so an ihr mochte.

In diesem Augenblick drückte Tara den Auslöser, zwinkerte Mick zu und er wusste, das war's. Sie hatte das perfekte Bild.

»Danke, Heidi, das war gut«, sagte Tara schließlich, während sie ein paar der Bilder auf dem Display ihrer Kamera näher betrachtete. »Willst du mal sehen?«, fragte sie.

Heidi kniff ihre Augen zusammen und schaute auf den kleinen Bildschirm. Die Frau, die ihr entgegenblickte, kam ihr fremd vor. Es war die eine Sache, sich im Spiegel anzuschauen. Da konnte man über manches hinwegsehen. Die Macht der Gewohnheit ließ einen selten wirklich Neues an sich entdecken. Aber diese Seite kannte sie nicht an sich. Die Fotos zeigten eine Tiefe, die sie so nicht an sich vermutet hätte.

»Uff… Ich weiß grad nicht, ob das wirklich ich bin.«

»Wer weiß das schon«, erwiderte Tara.

Heidi dachte darüber nach. Es stimmte schon. Viel zu oft versteifte man sich auf den einen Teil der eigenen Persönlichkeit, den man schon von sich kannte.

»Danke für die Bilder. Wenn du magst, komm später vorbei. Ein geheimer Gig, sozusagen.«

Nach der Session mit Tara wartete schon die nächste Herausforderung: die Bandprobe. Es grenzte an ein Wunder, dass alle drei Musiker Zeit gefunden hatten. Selbst Armand, den Mick nach langem Zureden dazu gebracht hatte, sich in ein Flugzeug zu setzen. Er hatte wohl irgendeine Substanz zu sich genommen, um den Langstreckenflug ohne Marihuana zu überstehen.

Das kleine Konzert vor zwanzig ausgewählten Freunden, die angehalten waren, keine Videoaufnahmen zu machen, fand in einem schlichten Raum des Künstlerkollektivs statt. Auf einer improvisierten Bühne standen Heidi, Mick und die Band, umgeben von simplen Lichtern, die sanft die Szene erhellten. Heidi zeigte sich vollkommen in ihrem Element, interagierte lebhaft mit der Band und dem Publikum und überspielte gekonnt ein paar kleine Texthänger.

Heidi war voller Glücksgefühle, als sie nach dem Auftritt in Richtung Toilette ging, um sich die schwitzigen Hände zu waschen.

Als sie am Waschbecken stand, bemerkte, dass sie angestarrt wurde. Von einer stark geschminkten Frau mit blutunterlaufenen Augen, die sich neben ihr gerade die Lippen nachzog.

»Alles okay bei dir?«, wollte Heidi wissen, da sie keine Lust hatte, angegafft zu werden. Außerdem schien mit den Augen der anderen etwas nicht in Ordnung zu sein.

»Bei mir ist alles okay, ja.« Die Frau musterte sie von oben bis unten. »Ehrlich gesagt, weiß ich nicht, was er an dir findet«, murmelte sie ganz leise, aber so, dass Heidi trotzdem jedes Wort hören konnte.

»Wie bitte?«

»Ach nichts. Euer Auftritt war nicht schlecht, aber … das lag eher an deiner fetten Band. Sorry. Und nur so als Info: Ich würde an deinem Klamottenstil feilen …«

Noch bevor Heidi etwas erwidern konnte, war die Frau mit einem abschätzigen Lächeln im Gesicht verschwunden. Wer zum Henker war das gewesen? Tickte die noch ganz richtig?

In diesem Moment kam Tara aus einer der Toilettentüren. »Oh Gott, war das Suzi? Die ist leider ziemlich verbittert. Mach dir nichts draus, dein Auftritt war wirklich super.« Sie strich Heidi über die Schulter.

»Ähh … danke.«

»Komm, wir holen uns noch ein Bier und reden draußen weiter.

»Okay.«

Tara brachte die Getränke und prostete ihr zu.

»Wer ist Suzi?«, fragte Heidi nach kurzem Zögern.

»Suzi ist ’ne Bitch. Ich glaube, sie war mal ganz kurz mit Mick zusammen oder zumindest stand sie auf ihn. So genau weiß ich das nicht. Nimm’s dir nicht zu Herzen. Sie wartet noch auf ihren großen Durchbruch als Sängerin. Aber sie hat’s nicht drauf. Sie klingt wie eine gallige Katze. Das wird nix. Da helfen ihr weder die gemachten Möpse noch die aufgespritzten Lippen.«

Jetzt musste Heidi grinsen. »Und Mick war mit der zusammen? Echt jetzt?«

»Keine Ahnung. Kann’s mir eigentlich nicht vorstellen. Aber sie hat es mal behauptet.« Tara kramte eine Schachtel Zigarillos aus ihrer Tasche hervor und hielt sie Heidi hin.

»Danke, ich rauche nicht.«

»Gut so.« Tara zündete sich einen Zigarillo an. Ein angenehmer Vanille-Duft stieg in Heidis Nase.

»Ich hab ein paar richtig coole Bilder von euch geschossen heute. Ich mach die fertig und schick sie dir. Habt ihr schon einen Namen? Oder trittst du unter deinem auf?«

»Oh, ich weiß es ehrlich gesagt nicht«, sagte Heidi. Darüber hatten sie tatsächlich noch gar nicht nachgedacht. »Aber was ich weiß, ist, dass ich dieser Suzi jetzt meine Meinung sagen werde«, entschied sie, als sie die Frau am Tisch der Band entdeckte. Suzi saß auf dem Schoß von Coop, dem die Aufmerksamkeit der vollbusigen Frau zu gefallen schien. Neben ihnen Mick, der stille David, Armand und noch ein Kerl, den Heidi nicht kannte.

»Hey, Suzi«, begann Heidi bestimmt und beugte ihren Kopf dicht zu ihr herunter.

Suzi sah sie schräg an. Offensichtlich hatte sie nicht damit gerechnet, dass Heidi sie nach ihrer Tirade von vorhin noch ansprechen würde.

»Pass mal auf, Suzi. Es ist dein gutes Recht, mich scheiße zu finden. Aber behalt's für dich. Ich lass mich nicht von dir beleidigen«, sagte Heidi.

»Oh, oh, dicke Luft bei den Ladies. Ich verzieh mich lieber«, brummte Coop und schob Suzi von seinem Schoß. Die stand jetzt direkt vor Heidi.

»Wie ich hörte, singst du auch«, fuhr Heidi fort. »Wäre es nicht besser, wir würden uns unterstützen? Oder willst du lieber ein wandelndes Klischee sein?«

»Jetzt mach mal halblang, Morales. Offenbar die Stimme der Moral. Ich hab nur gesagt, ich weiß nicht, was er an dir findet«, gab Suzi aufgebracht zurück.

»Dann frag ihn doch einfach, wenn es dich so brennend interessiert.« Heidi drehte sich zufrieden um und ließ Suzi einfach stehen.

16

Das Meeting mit der NFL-Marketingabteilung fand im Financial District von Manhattan statt, in einem der obersten Geschosse eines Wolkenkratzers. Mick ging auf dem Weg dorthin noch mal alle Punkte seines Plans durch. Er wollte nicht zu viel von Heidi preisgeben, aber er konnte die NFL-Leute auch nicht komplett im Unklaren lassen. Sie würden ihn sowieso für verrückt erklären, wenn sie seinen Vorschlag erst gehört hatten.

Es war ihm egal. Seine einzige Sorge galt Peter Farell, der selbstverständlich bei dem Meeting dabei sein wollte. Er würde ihm das Gefühl geben müssen, dass der Coup mit Heidi auch seine Idee gewesen war. Wenn Farell gegen seinen Plan war, würde er alles torpedieren.

Mick wurde von einer Empfangsdame nach oben begleitet. Der Weg zum Konferenzraum war gepflastert mit Bildern vergangener Super Bowls. Und auf einem riesigen Bildschirm wurden alle Sieger, beginnend mit dem allerersten Spiel im Jahr 1967, das zwischen den Green Bay Packers und den Kansas City Chiefs ausgetragen worden war, gezeigt. Der Raum selbst bot eine atemberaubende Aussicht auf das Empire State Building, wirkte jedoch etwas überladen, da man überall Fotos von den Künstlern der vergangenen Halbzeitshows aufgehängt hatte – vermutlich extra für dieses Meeting. Auf einer Leinwand liefen die Highlights der letzten Jahre in einer stummen Endlosschleife. Michael Jackson, Bruno Mars, Katy Perry, Coldplay, Beyoncé – es waren immer spektakuläre Shows gewesen.

Mick wurde überschwänglich empfangen. William Parker, ein älterer, gepflegter Herr, der sich als Chef der Marketingabteilung vorstellte, erwähnte zu Beginn des Meetings, dass Farells Maschine technische Probleme beim Starten gehabt hatte und er somit dem Meeting bedauerlicherweise nicht beiwohnen konnte. Mick tat betroffen, aber innerlich jubilierte er. Eine mittelalte, rothaarige Frau mit schwarzer Hornbrille erklärte, wie großartig es sei, dass sie ihn für die Show gewinnen konnten, und wie gespannt sie schon auf seine Präsentation waren.

Mick sammelte sich kurz, ehe er anfing, seine Idee vorzustellen. »Zunächst will ich Ihnen allen danken für das entgegengebrachte Vertrauen. Ich fühle mich geehrt und bin mir sicher, dass wir gemeinsam eine überragende Show auf die Beine stellen können.« Mick wusste sich in Situationen wie diesen geschickt auszudrücken. Wenn er eines bei den Montgomerys gelernt hatte, dann das. Menschen mit einem gewissen Status konnten ihn genauso wenig einschüchtern wie die Tatsache, mal eben einen Millionen-Dollar-Deal an Land zu ziehen. »Leider ist Peter nicht anwesend, aber er hatte die brillante Idee, Queen Drama ins Boot zu holen.«

Ein Raunen ging durch den Raum. Queen Drama war gerade auf dem Peak ihrer Karriere und genau die Art Künstlerin, mit der sich die NFL-Verantwortlichen offenbar eine Kollaboration erhofft hatten. Es lief gut.

»Zu Beginn wird Queen Drama ein Medley ihrer Hits performen. Wir stellen uns speziell angefertigte Roboter vor, die im Laufe der Songs die Tänzer ersetzen. Am Ende bleibt nur Queen Drama übrig, die selbst zu einem Roboter wird. Wir wollen eine ironisch überzeichnete Zukunftsvision kreieren, unterhaltsam, aber auch garniert mit einigen nachdenklichen Momenten.«

Die Rothaarige meldete sich zu Wort. »Fantastisch. Ich sehe Queen Drama in einem silbernen Hologramm-Outfit. Ich kenne da einen tollen Designer.« Begeistert von ihrem eigenen Vorschlag blickte sie in die Runde. Parker warf ihr einen mahnenden Blick zu.

»Vermutlich wird Drama ihre eigenen künstlerischen Vorstellungen und Designer haben. Aber trotzdem danke für den Vorschlag«, antwortete Mick in Richtung der Rothaarigen.

»Danach würden wir uns einen Hip-Hop-Artist vorstellen. Zurzeit stehe ich mit KYTE im Austausch.« In der Runde wurden hektisch Notizen gemacht und Mick konnte spüren, dass ihnen auch diese Idee gefiel.

»Jetzt kommt eines der Highlights der Show: Queen Drama wird mit einem speziellen Fluggerät, das den Flügeln aus der Geschichte des Ikarus nachempfunden ist, durchs Stadion schweben. Sie wird einen neuen Song performen, der perfekt zu dieser Szene passt. Dazu modernste, visuelle Projektionen. Wir verbinden sozusagen die Zukunft mit der Vergangenheit.«

»Das hört sich bombastisch an … Sehr schön, Mick«, meinte Parker sichtlich begeistert.

»Ich bin noch nicht fertig.« Mick setzte zu einer kunstvollen Pause an. Bestärkt durch die positive Resonanz auf seinen bisherigen Pitch, war es nun an der Zeit für das trojanische Pferd, das er mitgebracht hatte. Er atmete tief durch.

»Jetzt kommt's: Wir könnten an dieser Stelle einen harten Kontrast setzen, der die Essenz des Super Bowls in den Vordergrund rückt«, begann Mick und blickte verheißungsvoll in die Runde. »Wir sehen Sportler und Künstler der absoluten Spitzenklasse. Aber was eint uns alle? Waren wir nicht alle mal junge Menschen mit großen Träumen? Ist nicht der Motor, warum die Menschen im Stadion die Sportler so begeistert anfeuern, der, dass wir uns einer Sache zugehörig fühlen wollen? Wir wollen Teil von etwas Großem sein! Sportler wie Jim Brown, Michael Oher, sie alle hatten am Anfang einen Traum.«

»Worauf wollen Sie hinaus? Ich hoffe, Sie wollen das Ganze nicht zu einer politischen Veranstaltung machen, denn da ziehen wir ganz klar eine Grenze«, platzte es aus der Rothaarigen heraus, die offenbar noch beleidigt war, dass ihr vorheriger Vorschlag keinen Beifall gefunden hatte.

Mick fuhr unbeirrt fort: »Es geht nicht um Politik, es geht hier um die Verbindung zwischen Zukunft und Vergangenheit. Das Hier und Jetzt. Das verbindende Element sind wir Menschen und eine einfache Idee, die immer weitergesponnen wird. Und diese Idee hat ihren Ursprung hier …«, sagte er und deutete auf seinen Kopf, »und hier.« Mick zeigte nun auf seine Brust. »Deshalb will ich Ihnen jetzt etwas vorschlagen, was Sie so noch nicht bei einer Halbzeitshow gesehen haben. Es gibt eine junge Frau, die es nur mit ihrer Stimme schafft, die Herzen zu bewegen. Eine mutige Sängerin, die allein mit ihrer Gitarre auf der Bühne steht und ihr Lied singt.«

Mick sah in die Gesichter der Anwesenden. Die Rothaarige legte ihre Stirn in Falten und er nahm ein leichtes Kopfschütteln wahr. Ein Mann am anderen Ende des Tisches plusterte die Backen auf… Damit hatte Mick gerechnet. Er legte nach: »Ich weiß selbst, wie das klingt. Niemand kennt die Künstlerin bisher, dafür habe ich selbst gesorgt. Queen Drama, KYTE, Bruno Mars, Taylor Swift – das alles sind die Stars, die man erwarten würde. Was aber würde passieren, wenn zwischen diesen Stars eine junge Frau stehen würde, bewaffnet nur mit ihrer Stimme und ihrer Gitarre, komplett unbekannt, ein Celebrity-Niemand, aber mit einer unglaublichen Willenskraft, mit Talent und einem großen Traum?« Mick merkte, wie sich die Atmosphäre im Raum langsam veränderte.

»Ist es nicht das, was dieses Land schon immer ausgemacht hat? Unser Erfolg und unsere Stärke ist doch, dass es im Grunde jeder schaffen kann. Ist es nicht das, wofür Amerika einst stand? Das Land der großen Träume zu sein? Wir könnten eine Geschichte erzählen! Und den Menschen ein Gefühl der Hoffnung und der Inspiration schenken. Und haben wir das nicht alle gerade in dieser Zeit bitter nötig? Wir würden ein Zeichen setzen, und damit meine ich kein politisches, sondern ein menschliches. Zusammen könnten wir etwas bewegen.«

»Tja, vor allem wohl für diese unbekannte Künstlerin. Wer ist sie überhaupt? Wie wollen sie uns garantieren, dass sie das stemmen kann? Wir sprechen hier von einer Bühne, für die andere Millionen zahlen würden.«

Die Rothaarige sprach mit einer Arroganz, die Mick langsam auf die Nerven ging. Er versuchte, es sich nicht anmerken zu lassen.

»Es ist nur ein Vorschlag. Aber ich finde, dass es eine sehr spezielle und vor allem inspirierende Show wäre. Ich bin mir sicher, es wird im Nachgang ein nie da gewesenes Medienspektakel geben. Ich sehe die Schlagzeilen schon vor mir: *NFL gibt Amerika seinen Traum zurück*, oder so ähnlich. Amerika wird ausflippen, denn wir alle wissen, unsere Herzen fühlten schon immer mit den Underdogs. Machen Sie mit dieser Idee, was Sie wollen.« Mick lehnte sich jetzt zurück. Hatte er zu hoch gepokert?

Im Raum kam Unruhe auf. Mick konnte nicht sagen, wie sein Vorschlag ankam. Die Rothaarige hatte er schon mal nicht auf seiner Seite. Sie setzte schon wieder zu einer Antwort an. »Also ich denke nicht, dass …«

»Danke, Miss McLeod, aber ich würde gerne fortfahren.« William Parker ergriff das Wort und ließ die Frau düpiert verstummen. »Mick, ich bin ehrlich gesagt verwundert.« Er starrte ein paar Sekunden in seine Notizen. »Ich bin verwundert, dass noch niemand vor Ihnen auf so eine Idee gekommen ist. Natürlich benötige ich ein paar mehr Details zu dieser unbekannten jungen Dame. Wer sie ist, woher sie stammt, ob sie dem Ganzen gewachsen ist etc. Aber ich gehe schwer davon aus, dass Sie uns hier nicht die Katze im Sack verkaufen wollen.« Er lachte mit einem sonoren Timbre.

Nachdem William Parker das gesagt hatte, waren auf einmal alle Anwesenden – bis auf die Rothaarige – ebenfalls begeistert.

Anschließend erzählte Mick ein wenig über Heidi und spielte den Leuten der Marketingabteilung »Born to Fly« vor.

Auch ein paar der Bilder, die Tara geschossen hatte, ließ er durchgehen.

»Ich find die Nummer großartig! Kann ich mir sehr gut vorstellen … Und überhaupt, ich mag das Unprätentiöse, das sie ausstrahlt.«

Parker wurde Mick immer sympathischer.

»Also gut, Mick, ich würde sagen, wir machen es genau so. Unser Vertrauen hast du. Mach diese Heidi Morales fit, damit sie uns nicht vor Aufregung von der Bühne fällt. Wir werden die außergewöhnlichste Show seit langer, langer Zeit auf die Beine stellen. Ich bin mir sicher, die Welt wird begeistert sein.«

Mick war elektrisiert. Gleichzeitig wusste er, dass er Heidi damit mitten ins Zentrum eines Sturms stellte.

17

Mick und Heidi waren abends zum Feiern in einem italienischen Restaurant verabredet. Sie hatten gerade zu Ende gegessen – Rindercarpaccio für Mick, Gnocchi mit Salbeibutter für Heidi –, als Micks Handy klingelte. Er sprang hektisch auf.

»Oh, das ist Peter Farell. Da muss ich rangehen«, entschuldigte er sich und verschwand nach draußen. Wie würde Farell reagieren?

Offensichtlich war er schlecht gelaunt, denn er sparte sich jegliche Begrüßung und brüllte: »Verdammt noch mal, Mick.

Du hast mich wie den letzten Idioten aussehen lassen. Ich dachte, wir hätten uns verstanden, was das Mädchen angeht.«

Mick hielt das Telefon bestimmt einen halben Meter von seinem Ohr weg, aber Farells wütende Stimme war immer noch ohne Probleme zu hören. Mick blieb gelassen. Sollte Farell brüllen und toben. Mick hatte, was er wollte.

»Peter, gib's doch einfach zu. Die Idee ist genial. Und im Endeffekt haben alle was davon. Du hast Queen Drama und ich …«

Farell fiel ihm ins Wort, diesmal eine Spur weniger aggressiv. »Vielleicht war ich voreingenommen, mag sein. Aber nur, weil ich es immer noch für absolut wahnwitzig halte, einem totalen Nobody diese Bühne zu geben …« Er hielt kurz inne. »Trotz deiner rotzfrechen Vorgehensweise: Ich würde mich eventuell bereit erklären, einen Vertrag mit euch zu machen.«

Mick amüsierte sich köstlich. Zum Glück konnte Farell ihn nicht sehen. »Ach so, jetzt wärst du also bereit, uns einen Deal anzubieten? Nachdem ich alles allein eingetütet habe?«

Am anderen Ende der Leitung wurde es still. »So, so. Hast du das, Mick Montgomery?«, erwiderte Farell mit gefährlich leiser Stimme. »Wer denkst du, hat deinen Namen ins Spiel gebracht? Sei nicht dumm, Junge. Man möchte meinen, dass dir dein Vater mehr beigebracht hat …«

»Zieh meinen Vater da nicht mit rein, Peter.«

»Also gut, mein Angebot gilt bis morgen. Denk drüber nach.«

»Ehrlich gesagt …« Mick handelte impulsiv, aber er wusste in diesem Moment, dass es keinen Deal mit Farell geben würde. »Peter, wir haben immer gut zusammengearbeitet. Dafür bin ich dankbar. Deine Idee mit Queen Drama war super. Aber es wird keinen Vertrag geben. Über die Nummer mit Drama können wir gerne sprechen, die könnt ihr als Zeichen meines guten Willens bei euch veröffentlichen. Sprecht das mit ihr ab. Was Heidi und mich angeht: Ich werde für Heidi ein eigenes Label gründen.«

Mick fühlte sich großartig. Endlich konnte er das Spiel umdrehen. Das Schweigen am anderen Ende der Leitung war der perfekte Beweis dafür.

Farell gab aber noch nicht auf und startete einen letzten Versuch. »Mick, das ist doch jetzt ein wenig überstürzt. Kommt doch nächste Woche nach Los Angeles, wir gehen essen und reden noch mal in Ruhe über alles. Wir können dir mit Heidi doch am besten helfen. Wir sind der Marktführer. Keiner könnte hilfreicher dabei sein als die größte Plattenfirma der Welt, denkst du nicht? Ich bin sicher, uns fällt da was Schönes ein.«

Mick hatte ihn an der Angel. Er war jetzt in einer Position, in der er absurdeste Forderungen und Vorschüsse aufrufen könnte. Doch er wollte nicht. Er wusste, dass Heidi das Geld ebenfalls nicht wichtig war. Sie hatte ihm gezeigt, dass es im Leben um mehr ging als um den großen Reibach. Was nicht heißen sollte, dass sie nicht einmal viel Geld verdienen würden. Aber Geld war nicht ihre Motivation. Es war Farells Motivation und die seines Labels.

»Es wird keinen Deal geben.« Mit diesen Worten legte er auf. Mick ging grinsend zurück ins Restaurant.

»Und? Wie ist es gelaufen?«, fragte Heidi.

Mick wusste, dass er ihr die Wahrheit sagen musste. Alles, was er bislang verschwiegen hatte. Damit sie verstand, was für eine Art Mensch Peter Farell war, würde er tief in seine Vergangenheit eintauchen müssen. Er war bereit, sich zu öffnen. Was sie gemeinsam vorhatten, brauchte eine starke Basis aus Vertrauen. Sie würden gemeinsam in noch viele Abgründen sehen und das konnte einem viel abverlangen. Er wusste es aus eigener Erfahrung.

»Lass mich ganz vorne anfangen. Ich will dir ein wenig von Leuten wie Peter Farell erzählen. Das könnte eine Weile dauern. Lass uns noch was bestellen.«

Der Ober brachte noch zwei Tiramisu. Dann hörte Heidi ihm aufmerksam zu. Zum ersten Mal erfuhr sie von seiner Vergangenheit. Von den vornehmen Kreisen, in denen sich seine Familie bewegte. Von der Gefühlskälte, die in seinem Elternhaus geherrscht und ihn geprägt hatte. Er ließ nichts aus: Weder die Mauscheleien noch die dreckigen Deals, die sein Vater zum

Teil eingegangen war. Er erzählte von seiner ersten großen Liebe Anna, seinem Umzug nach Paris, der Trennung. Mittlerweile war er bei Peter Farell angelangt, der im Haus seiner Eltern ein und ausging.

»Ich weiß nicht, was es ist. Aber ich habe das Gefühl, dass Peter nicht der Mensch ist, der er vorgibt zu sein. Irgendetwas haftet an ihm. Er kann dir Honig ums Maul schmieren, sodass du glaubst, du bist der Kaiser von China«

»Der Kaiser von China. Echt jetzt?«, kicherte Heidi. »Mick, du kannst so altmodisch sein, herrlich!«

»Bin ich nicht. Aber du weißt schon, was ich meine. Er verspricht dir das Blaue vom Himmel. Aber ich habe ihn auch schon anders erlebt.« Mick hielt einen Moment inne, bevor er fortfuhr. »Es gab da diese eine Situation bei uns zu Hause. Eines Tages stand er völlig aufgebracht in unserer Einfahrt. Dann kam mein Vater … und bei Farell brannten alle Sicherungen durch. Er hat sich aufgeführt wie John McEnroe nach einem Punktverlust – falls du den noch kennst.«

»Nie gehört«, sagte Heidi.

»Egal. Jedenfalls, ich hab dir damals nicht alles erzählt über das Meeting mit Farell«, begann er zögernd. Mick wich Heidis Blick aus.

»Was meinst du? Du sagtest nur, es sei gut gelaufen und dass er *Born to Fly* toll fand, oder?«

»Ja. Er hat den Song geliebt. Aber …« Mick hielt die Luft an.

»Aber was?«

»Farell wollte eigentlich, dass ihn Queen Drama singt.«

»Was?« Heidi war perplex. »Wieso sagst du das erst jetzt?«

»Keine Ahnung. Ich hatte einen Plan, der hat zuerst nicht funktioniert«, gab Mick kleinlaut zurück. Dabei klang er, als wäre es keine große Sache.

»Aber … Mick, wieso hast du mich denn angelogen? Das hättest du mir doch gleich sagen können.«

Mick wusste, dass er Mist gebaut hatte. Er hatte sie falsch eingeschätzt, schon wieder. Wenn er genau darüber nachdachte, hatte er es eher ignoriert. Das war nun mal seit jeher seine Strategie, mit Problemen umzugehen. Man verdrängte sie so lange, bis sie von selbst verschwanden. Nur, dass es ihm bei Heidi nicht egal war. Ganz und gar nicht. Er musste dringend an sich arbeiten.

»Du hast recht. Das war ziemlich dumm von mir.«

Heidi blickte ihn nur kopfschüttelnd an. Sie war fassungslos. Er hatte offenbar noch immer nicht verstanden, was ihr wichtig war. »Mick, hör zu. Ich bin schon groß. Und stell dir vor, ich hab mir von Anfang an gedacht, dass die Idee ein Witz war. Ich, Heidi Morales, eine Sängerin, die keiner kennt, gemeinsam mit *The Hitmachine Montgomery* auf der größten Bühne Amerikas. Das konnte ja schlecht dein Ernst sein. Die Sache ist die,« sagte sie und fixierte ihn, während sie fühlte, wie ihr kalt wurde, »ich hab dir vertraut.« Tränen der Enttäuschung sammelten sich in Heidis Augen. Sie wollte es nicht, aber sie konnte es auch nicht verhindern.

»Bitte beruhig dich. Jetzt hör mir zu: Du wirst beim Super Bowl auftreten – auch wenn Queen Drama unseren Song singt. In Wahrheit ist es völlig egal, was Peter Farell in dir oder uns sieht.« Mick versuchte verzweifelt, die Situation unter Kontrolle zu bringen. Dann wurde auch er sauer. »Ehrlich gesagt, ich verstehe deinen Zorn nicht. Ich weiß, wie man mit solchen Leuten umgehen muss, um am Ende zu bekommen, was man will. Und zwar als Künstler. Ich hatte von Anfang an einen Plan, damit du einen Auftritt bei der größten Show der Welt bekommst. Und wenn du auf diesem Level sein willst, musst du Opfer bringen. Punkt. Hättest du wirklich wissen wollen, dass Farell dir keine Chance geben wollte?«

Heidi versuchte, sich nichts anmerken zu lassen.

»Mick, es geht hier nicht um gekränkte Eitelkeit. Ich hätte wahrscheinlich sofort zugestimmt, dass Queen Drama unseren Song singt«, schnaubte Heidi.

»Wo ist dann dein Problem? Ich verstehe das Problem nicht?«

»Genau das ist das Problem. Du hättest mich von Anfang an einweihen müssen. Punkt.«

Heidi stand auf und ließ Mick sitzen.

Zweiter Teil

18

Zwischen Mick und Heidi herrschte seit Wochen Funkstille. Mick hatte mehrfach versucht, sie zu erreichen. Er hatte längst eingesehen, dass er einen Fehler gemacht hatte. Auch wenn er die Härte, mit der sie reagierte, nicht ansatzweise nachvollziehen konnte. Mein Gott, natürlich respektierte er sie. Er hatte noch nie jemanden so ernst genommen wie sie. Sie war die Erste, für die er sich so ins Zeug gelegt hatte. Ja, es war falsch gewesen, dass er einfach über ihren Kopf hinweg entschieden hatte. Er ärgerte sich darüber, und wie. Trotzdem war es kaum zu fassen, dass sie sich so gar nicht meldete. In seiner – oder mittlerweile ja eher ihrer – Wohnung war sie scheinbar auch nicht. Zumindest öffnete sie nicht, wenn er klingelte. Einfach aufzuschließen, hielt er für keine gute Idee.

Langsam wurde er nervös. Es war zwar noch etwas Zeit bis zum Super Bowl, aber die würden sie auch brauchen. Je intensiver er nachdachte, desto panischer wurde er. Ohne Heidi würde sein gesamtes Konzept in sich zusammenbrechen. Sie durfte auf gar keinen Fall abspringen – Heidi war keine Künstlerin, die man beliebig ersetzen konnte.

Heidi war etwas Besonderes. Er musste ihr klar machen, dass er sie verstanden hatte. Nur wie?

Vielleicht würde ihm die Musik dabei helfen können. Er machte sich auf den Weg ins Studio und setzte sich ans Klavier. Es fühlte sich fast so an, wie damals bei Reno, als er seinen ersten Song geschrieben hatte.

Er las die Zeilen, die er zu Papier gebracht hatte. Die Worte, die ihm intuitiv einfielen, halfen ihm, alles besser zu begreifen. Da war es wieder. Die Kraft der Musik in Verbindung mit den aufrichtigen Worten löste etwas in ihm aus.

Zum ersten Mal spürte er wirklich, warum Heidi so verletzt war. Seit er sie kannte, versuchte sie ihm zu erklären, wie wichtig es war, wahrhaftig zu bleiben. Auch wenn es bedeutete, dass man Schmerzen ertragen musste. Wieso kapierte er das erst jetzt? Er ließ alles stehen und liegen und fuhr so schnell es ging Richtung Penthouse.

»Armand?«, fragte Mick verwundert, als ihm sein Bandkollege die Tür öffnete. Laute Reggae-Musik dröhnte ihm entgegen, sodass er schreiend fortfahren musste: »Du? Hier?« Mick war verwirrt. Er hatte mit vielem gerechnet, aber nicht mit Armand. Hatten die beiden etwa was miteinander? Nein. Das hier war eine Party, stellte er fest. Das Penthouse glich im Moment eher einem Club als seiner alten Wohnung. Alles war voller tanzender Leute. Die meisten hatte er noch nie gesehen. Bis auf Armand, der zugedröhnt zu sein schien und einen Moment gebraucht hatte, bis er ihn erkannt hatte.

»Ahh, Mickey! Komm in meine Arme!«

»Lass gut sein, Kumpel. Wo ist Heidi?«

»Keine Ahnung, Mann. Gerade war sie noch da drüben.« Armand deutete abwechselnd in verschiedene Richtungen.

»Ich bin hier.« Heidi stand plötzlich neben ihm.

»Hey«, sagte er. »Wie geht's dir?«

»Ganz okay. Ich hab Spaß«, antwortete sie sanft.

Er atmete erleichtert auf. »Ja, da bin ich froh. Ganz guter Ort für eine Party. Kann ich ein Bier haben?«

»Sicher. Du kennst ja den Weg zum Kühlschrank.«

»Auch eins?«

»Klar.«

»Wer sind die ganzen Leute?«

»Hmm, unterschiedlich. Das da vorn ist die Technik-Crew und die Band von Brenda Lee. Sie ist aber schon weg. Ein paar meiner alten Freunde sind auch da. Das da drüben ist meine kleine Schwester und da vorn vergnügt sich mein Bruder mit keine Ahnung wem. Tara ist auch hier.«

Mick nahm einen Schluck Bier. Immerhin redete sie wieder mit ihm. »Cool…«, sagte er und meinte es auch so. Seine letzte Party war eine Weile her.

»Und wie geht es dir?«, fragte sie ihn freundlich.

Statt dem obligatorischen und nichtssagendem »gut« entschied er sich für die Wahrheit. »Ach scheiße, Heidi. Es geht mir nicht gut. Ich vermisse dich. Ich vermisse es, mit dir Musik zu machen, mein ich. Ich hab viel nachgedacht.«

Heidi musterte ihn. »Und?«, sagte sie nach einer schmerzlich langen Pause. »Hat es sehr weh getan?«

»Ja.« Mick schaute sie verdattert an. Dann erst begriff er, dass sie einen Witz gemacht hatte. Er lachte lauthals los. »Haha. Ja, das auch. Ich war ein Idiot, Heidi. Ich weiß nicht, was mich da geritten hat. Aber glaub mir: Nichts lag mir ferner, als dich so zu verletzen.«

»Du hast mich nicht verletzt. Du hast mich gedemütigt«

»Ich weiß. Tut mir leid.«

Er hatte es offenbar wirklich verstanden, dachte Heidi. Jetzt tat er ihr fast ein wenig leid. Sie hatte ihn bewusst zappeln lassen. Das hatte er verdient gehabt. Gleichzeitig hatte es sie schon Überwindung gekostet, die Anrufe, sein Klingeln zu ignorieren. Gut, dass er gekommen war.

»Komm. Ich will tanzen. Der Song ist ganz nett.« Sie grinste ihm frech ins Gesicht.

»Ach, komm. Wer hat denn den Song aufgelegt?« Aus den Boxen drang der Sound seiner ersten Single. »Donnez-moi l'espoir« war der Song, mit dem alles begonnen hatte. Er hatte den Track seit Jahren nicht gehört. Er versuchte noch, seine Verlegenheit zu verbergen, da griff Heidi schon nach seiner Hand und plötzlich tanzte er zu seiner eigenen Musik. Genoss es sogar. Als der Song zu Ende war, gingen sie auf die Terrasse. Ein schwules, Mick nicht bekanntes Pärchen war gerade am Fummeln und verschwand turtelnd Richtung Schlafzimmer, als sie Heidi und Mick entdeckten.

»Oh, sorry Leute. Viel Spaß noch«, schickte ihnen Heidi lachend hinterher.

»Mir tut's auch leid«, begann sie dann zaghaft. »Weißt du, es war vielleicht ein bisschen zu viel für mich. Frankreich, der Super Bowl, Queen Drama, deine Geheimniskrämerei mit diesem Peter Farell – aber vor allem: du.« Sie hielt inne und sah ihm tief in die Augen, als würden all ihre komplexen Gefühle in diese zwei Buchstaben passen.

»Und?«, fragte sie schnell, bevor die Stille unangenehm zu werden drohte. »Bin ich noch im Rennen? Oder wollen sie nur unseren Song. Also nur dich und Queen Drama? Das wäre auch okay für mich«

»Nein, Heidi. Sie wollen dich. Ganz ehrlich.«

Endlich konnte Mick ihr erzählen, wie erfolgreich sein Treffen mit der NFL wirklich gelaufen war. Er ließ diesmal kein Detail aus, erzählte auch von seiner Idee, wie er den Auftritt inszenieren würde. An diesem Punkt hielt er bewusst inne. »Ich hätte dich von Anfang an einweihen sollen, das weiß ich jetzt. Ich hätte es dir zumuten können, auch wenn der Plan gescheitert wäre. Nur *weil* du so eine starke Person bist, hast du mich überhaupt erst auf die Idee gebracht. Du, allein, begleitet nur von deiner Gitarre. Vor einem monströsen Publikum, das sonst nur absolute Megastars auf der Bühne gewöhnt ist. Manchen wird das vielleicht nicht gefallen, das muss dir klar sein. Aber es darf dich nicht davon abbringen, du selbst zu bleiben. Es gibt keine andere Künstlerin, der ich das zutrauen würde.«

Während er die Worte aussprach, bemerkte er wie kühn sie im Grunde waren. Schließlich hatte er Heidi bisher nur im kleinsten Kreise performen gesehen. Und trotzdem: Er glaubte an sie.

Heidi erlöste ihn endlich, indem sie ihm die Hand zur Versöhnung hinhielt.

Mick war erleichtert. »Begreifst du jetzt, wie viel ich von dir halte? Was ich in dir sehe? Ich will, dass du fliegst. Mit mir oder ohne mich.« Mick fühlte sich völlig ausgelaugt. Heidi hingegen sagte noch immer nichts, also mühte er sich weiter ab. »Was hältst du denn jetzt davon?«

»Ich finde deinen Plan großartig. Ehrlich. Er ist … revolutionär.« Ihr Blick ruhte auf dem Leuchten der Stadt. Wie viele Träume zerplatzten gerade in dieser Sekunde? Und wie viele Funken wurden in diesem Moment gerade entfacht?

»Wir brauchen noch einen Namen, Mickey.«

Micks Herz tat einen Satz. Nicht wegen des Kosenamens, den sie zum ersten Mal benutzt hatte. Das Pronomen war der Grund für seine Aufregung. Sie waren »back in the game«.

»Ich hatte ja ein bisschen Zeit zum Nachdenken. Beim Durchhören der Songs bin ich immer wieder bei der Zeile hängen geblieben.« Heidi schloss die Augen und sang Mick die Zeile vor: »What if we start a loveolution.«

Ihre pure Stimme zog ihn schon wieder in den Bann und seine Armhaare stellten sich auf.

»Was hältst Du von *The Loveolution*?« Mick ließ den Namen auf sich wirken. Vielleicht war er zu kompliziert? Aber der Begriff resonierte mit etwas in ihm. Ja, er fand, der Name stand ihnen.

»Genial«, erwiderte er und strahlte sie an.

»Das müssen wir unbedingt feiern. Aber da wäre noch eine letzte Sache …«, sagte Mick. »Ich bin nicht mehr dazu gekommen, dir zu erzählen, wie das Telefonat mit Farell gelaufen ist.«

»Okay.«

»Er wollte uns einen Vertrag anbieten, nachdem er gehört hatte, dass die NFL dich haben will.«

»Dem hast du aber hoffentlich nicht zugestimmt, oder?«

»Nein. Ich hab gesagt, er soll sich verpissen.«

»Das hast du nicht gesagt. Niemals«, lachte Heidi.

Nein, das hatte er nicht gesagt, da war ihm wieder seine gute Kinderstube in die Quere gekommen. »Du hast recht. Das hab ich nicht gesagt. Aber so was in der Art.«

»Wenn Universum unsere Platte nicht rausbringt, wer dann?«

»Ich weiß es noch nicht«, entgegnete er.

»Können wir die Platte nicht selbst rausbringen? Oder … hältst du das für unrealistisch?«, fragte Heidi enthusiastisch.

»Ganz und gar nicht. Ich mag die Idee. Ehrlich gesagt hab ich auch schon darüber nachgedacht. Ich kenne ein paar fähige junge Leute und könnte mir vorstellen, dass die Bock haben und wir zusammen ein Label gründen.«

»Das klingt doch super, Mick! Dann lass uns jetzt endlich anstoßen.«

»Yes! Du und ich gegen den Rest der Welt!«

»Nein, Mick«, sagte Heidi ernst und zog ihn etwas näher an sich heran. Einen kurzen Moment glaubte Mick ihre Lippen würden sich gleich berühren. Ein Luftzug strich über sie hinweg und Mick spürte, wie sich etwas in ihm regte. »Du und ich *für* den Rest der Welt.«

zum Song

Sorry

Everyone says something
Everyone clams up turning
I can be the greatest
I can be the latest
Goofball/idiot
I could get get by and
I could spend take time and
Think it over

I'm raising my hand
Like it was me
I'm raising my hand
To tell you that I'm sorry

I ran away like a dog in the neighbourhood but I'm hungry
I know I'm not bad and overreacting
Moody, princess, dramaqueen
I could get get by and
I could spend take time and
Think it over

In diesen ersten Tagen glaubten wir, die Welt würde uns gehören. Unsere Kräfte lagen gebündelt vor uns: ein Debütalbum, welches wir bis ins letzte Detail mit Liebe füllten. Tara fertigte Pressebilder an, die mehr zeigten als ein Musikerduo auf Promotiontour.

In den darauffolgenden Wochen und Monaten stellten Mick und ich über seinen treuen Agenten Germinal ein Team von Produktmanagern und Marketingexperten zusammen. Unser eigenes Plattenlabel war geboren und wir tauften es »Loveolution Records«. Den weltweiten Vertrieb übernahm ein kleines, aber global sehr erfolgreiches innovatives Start-up. Gemeinsam mit unserem kreativen Team bereiteten wir die erste Veröffentlichung unseres Labels vor: das erste Album von Mick und mir. Es trug den Titel »The Loveolution«. Wir ahnten noch nicht, welch weitreichende Folgen die Wahl dieses Titels haben sollte.

Ein unbehagliches Gefühl beschlich mich. Eine dunkle Vorahnung, dass unsere beiden Leben sich grundlegend ändern würden. Und dann kam der große Tag: der Super Bowl.

19

Heidi wälzte sich in den Laken ihres 5-Sterne-Hotels in Los Angeles hin und her, wo der diesjährige Super Bowl stattfinden sollte. In einer Art Endlosschleife sah sie vor ihrem inneren Auge verschiedene Horrorszenarien des heutigen Tages vorüberziehen. Mal sang sie, aber aus ihrer Kehle kam nur ein Krächzen. Ein anderes Mal funktionierte die Technik nicht. Sie sang sich die Seele aus dem Leib, doch keiner konnte sie hören. Das Publikum fing an zu tuscheln, es wurde unruhig, bis die Buhrufe in ein diabolisches Gelächter übergingen.

Gegen fünf Uhr früh hielt sie es nicht mehr aus. Sie stieg aus dem Bett. Durch das Fenster sah sie, wie einzelne Wellen ans Ufer des Santa Monica Piers schwappten. Es war kalt draußen, stellte sie fest, als sie Luft ins Zimmer ließ. Trotzdem verspürte sie den Drang, ins Wasser zu gehen. Sie nahm sich ein Handtuch und warf sich ihren Bademantel über. Dann lief sie barfuß über den kalten Sand. Es war Februar und im Wasser herrschten eisige Temperaturen. Und doch war es genau das, was sie brauchte. Sie musste diesen Tag nicht nur überstehen, sie musste bereit für ihn sein. Erst dann wäre der Tag auch bereit für sie. Die fünf Minuten im Rampenlicht würden ihr alles an Kraft und Nerven abverlangen. Sie hatte einmal gelesen, dass der Körper noch zwanzig Prozent Reserve zurückhielt, wenn man dachte, man wäre schon am Ende mit den Kräften. Diese zwanzig Prozent würde sie heute von ihm einfordern und sie konnte ihm nur raten, dass er sie nicht im Stich lassen würde.

Der Strand war um diese Uhrzeit wie ausgestorben und das Rauschen der Brandung wirkte beruhigend. Alles in ihr war so aufgewühlt wie das Meer selbst. Dass der heutige Tag der wahrscheinlich wichtigste ihres gesamten Lebens werden würde, daran hatte sie keinen Zweifel. Sie verbat sich den Gedanken an das, was morgen sein würde. Heute zählte. Sie würde ganz bei sich bleiben. Ganz im Moment. Wie viele Menschen ihr dabei zusahen, musste sie ausblenden.

Sie ließ den Mantel fallen. Die Morgenluft roch salzig mit einer Note Fisch. Ein paar Vögel zogen ihre Kreise in den Lüften. Der Wind sauste um ihre Ohren, als sie entschlossen ins Meer watete. Das Wasser legte sich eiskalt um ihre Füße. Ein stechender Schmerz ließ sie beinahe wieder umkehren. Doch sie gab dem ersten Impuls, wieder an Land zu gehen, nicht nach und ging Schritt für Schritt auf dem weichen Untergrund weiter. Dann holte sie Luft und tauchte komplett unter. Eisige Kälte. Das Gedankenkarussell kam abrupt zum Stehen. Sie zwang sich, ruhig und gleichmäßig zu atmen. Der Sog der Wellen war stark. Sie würde standhalten. Sie nahm noch einen intensiven Atemzug und ließ sich ein letztes Mal unter Wasser sinken. Freiheit. Es fühlte sich an wie fliegen, nur verkehrt herum.

Nach ein paar Minuten begann Heidi so stark zu frieren,

dass sie zitterte. Als sie aus dem Wasser schritt, spürte sie jede Faser ihres Körpers. Als ihre Füße endlich nicht mehr taub vor Kälte waren, spürte sie den Sand zwischen ihren Zehen. Nahm beinahe jedes Sandkorn einzeln wahr. Ihre Haut spannte, ihre Lippen waren blau geworden. Aber sie fühlte sich lebendig. Alles, was sie noch an unnötigen Ballast mit sich herumtrug, warf sie in den Schlund des Ozeans. Mochte er dort auf ewig versinken.

Keiner würde sie jetzt noch davon abhalten, an diesem Abend eine der größten Bühnen zu betreten, die es gab. Sie würde die Worte singen, von denen sie wollte, dass Amerika sie hörte. Worte, die ihren Vater stolz gemacht hätten. Sie glaubte fest daran, dass ein Lied seinen Platz in den Herzen der Menschen finden konnte, um darin aufzugehen wie der Samen einer heilsamen Pflanze. Sie hatte nur dieses eine Gelegenheit, den Samen zu säen.

20

Eine schwarze Limousine chauffierte Heidi später zur Arena, die sich bereits mit Menschen füllte. Mit einem Mal wurde alles greifbar. Sie musste sich darauf konzentrieren, dass sie am Ende des Tages auch nur vor Menschen singen würde. Menschen, die nicht anders waren als sie selbst. Doch das Zittern ihrer Hände verriet ihr, dass es nichts brachte, die Sache herunterzuspielen.

Während der Fahrt dachte sie an die Proben zurück, die sie sich für eine Show wie diese ganz anders vorgestellt hatte. Organisierter und perfekter. In Wahrheit herrschte Chaos und niemand schien zu wissen, was als Nächstes kommen würde. Das verursachte zusätzlichen Stress bei allen Beteiligten. Der Ton am Set war hektisch und ungeduldig und sie zögerte, ihre Bedürfnisse zu äußern. Obwohl Mick mit ihr trainierte, fiel ihr das Singen mit In-Ear-Kopfhörern – individuell angepasst, die Geräusche der Umgebung komplett ausblendend – noch immer nicht leicht. Sie brauchte mehrere Durchläufe, um sich einigermaßen daran zu gewöhnen. Mick blieb an ihrer Seite und stellte sicher, dass sie sich mit dem Sound völlig wohlfühlte. »Nimm dir die Zeit, die du brauchst«, beruhigte er sie. Doch die Hektik am Set vermittelte ihr etwas anderes und es fiel ihr schwer, Änderungswünsche zu kommunizieren. Sie war die einzige Anfängerin und wollte die Geduld der Tontechniker nicht überstrapazieren.

Sie war überrascht, dass es keine gemeinsame Generalprobe in der Arena gab. Sollte die komplette Show etwa nicht vollständig durchgeprobt werden? Mick erklärte, dass so wenige Details wie möglich im Vorfeld an die Öffentlichkeit gelangen durften. Also probte jeder für sich. Die Tatsache, dass sie weder Queen Drama noch KYTE bisher kennengelernt hatte, obwohl sie gleich gemeinsam einen Song singen würden, verstärkte ihre Aufregung um ein Vielfaches.

Der Wagen parkte in den Katakomben des SoFi Stadions. Mick empfing sie zusammen mit ein paar anderen Leuten, die sie von den Proben her kannte.

Er umarmte sie einen Moment zu lange – und Heidi wusste nicht mehr, weshalb ihr Herz raste.

»Und, wie geht's dir? Konntest du einigermaßen schlafen?«

»Nicht wirklich«, sagte Heidi und verharrte in dem Gefühl von Geborgenheit, dass seine Umarmungen immer bei ihr auslösten.

»Alright, Turteltäubchen«, unterbrach sie Dave mit singender Stimme. Er kümmerte sich um ihre Kostüme, trug selbst aber Klamotten, die Heidis Großmutter vermutlich in den Altkleidercontainer gesteckt hätte. Dennoch, an ihm wirkten Rüschenbluse und Faltenrock, als wäre er der aktuellsten Ausgabe der Vogue entsprungen.

Heidi löste sich widerwillig aus Micks Umarmung und hielt Dave ihre Wange hin, damit er ihr – ganz nach französischer Art – drei Küsschen geben konnte.

»Dann wollen wir dich mal mitnehmen, Schätzchen. Ich hab noch ein paar minimale Änderungen an deinem Outfit vorgenommen. Mal sehen, was du denkst.« Daves Augen strahlten wie zwei Scheinwerfer, umrahmt von buntem, perfektem Augen-Make-up.

Er führte sie in einen provisorisch umfunktionierten Raum, der eigentlich eine Umkleidekabine für die Sportler war. Den Backstagebereich einer Show wie dieser stellte man sich ja eigentlich um einiges glamouröser vor. Aber Heidi empfand die hier herrschende Nüchternheit als Erleichterung. Glanz und Glitter waren der Bühne vorbehalten. Darunter wurde gearbeitet wie in einem normalen Betrieb. Es gab eine Kantine, mit einer Auswahl an Speisen für alle. Gegessen wurde unprätentiös auf harten Stühlen bei grellem Neonlicht, das jede Pore gnadenlos entlarvte. Vielleicht hatte ja wenigstens Queen Drama eine extravagante Garderobe, aber selbst das glaubte Heidi mittlerweile nicht mehr.

»Sieh mal, Heidi, ich hab dein Outfit noch ein bisschen aufgepeppt.« Dave hielt ihr das lange, wallende Hippie-Kleid in Erdtönen hin, das sie gemeinsam ausgesucht hatten. »Ich dachte mir, wir behängen auch deine Gitarre und deine Arme mit ein paar Fetzen des Stoffs. Du wirst aussehen wie eine Amazone und so können wir einen starken Kontrast schaffen zu dem futuristischen Outfit von Drama.«

Heidis Gesicht sprach Bände. Der Gedanke, in diesem Gewand auf die Bühne zu gehen, löste blankes Unbehagen aus. Bei den Proben hatte Dave sie bereits in die verschiedensten Klamotten gesteckt. Im hautengen Jumpsuit hatte sie sich eingequetscht gefühlt, danach hatte sie eine schwarze Korsage anprobiert, die so fest geschnürt war, dass sie kaum Luft bekommen hatte. Weil Heidi nicht rumzicken wollte, einigten sie sich letztendlich auf das Kleid im Boheme-Stil.

Heidi schlüpfte hinein. »Ich weiß nicht, Dave«, murmelte sie und betrachtete sich mit zusammengekniffenen Augen im Spiegel. Das Kleid saß eigentlich perfekt. Ihre Schwester Camila liebte solche Kleider und hätte auf der Stelle eines für sie entworfen, wenn sie gefragt hätte.

»Darling, wow. Einfach nur wow! Du siehst fantastisch aus.« Dave musterte sie. Zupfte hier und da an ihr herum, band ihr ein paar Bänder um die Armgelenke.

Heidi sah auf die Uhr. Sie sollte schon seit zehn Minuten in der Maske sitzen.

»Alles gut, Dave. Ich werde damit schon zurechtkommen«, sagte Heidi und lief hastig nach draußen.

»Komm doch nach der Maske noch ein Momentchen zu mir, ja? Bis dahin habe ich herausgefunden, was dir noch nicht passt«, rief Dave ihr hinterher.

Draußen wurde sie bereits von ihrer Künstlerbetreuerin Lisa empfangen. Sie war noch jung, aber vermittelte Kompetenz.

»Kein Stress, Heidi. Ich kümmere mich darum, dass du deine Zeiten einhalten kannst«, beruhigte Lisa sie freundlich und gab ihr zum ersten Mal an diesem Tag ein Gefühl von Sicherheit. Dann führte sie Heidi zur Maske. Ihr Haar wurde geföhnt, toupiert, geglättet, nur um anschließend zu einer aufwendigen Flechtfrisur gebunden zu werden. Augen und Wangenknochen wurden stark betont, die Lippen schimmerten zartrosa. Sie versuchte, sich in dem bequemen Sessel der Maske noch ein wenig zu entspannen – vergeblich. Die Make-up-Artists versuchten immer wieder, sie in ein lockeres Gespräch zu verwickeln, aber sie hatte keinen Bock auf Small Talk.

Ihre Ängste türmten sich weiter auf, während das Geschehen in der Arena live auf mehreren Monitoren übertragen wurde. Das Spiel stand kurz vor dem Anpfiff und als Heidi die Menschenmenge sah, wurde ihr schlecht. Ihr Magen knurrte. Sie hatte den ganzen Tag nichts gegessen. Ihre Hände fingen an zu zittern.

»So, fertig. Toll siehst du aus«, sagte Lydia, die Heidis alleinige Maskenbildnerin war.

»Danke«, erwiderte Heidi und sprang aus dem Sessel. Sie wollte nur noch in ihre Garderobe zurück. Noch eine knappe

Stunde bis zur Show. Sie rannte etwas schneller, sodass sie ihren Herzschlag in ihrer Kehle spürte. Auf einmal schmerzte es derart heftig in der Brust, dass sie kaum noch Luft bekam. Sie geriet ins Taumeln, alles verschwamm. Das Letzte, was sie sah, war Mick, der auf sie zugerast kam – dann wurde alles dumpf und schwarz.

21

»Da ist sie ja wieder«, sagte eine ihr unbekannte männliche Stimme.

Heidi hatte im ersten Moment keinen blassen Schimmer, wo sie sich befand. Sie war so müde, dass ihr gleich wieder die Augen zufallen wollten.

»Ich bin Dr. Turner. Wie fühlen sie sich?«

»Scheiße. Was ist passiert?«

»Sie hatten eine kleine Panikattacke. Nicht schlimm – kommt vor.«

»Heidi, Gott sei Dank. Geht's wieder?«, fragte Mick, der auf einem Stuhl an ihrer Seite saß.

»Ich habe Durst«, brachte sie hervor. Ihr Mund war wie ausgetrocknet.

»Klar, warte.« Mick fächerte ihr Luft zu, während er ihr ein Glas Wasser hinhielt.

Heidis Glieder schmerzten. Endlich wurde ihr klar, wo sie war. Sie lag auf der Couch in ihrer Garderobe.

Ihr Auftritt. »Oh, fuck«, entfuhr es ihr. Hatte sie den etwa verpasst? Erneut stieg Panik in ihr hoch und sie schnappte nach Luft.

Mick tauschte einen Blick mit dem Arzt aus, der daraufhin den Raum verließ. »Die Spritze wird dich wieder auf die Beine bringen.« Mick drückte ihre Hand.

»Welche Spritze?« Was immer es war, sie fühlte sich schon wieder besser.

»Keine Angst, Heidi. Dr. Turner weiß, was er tut. Er hat schließlich schon Michael Jackson seine Überdosis verpasst.« Mick machte eine kleine Pause. »Kleiner Scherz.«

Jetzt musste Heidi lachen. Mick streichelte ihr über die Stirn. Sie konnte seinen Duft wahrnehmen. Er roch holzig und erdig und sie versuchte, sich nur darauf zu konzentrieren. Endlich wurde sie ruhiger.

»Hab ich … versagt?«

Mick strich ihr eine Strähne hinters Ohr. »Hast du nicht. Du musst aber was essen.«

Er gab ihr einen Proteinriegel und eine Banane. Sie verschlang beides. Endlich. Das Zittern hörte auf.

»Wie spät ist es?«

»Die Show beginnt in vierzig Minuten.«

»Oh, nein. Das schaff ich nicht, Mick«, stöhnte sie.

Aber er lächelte nur friedlich und strahlte eine unerschütterliche Ruhe aus. »Doch. Wir kriegen das hin. Wie fühlst du dich, kannst du aufstehen?«

»Gib mir noch fünf Minuten.« Heidi lagerte ihre Beine nach oben und nach ein paar Minuten fühlte sie sich bereit, aufzustehen. Ihr war immer noch leicht schwindelig, aber es ging.

»Was auch immer das für ein Zeugs war, es wirkt«, seufzte sie erleichtert auf.

Mick trat dicht an sie heran, sah ihr tief in die Augen und sprach ihr mit fester Stimme Mut zu. »Und jetzt, wiederhole was ich dir sage, okay?«

»Okay, Coach.«

»Ich bin stark«, sagte Mick und sie wiederholte es.

»Ich bin mutig«, rief Mick und sie wiederholte es.

»Ich kann das«, schrie Mick und sie wiederholte es.

Es war zwar lächerlich, aber es wirkte. Mick war mit seiner Rede aber noch nicht fertig. »Du hast jetzt gleich die Gelegenheit, die Version von dir zu sein, die du schon immer sein wolltest. Seit du klein warst. Du möchtest jetzt vielleicht das Leben einfach anhalten und darauf warten, bis du dafür bereit bist, aber …«

Mick drückte ihr einen kleinen blauen Gegenstand in die Hand. Ihr kamen beinahe die Tränen, als sie begriff, was es war.

»Woher hast du den?« Sie betrachtete ungläubig den herzförmigen Stein.

»Camila hat ihn mir gegeben. Für alle Fälle.« Mick grinste und fuhr fort: »Dafür kann man gar nicht bereit sein. Ich weiß nur eins: Die Menschen brauchen dich. Du hast alles, was du brauchst, hier drin.« Mick berührte die Stelle, an der Heidis Herz gerade das Drama seines Lebens aufgeführt hatte. Nur dass es dafür keinen Applaus bekam.

»Du musst jetzt Mut beweisen, Heidi. Ich weiß, dass das in dir steckt. Dein Vater wusste es. Du weißt es. Und jetzt geh auf diese Bühne und zeig allen, wer du bist. Wiederhol noch mal meine Worte.«

»Ich bin stark, ich bin mutig, ich kann das.« Heidi merkte, wie ihre Kraft und ihr Wille zurückkamen. Und die Angst zog sich dahin zurück, wo sie hergekommen war. Sie beschwor das Bild ihres Vaters herauf. Mit einem Mal wusste sie genau, wer sie sein wollte und auch sein konnte.

»Danke, Mick. Du bist wunderbar. Ich glaube, ich brauch noch einen Moment für mich, okay?«

Mick drückte ihr einen Kuss auf die Stirn und verließ ihre Garderobe.

Als die Tür hinter ihm zugefallen war, riss Heidi sich die Klamotten vom Leib, schlüpfte in ihre Jeans und zog sich ein einfaches schwarzes T-Shirt über. Die Stofffetzen, mit denen Dave ihre Arme und ihren Hals behangen hatte, behielt sie an. Sie strahlten etwas Verwegenes aus, ohne aufzutragen, und das mochte Heidi. Sie schüttelte ihr Haar, bis es sich wieder wild über ihre Schultern legte und zog ihre schwarzen Ankle Boots an. Endlich fühlte sie sich wieder wie sie selbst. Unerschütterlich. Selbstbewusst. Genau diese Energie brauchte sie jetzt. Sie wollte niemand anderer sein auf der Bühne als die, die sie eben war. Die Wahrhaftigkeit war schon immer ihr Antrieb gewesen. Dass genau das ihre Superkraft war, sah sie jetzt klar und deutlich. Diese Stärke würde sie nutzen.

Ein letztes Mal betrachtete sie sich im Spiegel und lächelte sich zu. Sie würde jetzt da rausgehen und singen. Mochten die Leute von ihr anschließend denken, was sie wollten. Wild entschlossen trat sie aus der Tür. Ihre Augen funkelten.

»Fertig. Wollen wir los?« Heidi blickte in die fassungslosen Gesichter von Dave, Lisa und Lydia. Es spielte keine Rolle, was sie dachten. Sie wollte bestimmen, wie sie aussah, was sie anhatte, wie sie sein wollte. Allein ihre Stimme, ihre Kraft und ihre Verletzlichkeit, das war es, was sie den Menschen da draußen geben wollte.

Dave hielt sich die Hand vor den Mund. »Oh. Mein. Gott. Ich fass es nicht. Das ist ja der Hammer. Du machst mich ja arbeitslos, Darling!«

»Du siehst super aus«, meinte Lisa. »Jetzt müssen wir aber wirklich los, Mick wartet hinter der Bühne.«

Sie kamen an Dr. Turner vorbei, dem Heidi ein schiefes Lächeln zuwarf.

Lisa führte sie einen langen, dunklen Weg durch die Katakomben des Stadions. Plötzlich sah sie sie: Da vorne stand Queen Drama! In einem hautengen roten Lederkostüm, die Haare streng aus dem Gesicht frisiert und zu einem langen Pferdeschwanz gebunden. Sie trug weiße Lackstiefel mit so hohen Absätzen, dass sie jeden aus ihrer Entourage überragte.

Queen Dramas Erscheinung blies sie weg. Heidi lächelte mit großen Augen zu ihr hinüber. Ihre Blicke trafen sich und Heidi drohte vor Ehrfurcht zu erstarren. Sie nahm wahr, wie ihr die Röte ins Gesicht schoss. Auch nur ein Mensch, auch nur ein Mensch, wiederholte sie mantraartig, als Queen Drama sie zu sich herwinkte.

Unsicher sah Heidi von links nach rechts, ob auch wirklich sie gemeint war. Lisa warf ihr einen aufmunternden Blick zu und Heidi kämpfte sich durch die Menschentraube. Ein Bodyguard versperrte ihr den Weg.

»Schon okay, Robbie. Lass sie durch«, sprach Drama mit breitem Akzent. »Du bist Heidi, nicht wahr? Wie geht's dir?«

Heidi fühlte sich wie in Trance, so einnehmend war die Aura, die Drama umgab. »Oh mein Gott. Es freut mich so, dich kennenzulernen«, sagte sie.

»Du hast echt Mumm. Das liebe ich. Ich habe deine Stimme gehört. Du singst absolut fantastisch! Du bist bestimmt unglaublich nervös, oder?«

»Hmm«, war dummerweise alles, was Heidi hervorbringen konnte.

Da beugte sich Queen Drama zu ihr herab und flüsterte ihr ins Ohr: »Kill it, Baby!«

Sekunden später hielt eine schwarze Limousine neben ihnen. Queen Drama warf Heidi noch einen letzten eindringlichen Blick zu und ein geheimnisvolles Lächeln umspielte ihre Mundwinkel, bevor sie ins Auto stieg und weggefahren wurde.

Euphorisiert durch diese Begegnung kam Heidi Minuten später strahlend und selbstbewusst auf Mick zu gerannt, der bereits zusammen mit KYTE hinter der Bühne auf sie wartete. Mick trug einen lässigen Anzug im Stil der dreißiger Jahre, dazu eine auffällige Sonnenbrille, die ein wenig an Steve McQueen erinnerte, und dazu elegante Schuhe. Daneben KYTE, der aufpoliert und geschniegelt daherkam – in Versace-Anzug, mit Fliege und Manschettenknöpfen.

Heidi fiel mit ihrem schlichten, rockigen Outfit aus der Reihe. Aber sie fühlte sich wenigstens wie sie selbst.

»Hey«, meinte KYTE cool, während er ihr die Hand zum Einschlagen hinhielt.

Mick fragte sich, welcher Künstler die Chuzpe besaß, sich bei einer Show der Superlative so echt zu zeigen. Wie er zugeben musste, hätte er selbst sich das auch nicht getraut. Kleidung war für ihn Schutz. Sie war Abschirmung und Abgrenzung zugleich. Ein besonderes Outfit ließ ihn in eine Rolle schlüpfen, die ihn unverwundbar machte. Heidi aber hatte sich entschlossen, sich der Welt so zu präsentieren, wie sie eben war. Sie hatte etwas Rohes, Ungeschliffenes und Wildes an sich. Beinahe, als würde sie schutzlos an die Front eines Schlachtfelds schreiten.

Ein Umstand, der ihn faszinierte und gleichzeitig Sorgen bereitete. Aber er durfte sie nicht mehr beschützen und allein der Gedanke daran war falsch. Doch er konnte nicht aus seiner Haut. Und vor allem jetzt nicht länger darüber nachdenken. Die Show begann in wenigen Augenblicken. Sie umarmten sich ein letztes Mal.

Eine Mitarbeiterin der Aufnahmeleitung winkte sie zu sich. Heidi bemerkte, dass sie von Kopf bis Fuß gemustert wurde.

»Was ist?«, fragte sie.

»Wo ist denn dein Kleid, das du bei den Proben anhattest? Willst du etwa so auf die Bühne gehen?« Die Frau klang gestresst.

»Ja. Ist das ein Problem?«, gab Heidi unfreundlich, aber bestimmt zurück.

»Puh«. Die Frau blies die Backen auf und ließ langsam die Luft daraus entweichen. »Das war doch so nicht vereinbart. Du kannst doch nicht einfach dein Outfit wechseln, wie es dir passt. Wir wissen ja gar nicht, wie das vor der Kamera wirkt. Verstehst du? Und was ist mit deinen Haaren passiert?«

Heidi biss die Zähne zusammen. Ihr Kopf platzte gleich. Es blieb keine Zeit für Höflichkeiten. »So lassen wir es«, sagte sie entschieden. Sie ließ sich nicht mehr verunsichern.

»Ich weiß ja nicht...« Die Frau musterte sie ein letztes Mal und warf einen Blick auf die Uhr. »Na, jetzt ist es eh zu spät. So lassen wir es. Du hast noch fünf Minuten. Mach dich bereit. Maske, bitte!«

Heidi wurde ein letztes Mal abgepudert und jemand reichte ihr eine Flasche Wasser. Ein Tontechniker brachte die In-Ear-Kopfhörer und ihre Gitarre. Sie steckte sich die Hörer ins Ohr und alle Außengeräusche verstummten. Jetzt war sie ganz auf sich allein gestellt.

22

Die Show begann. Es wurde dunkel in der Arena. Da erklangen schon die ersten Töne von »Born to Fly«.

Mick stand bereits auf der Bühne, umgeben von einem großen DJ-Mischpult, seinem Computer und einem alten Fender Rhodes. Er spielte ein elegisches Intro, das eine intensive Spannung im Publikum erzeugen sollte. Dann wechselte er zur E-Gitarre. Er zog seine Mundwinkel nach oben. Die riesige LED-Leinwand zeigte sein Lächeln in Großaufnahme. Die Menge tobte. Dann begann er zu spielen und der wirkliche Song startete. Die Band setzte ein und sofort ging die Energie auf die Abertausenden, überwiegend männlichen Zuschauer über.

Dann richteten sich die Scheinwerfer gen Himmel. Die Kamera zeigte einen Hubschrauber, der direkt über dem Stadion schwebte. An einem unsichtbaren Seil hing Queen Drama in einem drachenartigen Fluggerät. Dann wurde das Seil gekappt. Drama flog über das Spielfeld. Noch in der Luft begann sie den ersten Ton zu singen. Die Menge johlte und brach in Begeisterungsstürme aus. Nach dieser fulminanten Eröffnung landete Queen Drama mitten auf dem Rasen. Dort wurde sie von roboterartigen Tänzern in Empfang genommen und zur Bühne geleitet, die wie ein lila Planet gestaltet war.

Stroboskoplicht pulsierte einem Hip-Hop-Beat folgend durchs Stadion. Auftritt KYTE, der wie aus dem Nichts inmitten einer Gruppe von Tänzerinnen und Tänzern erschien, die sich elegisch um ihn herum bewegten. Dazu rappte er in eindringlichen Lyrics über die Herausforderungen und Chancen einer futuristischen Welt. Es war ein unglaubliches Spektakel, das sie auf die Beine gestellt hatten.

Gerade, als der Höhepunkt der Show scheinbar erreicht war und Queen Drama und KYTE wie von Zauberhand gemeinsam von der Bühne verschwanden, änderte sich das Licht, wurde sanfter und lenkte den Blick der Zuschauer auf Heidi, die plötzlich aus einer unsichtbaren Tür aus der Leinwand kommend in

Richtung Mikrofon schritt. Ihre langen, dunklen Haare wehten im Wind und sie blickte etwas schüchtern in die Menge. Ein Raunen ging durchs Stadion. Wer war sie?

Heidi befand sich im Tunnel. Die Außenwelt existierte nicht mehr. Sie fokussierte sich auf ihre Gitarre. Merkte nicht, wie ihre Finger zitterten. Alles fühlte sich an, als wäre sie unter Wasser. Sie hörte die Rufe der Menschenmenge nicht, sie sah nicht die Lichter, die auf sie gerichtet waren. Es war ein Gefühl, als wäre sie gerade fünf Meter in die Tiefe getaucht. Mit einem Mal verspürte sie den Drang, Luft zu holen. Sie sah das Licht, das durch die Wasseroberfläche schien, und tauchte schließlich auf.

Ihre Augen blieben geschlossen, als sie den ersten Akkord zupfte. Erst kurz bevor sie zu singen anfing, wagte sie einen Blick auf die Zuschauerränge. Doch in ihr breitete sich eine Ruhe aus. Sie war aufgetaucht und das Meer war bunt. Die Menschen waren kleine Farbtupfer.

Sie hauchte die ersten Töne ins Mikro. Zart, aber keine Spur wackelig. Die Worte, die sie sang, begriff sie erst in diesem Moment in ihrer ganzen Dimension. Sie sang ihre Geschichte. Und gleichzeitig die von Millionen anderer Menschen. Es war, als würden all die unterdrückten Emotionen endlich an die Oberfläche gelangen. Die Offenlegung ihrer Verletzungen heilte diese, zumindest für die Dauer ihrer Performance.

Mick beobachtete, wie selbstverständlich Heidi in diesem Gänsehautmoment ein ganzes Stadion für sich einnahm. Sie zog alle in ihren Bann. Seine Augen wurden feucht. Es funktionierte. Niemand wusste, wer die geheimnisvolle Frau war, die so unprätentiös auf der Bühne stand. Sie kannten noch nicht einmal ihren Namen. Das Sportereignis, wegen dem die meisten gekommen waren, rückte in den Hintergrund. Eine unbekannte Künstlerin mit Gitarre war der eigentliche Super Bowl. Der Underdog, dem man den Sieg von Herzen gönnte.

Kein Spektakel mehr. Sie war Spektakel genug. Wie sie da so stand, verletzlich und doch so stark, musste jeden berühren.

Der letzte Ton verhallte. Mick traute sich nicht zu atmen. Es dauerte eine kleine Ewigkeit. Dann endlich drang Applaus durchs Stadion – so übermächtig, dass es ihm erneut das Wasser in die Augen trieb. Er war dankbar um seine Sonnenbrille. Alle Performer versammelten sich in der Mitte der Bühne, hielten sich an den Händen und verbeugten sich. Dann griff Queen Drama zum Mikrofon und rief in die tobende Menge: »Dankeschön, Super Bowl! Macht mal richtig viel Lärm für diese unfassbar mutige junge Frau! Ihre Botschaft war einfach wunderschön, oder? Sie geht direkt in mein Herz. Lasst uns eine *Loveolution* starten. JETZT. Applaus für Miss Heidi Morales, Mister Mick Montgomery und *The Loveolution*! Und bitte, gebt auch KYTE einen riesigen Applaus! Mein Name ist Queen Drama – haha. Ich wünsche euch einen großartigen Super Bowl! God bless America!«

zum Song

Born To Fly (Reprise)

Where are dreams that I dreamed
When I was just a little girl
I can still feel what I felt
To be in peace with the world

Where is the love
That I dreamed of
Just come closer by my side
And lift me up

I was born, born to fly
They forgot to give me wings

I wanna touch the sky
I was born, born to fly
Just like Icarus
I wanna touch the sky

23

Die sozialen Netzwerke überschlugen sich. Nur Sekunden nach ihrem Auftritt gingen die ersten Videos von Heidis Performance viral. Mick und Heidi starrten fassungslos auf ihre Handys, als sie zurück in ihrer Garderobe waren.

»Oh, fuck! Was passiert hier?«, stammelte Heidi, die noch völlig unter Adrenalin stand.

»Keine Ahnung. Vielleicht sollten wir das jetzt nicht lesen. Lass uns erst mal feiern. Du warst …« Mick suchte nach Worten, die erst erfunden werden müssten. Er küsste sie auf die Wange, auch wenn das nicht die Stelle ihres Körpers war, die er eigentlich küssen wollte.

»Du auch, Mick. War das vielleicht das Geilste, was wir je erleben werden?«

Er hoffte nicht. Gleichzeitig hatte sie wahrscheinlich recht. Für Mick war es nicht der erste Auftritt dieser Größenordnung gewesen. Und trotzdem war er so high, wie er es mit keiner Droge der Welt je sein würde. Er fühlte Genugtuung, Bestätigung und war einfach nur berauscht davon, wie der Abend gelaufen war. Heidi hatte seine kühnsten Erwartungen übertroffen und das, obwohl sie alles andere als eine routinierte Performerin war. Aber ihr Künstler-Gen war so gewaltig, dass sie ohne große Erfahrung einen solchen Auftritt nicht nur absolviert, sondern ein ganzes Stadion für sich eingenommen hatte.

Während er von seinen Emotionen überwältigt wurde, explodierte sein Handy. Er konnte nicht anders, als einen Blick auf die Schlagzeilen seiner Timeline zu werfen.

»Boah, Heidi, das ist krass. Das ist … unglaublich«, sagte er, nachdem er die ersten Nachrichten gelesen hatte. Der Tenor war mehr als positiv. Die Medien liebten sie. Und die Menschen auch.

Aber dann stieß er auf paar weniger schöne Stimmen:

Was ist so besonders an der?

@nfl. Ich sing übrigens auch.

Ich auch. Und ich hab sogar TITTEN. 😂

Was seid ihr nur für Menschen? Diese junge Frau war halt mal was anderes. Machts doch erst mal besser.

Ich find sie hübsch. 🖤🖤🖤🖤

Mick scrollte und scrollte. Nirgendwo konnte es so finster sein wie in manchen Ecken des Internets. Die Kunst bestand darin, das alles nicht an sich heranzulassen. Oder es gar nicht erst zu lesen. Er machte trotzdem weiter:

In dieser woken Gesellschaft wundert mich gar nichts mehr. Eigentlich nur, dass sie nicht auch noch divers ist.

Ist doch egal, wo sie herkommt, ihre Stimme hat mich so berührt.

Wen hat sie dafür gef💁t?

They don't call him hitmachine for nothing.«

Ob sie noch was anderes produziert haben??!! 😏

Das ist so typisch. Männer denken, eine Frau kann nichts erreichen, ohne mit einem Mann im Bett gewesen zu sein. Schämt euch!!!!!

Halt's Maul.

Ich denke, sie hat absolut recht. Liebe und Respekt ist, was uns fehlt. Ich bin dabei. Let's start a Loveolution.

Mick schaltete sein Handy aus.

Damals konnte ich noch nicht ahnen, was unser Auftritt auslösen würde. Heute glaube ich, dass ich nur ein Medium war – für einen Impuls, den die Welt dringend gebraucht hat. Denn die Welt, in der wir lebten, drohte zu zerbrechen. Während sich die meisten in eine Vorstellung eines guten Lebens flüchteten – bei Kerzenschein und Rotwein, kreativ in einer gemütlichen Nische ihres Hauses –, war die Realität eine andere. Unser Leben spielte sich nicht im Hier und Jetzt ab, sondern auf unseren Smartphones. Wir wurden zu Beobachtern einer falschen Realität, die von Influencern inszeniert wurde, mit falschen Momenten von Glück und flachen Kalendersprüchen. Und doch wollten wir diesem scheinbar lebenswerten Leben nacheifern.

In Wahrheit aber ließen wir uns vom endlosen Strom an Content berieseln. Alles wurde nur noch konsumiert. Und was wir erlebten, zählte erst, wenn wir es teilten. Es war paradox: Je mehr wir im Außen suchten, desto weniger fanden wir in uns selbst. Unsere Gier nach mehr ließ uns in einem Zustand der Leere zurück.

Mick und ich waren entschlossen, diesen Zustand zu ändern. Mit unserem ersten Album versuchten wir, den Menschen etwas Echtes zu geben – etwas, das die Herzen füllte, statt sie auszuhöhlen. In einer zunehmend oberflächlichen Welt musste ein Funke der Hoffnung entzündet werden. Und unserem ersten gemeinsamen Album trauten wir selbstbewusst zu, dieser Funke zu sein.

»The Loveolution« erschien bereits am nächsten Morgen.

Jeder einzelne Ton atmete den Geist der Veränderung, die Mick und ich uns so herbeisehnten. Auf dem Cover nicht das Bild, das Tara von mir geschossen hatte, sondern ein altes Kinderfoto, das mich zeigte, wie ich mit großen Augen in den Himmel starrte. So als könnte ich dort etwas erkennen, was den erwachsenen Menschen verborgen blieb. In einer Zeit, in der die Menschen den Himmel seltener betrachteten als ihr Smartphone, schien dieses Bild eine besondere Botschaft in sich zu tragen.

Ich erinnere mich nicht mehr, wo ich es gefunden hatte. Aber ich konnte es nicht mehr beiseitelegen. Es musste mein Vater gewesen sein, der die Aufnahme gemacht hatte, denn in meinem Blick erkannte ich nicht nur meine eigene Sehnsucht, sondern auch die meines Vaters. Es wirkte, als könne er als einziger begreifen, welche Welt die Augen seines Kindes da sehen konnten. Eine Welt, in der die Menschen wieder näher zusammenrücken würden und deren einzige Macht die Liebe war. Wie hoffnungsvoll diese Augen auf das Leben blickten, weil sie noch nichts anderes als Liebe kennengelernt hatten. Unverwundet und nichtsahnend, wie hart die nächsten Jahre werden würden.

Dieses Bild hatte für mich etwas Heilendes und genau das war es, was ich den Menschen mit unserer Musik geben wollte. Denn solange es Liebe zwischen den Menschen gab, gab es Hoffnung.

Für mich änderte sich nach diesem Auftritt alles. Nicht nur ganz Amerika kannte plötzlich mein Gesicht, die halbe Welt hatte den Super Bowl an den Bildschirmen verfolgt. Man erinnerte sich nicht mehr daran, wer das Spiel gewonnen hatte. Die Titelseiten waren voll von »Heidi Morales«, die Schlagzeilen voller Euphorie, die Sieger des Super Bowl nur eine Randnotiz.

Die New York Times titelte: »Unbekannte Sängerin gibt Amerika seinen Traum zurück.« Und in der Washington Post stand: »The real Loveolution: Heidi Morales und Mick Montgomery starten neue Ära.«

Wir hatten etwas in Gang gesetzt. Es war nicht nur die Musik: Wir hatten eine Mission. Aber würden wir unseren eigenen Träumen standhalten können?

24

Micks Telefon klingelte rund um die Uhr. Eine Pressestelle war bereits eingerichtet worden, aber das Interesse der Medien überstieg alles, was er sich im Vorfeld erhofft hatte. Heidi blieb keine Sekunde Zeit, um zu realisieren, welche Lawine sie losgetreten hatten. Nach einer sehr kurzen Nacht, in der sie den Auftritt und die damit verbundenen Glücksgefühle immer und immer wieder im Kopf durchgespielt hatte, klingelte ihr Wecker viel zu früh.

Gleich stand ihre erste Pressekonferenz bevor. Der Medienrummel war gigantisch. Die wichtigsten Fernseh- und Radiosender, Blogger und Journalisten versammelten sich in einem Konferenzraum. Heidi und Mick saßen leicht erhöht hinter einem Tisch. Etliche Kameras waren auf die beiden gerichtet. Heidi hätte nicht gedacht, dass ihre Nervosität noch größer sein könnte als gestern. Aber so ganz ohne Gitarre fühlte sie sich nackt. Jetzt zählten nur ihre Worte, die zusätzliche Dimension der Musik fehlte.

»Wir bedanken uns bei allen, die heute gekommen sind«, eröffnete Mick gewohnt souverän die Pressekonferenz. »Ich darf Ihnen jetzt die Künstlerin vorstellen, die gestern ganz Amerika verzaubert hat. Ich habe sie vor gut einem Jahr in einem winzigen Club in New York singen und spielen gehört. Und mir erging es wie Ihnen: Sie zog mich ab der ersten Sekunde in ihren Bann.« Er zwinkerte Heidi zu, was sie mit einem schiefen Lächeln erwiderte. »Seitdem haben wir gemeinsam an unserem ersten Album gearbeitet, das heute erscheint. Vielleicht willst du ja den Leuten ein bisschen davon erzählen, Heidi?«

Heidis Herz setzte kurz aus. Sie hatte das Gefühl, dass ihr die

Stimme versagen würde, aber sie wusste, dass sie sprechen musste. Die Worte waren irgendwo in ihr, sie musste sie nur finden. »Oh. Klar. Ähm. Also … Verzeihung, ich hab ehrlich gesagt noch nie eine Pressekonferenz gegeben.« Sie blickte von links nach rechts und wieder zurück. »Es … war ja mein erster Super Bowl«, fuhr sie in leicht ironischem Tonfall fort.

Die Journalisten lachten. Die Stimmung im Saal war seltsam. Als wären alle Teil einer geheimen Sekte. Und sie war das neue Mitglied, das es zu bestaunen gab. Aber immer wenn sie in ein Gesicht blickte, erntete sie ein freundliches Lächeln. Jetzt schossen mehrere Arme in die Höhe. Sie vermutete, dass sie diese Sache hier leitete. Also rief sie einfach das erste sympathische Gesicht auf, das sie sah.

»Henry Berger, HuffPost. Erst mal möchte ich Ihnen zu Ihrem fantastischen Auftritt gratulieren. Auf Ihrem neuen Album singen Sie viel von der Kraft der Liebe und der Hoffnung auf mehr Frieden zwischen den Menschen. Glauben Sie denn, dass Musik die Welt verändern kann?«

Oh. Sie hätte nicht gedacht, dass ihr solch tiefgründige Fragen gestellt würden. Sie holte kurz Luft, suchte den Blick von Mick. Der saß entspannt da, überließ ihr das Wort. Er gab ihr das Gefühl, dass sie gar nichts falsch machen konnte. Ihre Gedanken zu formulieren, fiel ihr dann auch leichter, als sie vermutet hatte. »Auch wenn es pathetisch klingt: Aber ja, das glaube ich tatsächlich. Vielleicht nicht sofort. Aber ich weiß, dass Musik etwas in den Menschen auslösen kann. Vielleicht ist es nur ein Funke, der einen Einzelnen dazu bewegt, bestimmte Dinge zu tun oder nicht zu tun. Und das setzt dann wieder etwas Neues in Gang. Ich glaube daran, dass wir alle miteinander verbunden sind. Aber das spüren wir nur, wenn wir auch mit uns selbst verbunden sind. Ich glaube, dass die Musik uns dabei hilft, uns selbst wieder zu spüren …«, sprudelte es aus ihr heraus.

Manche nickten zustimmend, andere machten sich lächelnd Notizen. Heidi hatte zunehmend Spaß daran, mit der Presse zu reden. Die Reporter stellten zum Teil wirklich inspirierende Fragen. Sie dachte gar nicht darüber nach, wie ihre Außenwirkung war. Sie war einfach sie selbst und somit ganz in ihrem Element.

Während der Pressekonferenz vibrierte Micks Handy und er sah, dass es seine Schwester Abigail war. Er war sich sicher, dass sie ihm – vielleicht sogar im Namen seiner Eltern – zu der Halbzeitshow gratulieren wollte. Als dann die letzte Frage gestellt war und der Pressepromoter die Konferenz beendet hatte, rief Mick Abigail zurück. Sie ging sofort ran und er begann das Gespräch gleich mit einem erwartungsvollen »Na?«. Er merkte jedoch sofort, dass etwas nicht stimmte, denn Abigails Stimme brach und sie fing an zu weinen.

»Mick… Dad ist tot«, brachte sie schließlich schluchzend hervor.

»Was …? Was ist passiert?«

»Er hatte einen Herzinfarkt am Steuer. Man fand ihn in seinem Wagen am Straßenrand.« Seine Schwester verfiel in ein langes, wimmerndes Schluchzen.

Micks Körper versteifte sich. Es fühlte sich gar nicht so an, als würde die Nachricht ihn persönlich betreffen. Als würde es um jemanden gehen, den er mal gekannt hatte – nicht um den Mann, der ihn großgezogen hatte. »Ich mache mich sofort auf den Weg zu euch«, sagte er und legte auf.

Der NFL-Marketing-Boss William Parker hatte ebenfalls an der Pressekonferenz teilgenommen und stand nun mit einer Gruppe von NFL-Verantwortlichen zusammen. Er sah zu Mick rüber und bemerkte sofort, dass etwas nicht stimmte. »Alles in Ordnung, Mick?«

»Oh, William, ähm… nein. Leider nicht wirklich. Mein Vater ist gestorben. Ich… äh, weiß nicht, was ich…«, stotterte Mick.

Parker, den er zwar nicht wirklich gut kannte, der aber eine sehr warme, empathische Art hatte, nahm ihn in den Arm.

»Mick, das tut mir wahnsinnig leid. Wie kann ich dir helfen?«

»Ich muss jetzt irgendwie zu meiner Familie«, stammelte er und senkte seinen Blick.

»Hör zu, Mick: Wir haben hier in LA den Privatjet der NFL-Chefetage rumstehen. Ich sorge dafür, dass du ihn benutzen kannst. Wo musst du hin?«

»Martha's Vineyard. Ich war seit Jahren nicht mehr da.«

Mick war froh, dass Heidi den Raum bereits vor ihm verlassen hatte. Er wollte ihre euphorische Stimmung nicht zerstören, aber er musste ihr dennoch sagen, was passiert war und dass er für ein paar Tage nicht da sein würde. Er zog es vor, ihr eine Nachricht zu hinterlassen, die er auf einen Zettel, den er in seiner Hosentasche fand, schrieb:

Liebe Heidi,

mein Vater ist gestorben.

Ich fliege heute noch an die Ostküste zurück. Mach dir bitte keine Sorgen um mich. Ich bin okay.

Du warst großartig heute.

xxx Mick

25

Als das Flugzeug abhob und er von oben die immer kleiner werdenden Objekte sah, ging Mick ein Song durch den Kopf, den er mal gehört hatte. Von oben wirkte die Welt völlig anders – so still, so friedlich. Wenn man aus Tausenden Meilen Höhe auf die Erde herunterblickte, war es schwer vorstellbar, dass dort unten Konflikte wüteten, Streitigkeiten in den Häusern ausgetragen wurden, so viel Gewalt herrschte. Als Kind hatte er sich immer nach der heilen Welt, nach Wärme und nach Vater-Sohn-Gesprächen gesehnt. Aber irgendwann hatte er die Hoffnung aufgegeben und die fehlende Empathie in seiner Familie akzeptiert.

Irgendwann war es ihm egal geworden, dass sein Vater sich nie für ihn interessiert hatte – selbst nicht, als er längst erfolgreich war. Insgeheim hatte Mick das eigentlich gehofft. Anfangs, als sein Vater noch über ihn gespottet und seinen Berufswunsch belächelt hatte, war es für Mick klar gewesen, dass er ihn nicht mit Stolz erfüllte. Aber als er dann zu einem der erfolgreichsten Musikproduzenten der Gegenwart wurde, hätte Mick schon erwartet, dass ihn sein Vater mal mit einem »Ich hab's ja immer gewusst« anrufen würde. Der Anruf blieb aus.

Anstatt in Melancholie zu verfallen, hatte Mick es einfach ausgeblendet. Das Gefühl von Anerkennung kannte er nicht.

Es war ja nicht so, dass sich seine Eltern und seine Schwester im Laufe der Zeit und während seiner Abwesenheit verändert hätten. Sie gingen immer noch den gleichen anrüchigen Geschäften nach, trafen sich mit denselben statusbesessenen Freunden aus dem Country Club, heuchelten in der Kirche, vergrößerten ihr Vermögen. Führten das Montgomery-Leben der letzten vierhundert Jahre fort. Aber Mick war anders. Er wollte anders sein.

Erinnerungen an seine Kindheit gingen ihm durch den Kopf und er strengte sich an, nur die positiven zuzulassen. Er dachte angestrengt nach, ob ihm sein Vater etwas mitgegeben hatte und ob es Momente gegeben hatte, in denen er seinen Vater vielleicht sogar bewundert hatte. Aber es fiel ihm nichts ein, denn der vielbeschäftigte Geschäftsmann hatte sich nie Zeit für seine Kinder genommen. Vielleicht, dachte Mick, hatte er gerade wegen der Abwesenheit seines Vaters seine eigenen Stärken entwickeln können, seinen Glauben an sich selbst und sein Selbstbewusstsein. Ihm war es nicht wichtig, Aufmerksamkeit zu erlangen. Er hatte auch nie den Drang verspürt, zu gefallen, wie seine Schwester Abigail. Dafür musste er eigentlich dankbar sein.

Plötzlich erkannte er, dass er seinem Vater nicht mehr böse war, und ihn überfiel ein Schauer von Traurigkeit. Mick hatte es nie an etwas gefehlt. Hatte er das Gefühl gehabt, ungewollt zu sein? Nein, im materiellen Sinne genoss er ja eine enorm privilegierte Kindheit. Es hatte sich nur nicht nach einer klassischen

Familie angefühlt. Vielleicht war das das Traurigste an der ganzen Sache: Dass er seinen Vater nicht vermisste – sondern nur die Möglichkeit, ihn je vermisst zu haben.

Auf dem Anwesen der Montgomerys waren die Vorkehrungen für die Trauerfeier bereits in vollem Gange. Überall standen monströse Vasen mit riesigen Bouquets weißer Lilien herum. Das Personal war wie immer förmlich und distanziert und bei seiner Mutter und Schwester war der Schmerz der Notwendigkeit gewichen, zu funktionieren. Es wurden viele prominente Persönlichkeiten aus Politik und Gesellschaft bei der Gedenkfeier erwartet und umso wichtiger war es, das alles perfekt organisiert war.

Vor dem Haus traf Mick auf Samuel Carter, der gerade zwei Pferde in den Stall führte. Sie umarmten sich schweigend, lang und herzlich. Samuel erzählte ihm, dass er alles über ihn im Internet verfolgt habe, er seine Musik liebe und er fürchterlich stolz darauf sei, ihn beim Aufwachsen beobachtet zu haben. Darauf entgegnete Mick nur trocken: »Sam, du hast mich nicht bloß beim Aufwachsen beobachtet, du hast mich praktisch erzogen!«

Mick ging in sein altes Zimmer und suchte einen passenden Anzug für die Beerdigung. Er fand den schwarzen Armani-Anzug, den ihm einst seine Mutter für den Abschlussball im Internat gekauft hatte. Er schlüpfte in die Hose und bekam zu seiner Verwunderung den Knopf ohne Weiteres zu. Es klopfte an seiner Tür.

»Michael, da bist du ja. Der Anzug steht dir nach wie vor hervorragend«, sagte seine Mutter und gab Mick immerhin zur Begrüßung eine steife Umarmung.

»Danke, Mutter. Wie geht's dir?«, erwiderte Mick.

»Wie soll es uns schon gehen?«, seufzte seine Mutter. »Begleitest du mich bitte runter in Vaters Arbeitszimmer. Ich muss die Adressen für die Gästeliste der Trauerfeier zusammenstellen.«

Im Arbeitszimmer hingen überall Auszeichnungen, Orden und Bilder, die Mason mit Politikern und hohen Militärs zeigten.

Micks Blick fiel auf ein Foto, das in einem Silberrahmen auf dem Kaminsims stand. Es zeigte seinen Vater zusammen mit dem ehemaligen Vizepräsidenten Tom Carrington und Peter Farell auf einer Jacht. Die vierte Person auf dem Bild war Hudson Mayfield, ein Ölmilliardär, der später wegen Mordes an seiner Frau verhaftet worden war. Seine vielen Freunde, zu denen Richter, Gouverneure und andere hochgestellte Persönlichkeiten gehörten, hatten sich in der Folge von ihm abgewandt. Das Merkwürdige war, dass sich Hudson Mayfield trotz erdrückender Beweise überraschend siegessicher gezeigt hatte und davon überzeugt gewesen war, bald wieder entlassen zu werden. Die große Überraschung war dann aber, dass er zwei Tage später erhängt in seiner Zelle aufgefunden wurde. Bis heute wurden immer wieder Zweifel laut, ob es sich dabei wirklich um Selbstmord gehandelt hatte.

»Die vier waren die besten Freunde«, flüsterte seine Mutter. Bevor sie noch mehr sagen konnte, wurde sie jedoch von einem der Angestellten gebeten, ein Telefonat entgegenzunehmen. Sie ging aus dem Zimmer und ließ Mick alleine zurück.

Mick nahm die gerahmte Fotografie in die Hand und betrachtete sie genauer. Er war sich sicher, dass die vier keine gewöhnlichen Angelausflüge oder bloße Sauftouren unternommen hatten. Von allen Personen auf dem Bild widerte ihn vor allem Peter Farell an, der auch hier wieder sein typisches, überhebliches Grinsen zeigte. Gerade, als Mick den Bilderrahmen wieder zurückstellen wollte, fiel ihm etwas auf. Auf dem Foto zeichnete sich eine Wölbung ab, die mit bloßem Auge kaum zu erkennen war. Dann ertastete er etwas auf der Rückseite des Rahmens. Er drehte ihn um. Was wie eine gewöhnliche Rahmenklammer wirkte, entpuppte sich als ein winziger, silbriger USB-Stick, der dort festgeklebt worden war. Mick löste ihn vorsichtig ab, sah sich um und steckte ihn in seine Hosentasche.

26

Die Beerdigung fand einige Tage später statt und war so, wie es sich für diese Kreise gehörte. Ein hoher Geistlicher sprach wohlwollend und voller Respekt über die Lebensleistungen von Mason Montgomery und alle taten sehr gerührt und betroffen.

Nach der Beerdigung ging es für die eigentliche Trauerfeier auf das Anwesen der Montgomerys. Freunde und Weggefährten kamen, kondolierten und fragten – wie auf Trauerfeiern üblich –, ob sie etwas für einen tun könnten.

Auch Peter Farell war unter den Trauergästen, gab sich sehr betroffen, senkte den Blick – aber nur, wenn jemand hinsah. Gleichzeitig sah er sich aber ständig im Raum um und schlich unruhig durch die Gänge. Sein Blick wanderte immer wieder in die Ecken des Raumes, zu den Bildern an den Wänden, zu den Leuten, die sich in kleinen Grüppchen unterhielten. Dann entdeckte er Mick. Mit schnellen Schritten ging er auf ihn zu.

»Mick! Mein herzliches Beileid. Wie geht es dir?« Ohne die Antwort abzuwarten, fuhr er fort: »Dein Vater war ein großartiger Mensch, der mir sehr wichtig war. Wir hatten immer eine fabelhafte Zeit zusammen. Er wird mir sehr fehlen.«

Mick nickte.

»Hör mal …« Farell nahm Mick verschwörerisch zur Seite. »Dein Vater hatte ein paar Fotos von den wunderbaren Angelausflügen, die wir alten Freunde so unternommen haben. Nichts Besonderes, nur sentimentale Erinnerungen. Wäre es okay, wenn ich kurz in seinem Arbeitszimmer nachsehe?«

Mick stimmte zu und führte Farell ins Arbeitszimmer seines Vaters. Dort entdeckte dieser sofort das gerahmte Bild der vier Freunde auf dem Kaminsims.

»Ah, da ist es ja.« Farell griff nach dem Rahmen, drehte ihn um und untersuchte gründlich die Rückseite. Er tat genau dasselbe wie Mick vor ein paar Tagen, nur dass es dort nichts mehr zu finden gab.

Was zur Hölle war auf dem Stick gespeichert? Eine seltsame Vorahnung jagte Mick einen Schauer über den Rücken, während er dabei zusah, wie Farell immer nervöser wurde.

»Wonach suchst du noch mal?«

»Nur ein paar besondere Bilder von ein paar alten Freunden, Mick. Nichts weiter.« Farell räusperte sich. »Womöglich hat Mason sie digitalisieren lassen und sie sind auf seinem Computer …?«

»Da kann ich dir im Moment leider nicht helfen, Peter.«

»Schon gut, schon gut.« Farells Blick flackerte durchs Zimmer. Seine Stirn glänzte inzwischen leicht. Schließlich sagte er enttäuscht: »Na ja, vielleicht findet ihr ja noch was. Einen Datenträger mit Fotos, oder so. Wäre schön, wenn ihr mir den als alten Freund überlassen könntet. Als Erinnerung an die gute Zeit mit deinem Vater.«

Mick kaufte ihm die Nummer keine Sekunde ab. Er konnte kaum erwarten, den Inhalt des USB-Sticks zu öffnen. Auch wenn er Angst davor hatte, was er dort finden würde.

Am Tag darauf versammelten sich Mick, seine Mutter und Abigail zur Testamentseröffnung im Büro eines Notars. Während sie warteten, versuchte sich seine Schwester in Small Talk und erkundigte sich nach Micks Erfolgen. Aber Abigail wie auch seine Mutter hörten gar nicht richtig zu, als Mick recht oberflächlich von den letzten Jahren erzählte. Es war unübersehbar, dass sie wegen der Verlesung des Testaments enorm nervös waren. Überraschenderweise bedachte ihn sein Vater mit einem Drittel des Familienvermögens. Wohlwissend, dass sein Sohn keines der Geschäfte und Stimmrechte jemals ausüben würde, hatte Mason verfügt, dass Abigail und Dorothy Mick 250 Millionen Dollar aus dem enormen Aktienvermögen auszahlen mussten, um in Zukunft zu je fünfzig Prozent über die Belange der vielen Beteiligungen und Anteile entscheiden zu dürfen. Offensichtlich hatte er seinen Sohn doch besser gekannt, als dieser gedacht hatte.

Erleichtert, dass es keine bösen Überraschungen gegeben hatte, umarmten ihn seine Mutter und seine Schwester. Abigail würde nun die Familiengeschäfte komplett und im Namen ihrer Mutter übernehmen. Alle waren sich sicher, dass es so das Beste war.

27

Obwohl Heidi Micks Vater nicht gekannt hatte, spürte sie einen Stich in ihrer Brust, als sie den Zettel mit der Nachricht über seinen Tod in der Hand hielt. Sofort kamen die Erinnerungen an den Tod ihres eigenen Vaters hoch und sie fühlte sich genauso hilflos wie damals. Sie hätte Mick jetzt gerne beigestanden und empfand großes Mitleid mit ihm, selbst wenn sich die beiden nicht so nahegestanden hatten.

Das Schicksal scherte sich wie immer nicht um den richtigen Augenblick. Sie wusste, dass ihre Gedanken unangebracht waren, und fühlte sich sogleich elend. Das Schicksal hatte ihnen zwar einen mächtigen Triumph geschenkt. Es blieb ihnen aber verwehrt, diesen auszukosten. Heidi würde die nächsten Tage ohne Mick zurechtkommen müssen. Der Terminkalender war randvoll: Sie hatte eine Einladung für »Good Morning America« und alle wichtigen Late-Night-Shows.

Nachdem Heidi den ersten Schock verdaut hatte, versuchte sie sich, auf die bevorstehenden Aufgaben zu konzentrieren. Sie saß am großzügigen Schreibtisch ihrer Suite. Vor ihr lagen die ersten Besprechungen ihrer Platte. Als Erstes schlug sie das Rolling-Stone-Magazin auf und las: »Man möchte dieses Duo wirklich ins Herz schließen. Besonders Heidi Morales besitzt ein Talent, das mit dem einer Joni Mitchell verglichen werden kann. Ihre Stimme ist eine Wohltat, die aus der Masse der Musikproduktionen der letzten Jahre herausragt. Auch die Produktion von Mick Montgomery verdient Anerkennung: In Teilen durchaus innovativ, liefert sie einen soliden Rahmen für Morales' kraftvolle Stimme. Dennoch wünscht man sich in Zukunft mehr Raum für ihre eigene künstlerische Vision, damit sie ihr volles Potenzial ausschöpfen kann.«

Es war ein aufregendes und komisches Gefühl zugleich, zu lesen, was über sie geschrieben wurde. Es fühlte sich gar nicht an, als würde es wirklich um sie gehen. Trotz der vielen positiven Besprechungen blieb eine große Leere in ihr zurück, mit der sie noch nicht umzugehen wusste.

Für die Presse war meine Geschichte ein modernes Märchen. Sie hoben mich nicht nur auf einen Sockel, sie machten mich in ihren Artikeln und Berichten zu einer ikonischen Figur. Was anderen erst nach einer langen Karriere gelang, sollte mir schon nach einem einzigen Auftritt zuteilwerden. Es war auf den ersten Blick genau das gewesen, wonach sich das gespaltene und von Hoffnungslosigkeit geplagte Amerika sehnte. Da war endlich jemand, der ihnen den amerikanischen Traum zurückgab.

Zunächst drehte sich alles um unseren legendären Auftritt, aber schon bald wollten die Menschen wissen, wer ich war. Woher ich kam. Sie fanden heraus, dass ich in eher bescheidenen Verhältnissen groß geworden war, was die Geschichte in ihren Augen noch bedeutsamer machte. Ich glaube, dass sich viele mit mir identifizieren konnten. Ich war eine von ihnen, hatte es – durch Zufall, Glück, Schicksal, Fügung oder wie immer man es nennen mochte – aus einem Leben herausgeschafft, welches viel zu oft in einer Abwärtsspirale verlief. Ich selbst habe mein Leben nie so gesehen. Meine Familie hatte mir doch alles gegeben, was ich brauchte. Ich hatte einen Vater, der mich liebte, der uns nur viel zu früh verlassen hatte. Und eine Mutter, der es nicht gelang, diesen Verlust zu überwinden. Ich habe mich nie als benachteiligt gesehen, auch wenn ich das in der Außenwirkung vielleicht war. In jedem Fall gab meine Geschichte dem Land etwas zurück, was es schon verloren geglaubt hatte: Hoffnung.

Unser Land wurde seit Jahren von Krisen gebeutelt: Die politische Polarisierung, wirtschaftliche Unsicherheiten, zunehmende soziale Ungleichheit und das Nachbeben der Pandemie hatten das Land tief gespalten und das Vertrauen in eine gemeinsame Zukunft erschüttert. Die Menschen waren müde, enttäuscht und sehnten sich nach Veränderung. Ich war für die Menschen damals die Galionsfigur, auf die man eigene Träume und Hoffnungen projizieren konnte. In Windeseile entstand eine Art Personenkult, der mich als junge Frau überwältigte. Überall, wo ich hinsah, war mein Gesicht zu sehen: auf Titelseiten, in den sozialen Medien, sogar auf dem Time Square leuchtete mir mein Bild entgegen. Es fühlte sich an, als ob die ganze Welt plötzlich auf mich schaute und erwartete, dass ich ihnen den Weg aus ihrer Verzweiflung zeigte. Mein Geist hatte keine Chance, die sich überschlagenden Ereignisse zu verarbeiten. Es nützte auch nichts, dass in den sozialen Medien alles unter unserem Projektnamen »The Loveolution« lief. Millionen Menschen wollten Teil dieser Bewegung sein. Sie kommentierten, posteten, sangen mit – als hätten sie etwas gefunden, auf das sie lange gewartet hatten. Unser Album »The Loveolution« brach binnen weniger Wochen sämtliche Rekorde. Nicht nur die Streamingzahlen gingen durch die Decke, auch der seit Jahren schwächelnde physische Markt, der CD-Verkauf, verzeichnete Rekordabsätze.

28

Peter Farell verfolgte den kometenhaften Aufstieg der beiden Musiker mit wachsendem Unmut. Es ärgerte ihn über alle Maßen, dass ihm der Deal mit Heidi und Mick durch die Lappen gegangen war. Doch er war stur wie ein knorriger alter Baum, der sich dem Winter verweigerte. In einem Interview sagte er: »Ich tue mir wahnsinnig schwer damit, die große Euphorie zu teilen. Das Outfit beim Super Bowl war perfekt – wenn sie gerade fürs Abendessen hätte einkaufen wollen. Sie mag eine gute Sängerin sein, das gebe ich zu, ein Star ist sie aber sicherlich noch nicht.«

Er wusste, dass er nicht der Einzige war, der ihnen den Erfolg nicht gönnte. Gerade unter den Artists gab es Lästereien und Kritik. Vordergründig äußerten sich die bekannten Künstler in ihren Posts nur positiv und beglückwünschten Mick und Heidi. Doch hinter den Kulissen konnte man den Neid spüren. Einige hielten Heidis Gesang – genau wie er selbst – für nichts Besonderes und Mick wurde unterstellt, er würde sich mit der neuen Sängerin lediglich im Spiel halten wollen. Farell wusste es freilich besser. Er hatte Mick von Anfang an für ein Supertalent gehalten – ein Produzent, der auch ohne Heidi glänzen konnte. Dass er sich nun von der eigenen Familie abgewandt hatte und stattdessen dieses neue Image von Wahrheit und Rebellion pflegte, war für Farell ein Affront. Besonders gegenüber Mason, der trotz allem nie aufgehört hatte, auf seinen Sohn stolz zu sein – auch wenn er es nie zugegeben hätte.

So waren sie eben: Männer, die gelernt hatten, dass Gefühle in der Öffentlichkeit nichts zu suchen hatten. Auch Farell hatte das verinnerlicht. Emotionen waren Ballast – es sei denn, man konnte sie in Songs verkaufen. Darum war er letztlich auch CEO von Universum geworden.

29

Nach einem Medienmarathon, der sie gefühlt quer durch ganz Amerika geführt hatte, kehrte Heidi nach New York zurück. Mit müden Augen und schmerzenden Knochen stieg sie aus dem Taxi, das sie vom Flughafen nach Hause gebracht hatte. Vor dem Penthouse hatte sich eine Menschentraube versammelt. Zu spät realisierte sie, dass sie der Grund dafür war. Sobald sie den Fuß aus dem Auto gesetzt hatte, brach die Menge in Gekreische aus. Blitzlichtgewitter blendete sie. Erst jetzt entdeckte Heidi das Fernsehteam, dessen Kamera auf sie gerichtet war. Die Reporterin lief auf sie zu, hielt ihr ein felliges Etwas vor die Nase und brüllte ihr entgegen: »Hier haben wir sie, Heidi Morales, die Super-Bowl-Sensation. Als sie diese Wohnung zuletzt betreten hat, war sie noch eine ganz normale junge Frau. Heute jedoch kommt sie zurück als der lebendige amerikanische Traum. Heidi, darf ich dir ein paar Fragen stellen?« Die Reporterin lächelte breit.

Heidi sah von links nach rechts, immer mehr Menschen blieben auf der Straße stehen, gafften sie an und bewegten sich in ihre Richtung. Sie kam sich vor wie die letzte Überlebende in einem Zombie-Film. Darauf war sie nicht vorbereitet. In ihrem Kopf drehte sich alles, sie war hundemüde und wollte einfach nur nach Hause. In die weichen Kissen ihres Bettes fallen. Stattdessen fand sie sich in einer völlig chaotischen Szenerie wieder und wurde von allen Seiten bedrängt.

»Heidi, was ist das für ein Gefühl, so zu Hause empfangen zu werden?« Die Reporterin sah sie erwartungsvoll an.

»Ähm. Ich weiß nicht. Es fühlt sich komisch an. Ich bin ziemlich müde …«

»Das glaube ich dir gerne. Wo ist denn dein süßer Freund Mick? Ist das nicht seine Wohnung?« Die Reporterin zwinkerte ihr zu.

Heidi fühlte, wie ihr die Röte ins Gesicht schoss. Das war zu viel. Sie spürte, wie sie sauer wurde. Hatte sie denn jetzt nicht genug Interviews gegeben? Und dann diese trivialen Fragen?

»Ich … Mick ist nicht mein fester Freund, wir machen nur zusammen Musik. Es passt gerade nicht so gut. Entschuldigung«, sagte Heidi und versuchte gleichzeitig, sich einen Weg durch die Menge zu bahnen.

Das Gekreische hörte einfach nicht auf. Panik stieg in ihr hoch, als sie merkte, dass sie völlig schutzlos war. Sie würde einen Bodyguard brauchen, wenn das so weiterginge. Woher wussten diese Menschen überhaupt, wo sie wohnte? Sie war völlig überfordert mit der Situation. Es war kein Durchkommen.

Dann tat sie das Einzige, was ihr in diesem Moment sinnvoll erschien. Das Einzige, das ihre Angst verstummen ließ. Sie holte tief Luft, hob instinktiv die Hand und winkte. Der Lärm schwoll an, doch dann geschah etwas Unerwartetes: Die Menge beruhigte sich und ein leises, mantraartiges Murmeln drang durch die Luft: »The real Loveolution.« Heidis Herz raste. Plötzlich wurde ihr klar, dass sie etwas ausgelöst hatte – etwas, das sie kaum zu verstehen wagte. Sie wusste, sie musste jetzt etwas sagen.

»The real Loveolution. Let's start a revolution. Love is the solution. The real Loveolution«, riefen erst ein paar wenige. Doch es stiegen immer mehr Leute mit ein und bald wiederholte die ganze Menge den Satz immer und immer wieder. Heidi bekam Gänsehaut am ganzen Körper. Es fühlte sich an, als wäre sie über Nacht Teil einer Bewegung geworden. Es war genau das, was sie für ihre Musik wollte. Aber bis vor ein paar Tagen war die Vorstellung, wirklich etwas bewegen zu können, nur in ihrem Kopf gewesen – das hier war echt. Sie fühlte sich, als müsse sie einlösen, was sie bei ihrem Auftritt beim Super Bowl offenbar versprochen hatte. In ihr begann sich ein Bild zu formen.

»Ich danke euch. Bitte beruhigt euch! Ich möchte euch was sagen«, rief sie, aber der Gesang der Fans war zu laut. Sie versuchte es noch mal, diesmal so laut sie konnte. Die Reporterin ergriff die Chance und hielt Heidi ihr Mikrofon unter die Nase – bereit jedes Wort einzufangen.

»Ich bin bewegt und ergriffen von dem, was in der letzten Woche passiert ist. Ich möchte euch eines sagen: Es geht hier nicht um mich. Ich will nicht, dass ihr mich feiert. Es braucht viele kleine Schritte, um uns alle weiterzubringen. Also bitte, steht nicht vor meinem Zuhause, huldigt weder mir noch anderen Personen. Wenn ich für euch eine Inspiration sein kann, dann ist das großartig. Aber wenn ich das sein kann, dann könnt ihr das auch. Seid eine Inspiration für die Menschen, denen ihr begegnet. Wenn ihr einen Menschen in Not seht, dann seht nicht nur sein Elend und seine Armut. Seid der

Grund, warum er wieder Hoffnung schöpft. Ich halte nichts von Plattitüden wie *Liebe kann uns retten* und so weiter. Wir müssen aktiv werden. Wir müssen es sein, die die Liebe retten. Lasst uns die Liebe retten«

Heidi schob sich jetzt einfach durch die dichte Menge, spürte die drängenden Körper um sich herum und Hände, die nach ihr griffen. Endlich war sie am Eingang angelangt. Sie zog den Schlüssel aus der Tasche, öffnete die Tür, lächelte allen ein letztes Mal zu. Dann fiel die Tür hinter ihr zu. Sie fuhr mit dem Aufzug nach oben und schloss kopfschüttelnd die Augen. Die Anspannung wich erst aus ihren Schultern, als sie in der vertrauten Stille ihrer Wohnung stand. Sie stemmte sich gegen die Holzwand und sank auf die Knie. Befreite ihre Füße aus den schweren Lederboots und wollte sich einfach nur in Luft auflösen. So hoch sie auch erst vor wenigen Tagen geflogen war, so schwer fühlte sich die Leere an, in die sie soeben gestürzt war. Sie fühlte sich so allein. Außer Mick wusste niemand, was sie in diesem Moment empfand. Sie vermisste ihn.

Heidi richtete sich wieder auf, ließ ihren Mantel auf die Holzdielen fallen, sank in die Kissen des Sofas und stöhnte laut auf. Sie wollte irgendjemanden anrufen. Eine vertraute Stimme hören, für die sie einfach die war, die sie immer gewesen war. Die ganz normale Heidi Morales, ohne den ganzen Hype. Sie überlegte nicht lange, holte ihr Handy aus der Tasche und wählte die Nummer ihrer Mom. Hoffentlich ging sie ran. Sie hatte ein schlechtes Gewissen, weil sie ihre Mom in der letzten Zeit vernachlässigt hatte. Heidi wusste, dass sie wieder zu trinken angefangen hatte, aber sie hatte diesmal keinen Nerv, um den ewigen Kreislauf aus Alkohol, Niedergeschlagenheit, Depression und schließlich Krankenhausaufenthalt mitzumachen. Sie fühlte sich schrecklich bei dem Gedanken, dass ihre Geschwister jetzt diese Aufgabe übernehmen mussten.

»Mom?«

»Heidi, ich bin's.« Es war die vertraute Stimme ihrer Schwester.

Heidi fühlte sich augenblicklich wohl und atmete auf. »Ach, Camila. So schön, deine Stimme zu hören. Wie geht's dir? Wie geht's Mom?«

Camila zögerte. »Es … es geht so. Du weißt, dass vor unserem Haus wahnsinnig viele Leute stehen?«

»Was? Bei euch auch? Aber das gibt's doch nicht. Woher …«

»Na ja, wundert dich das? Du hast in den letzten Tagen Geschichte geschrieben. Dein Gesicht springt einem praktisch in jeder Fernsehshow entgegen. Alle haben deinen Auftritt gesehen. Wir sind so verdammt stolz auf dich!« Die Stimme ihrer Schwester überschlug sich.

»Es ist so verrückt, was passiert ist. Vor meiner Wohnung sind Hunderte von Menschen. Es war richtig unheimlich. Sie haben mich angestarrt, als wäre ich eine Heilige oder so.« Heidi war erleichtert, ihr Erlebnis mit ihrer Schwester teilen zu können.

»Heidi, was die Reporter vor unserer Wohnung betrifft …« Camila kam ins Stocken.

»Oh nein. Ihr habt hoffentlich nicht mit ihnen geredet?«, fragte Heidi mit einem leichten Anflug von Panik.

Schon wieder stockte Camila. Heidi richtete sich auf. Verdammt, sie war auf das alles überhaupt nicht vorbereitet gewesen. Dass Paparazzi vor ihrer Wohnung lauerten, damit konnte sie noch umgehen. Aber was hatte ihre Familie damit zu tun? »Sag schon, Camila. Was haben die euch gefragt?«

»Heidi, es tut mir so leid. Aber Mom hat ihnen die Tür aufgemacht. Sie wusste ja nicht, was sie erwartet.« Camila war den Tränen nahe.

»Wieso …? War sie …« Heidis Herz begann zu rasen.

»Ja«, schluchzte Camila.

In Heidi zog sich alles zusammen. Wenn die ihre betrunkene Mutter gefilmt hatten, dann wäre das eine Katastrophe. Sie hätte ihre Familie warnen müssen, dass sowas passieren könnte. Es wäre ihre verdammte Pflicht gewesen, sie zu beschützen. Aber sie hatte keinen Gedanken daran verschwendet, dass ein

Kamerateam in Sunset Park aufkreuzen könnte. Wie hatte sie nur so leichtsinnig sein können? Sie war im ersten Moment stinksauer auf Mick, auch wenn sie wusste, dass das gerade unfair war.

Dann tat Heidi etwas zum ersten Mal in ihrem Leben. Mit zitternden Fingern tippte sie ihren eigenen Namen in die Suchleiste bei Google.

30

Auf dem Rückweg nach New York fühlte sich Mick elend: Heidi hatte ihren größten Moment gehabt – und er war nicht da gewesen. Er hätte für sie Personenschutz anfordern müssen. Mit ihrer Familie sprechen. Aber ihm war ehrlicherweise nicht klar gewesen, dass ihre Bekanntheit so schnell solche Kreise zog. Erst als er die Menschenmenge vor seinem Penthouse sah, begriff er das Ausmaß ihres kometenhaften Aufstiegs.

Heidi öffnete ihm mit rot unterlaufenen Augen und verheultem Gesicht die Tür. Er nahm sie lange in die Arme und streichelte über ihr Haar. So verletzlich hatte er sie noch nie gesehen.

Sie sagte nichts, weinte nur.

»Tut mir leid, dass ich nicht da war.« Mick drückte sie noch fester an sich. Er merkte, wie ihr Schluchzen leiser wurde.

Sie blickte zu ihm hoch. »Wie geht's dir? Das mit deinem Vater tut mir leid.« Heidis Stimme flatterte.

»Alles gut«, flüsterte Mick. In Wahrheit fühlte er gar nichts, was für ihn beinahe das Traurigste an der Sache war.

»Du siehst ziemlich fertig aus«, stellte Mick bei Heidis Anblick fest. Sie trug ein schlabbriges Shirt, ein Paar dicke Stricksocken und ihre sonst so glänzenden Haare wirkten strähnig und ungekämmt. Schön war sie trotzdem.

»Danke, ebenso«, sagte Heidi. »Das Video von meiner lallenden, schwankenden Mutter ist überall. Und was die Leute als Kommentare drunter schreiben, willst du nicht wissen …«

»Scheiße«, fluchte er. »Willst du irgendetwas machen?« Mick ließ sich auf das Sofa fallen.

Heidi lachte kurz auf. »Was kann man denn da bitte schön machen?«, fragte sie, während sie sich neben ihn setzte und die Arme um ihre Knie schlang.

»Eine Idee hätte ich … Manchmal ist das Einzige, was wir tun können, einfach wir selbst zu bleiben. Ehrlich zu sein. Das sagst du doch auch immer.« Mick hielt inne und dachte daran, wie oft er sich hinter seinen eigenen Erfolgen versteckt hatte, um die Leere, die er in sich spürte, zu überdecken. »Vielleicht … vielleicht sollten die Menschen einfach erfahren, wer du bist. Wo du herkommst. Deine ganze Geschichte eben.«

»Ach, keine Ahnung Mick«, wehrte Heidi ab, als sie merkte, wie sich alles in ihr dagegen sträubte. »Ich muss meine Familie doch beschützen und sie nicht auch noch den Medien zum Fraß vorwerfen. Die Bilder meiner Mom sind überall. Sie verspotten sie, Mick. Es ist peinlich.«

»Das ist es ja. Die Bilder sind schon überall. Das Einzige, was du tun kannst, ist, Stellung zu beziehen. Sonst zerreißt sich noch halb Amerika das Maul«, meinte Mick.

»Du hast ja recht. Aber wie sollen wir das machen? Noch ein Interview?« Heidi klang genervt.

»Würde ich nicht machen. Nichts Gestelltes. Wie wär's, wenn du einfach ein kurzes Video mit dem Handy drehst? Sag ihnen einfach, was du fühlst. Dann laden wir es heute noch hoch. Bin mir sicher, die Leute würden das gut finden.«

Heidi hatte keine Kraft mehr und gab nach. »Dann mache ich es gleich«, sagte sie.

»Willst du dich vielleicht noch umziehen? Schminken oder so?«, fragte Mick vorsichtig.

»Nein. Vielleicht ist das ganz gut. Ich hab den Leuten vor unserer Wohnung schon gesagt, dass ich jeglichen Personenkult verabscheue. An mir gibt's nichts Besonderes zu sehen. Nur die Wahrheit. Keine Lügen, zur Abwechslung.« Endlich gelang ihr wieder ein Lächeln.

Mick platzierte einen breiten Sessel in der Mitte des Wohnzimmers. Das große Fenster ließ genügend Tageslicht hinein. Die Kamera zeigte Heidi im Schneidersitz auf dem Ledersessel sitzend. Mick drückte auf Record.

»Wann immer du bereit bist«, sagte er.

Heidi sammelte sich. Nach einer kurzen Pause begann sie zu sprechen: »Hallo, zusammen. Ich bin Heidi Morales. Ihr kennt mich wahrscheinlich von meinem Auftritt beim Super Bowl. Womöglich habt ihr aber auch noch ein anderes Video gesehen. Eines von meiner Mom. Einige von euch haben dazu ziemlich unschöne Sachen geschrieben, die mich sehr verletzt haben. Das ist der Grund, warum ich euch ein bisschen was über mich erzählen will. Und über meine Familie. Warum ich tue, was ich tue. Ich habe heute viel geheult, wie ihr an meinem Gesicht sehen könnt. Falls ihr mich nach dem tollen Make-up, das ich für die Show bekommen habe, überhaupt erkennt … haha. Jedenfalls: Es ist so viel passiert in der letzten Woche, dass es mir ehrlich schwerfällt, alles zu verarbeiten. Es fällt mir überhaupt nicht leicht, hier zu sitzen und über meine kranke Mutter zu sprechen. Aber ich glaube, dass es wichtig ist. Weil ich damit nicht alleine bin. Ich habe mich aber damit immer alleine gefühlt.

Mein Vater ist gestorben, als ich zwölf war. Meine Eltern kommen beide aus Chile, aber sie haben dort zu einer Zeit gelebt, in der es gefährlich war, seine politische Meinung zu äußern. Mein Vater war damals sehr mutig. Er war Journalist und hat immer wieder über den Machtmissbrauch innerhalb des Militärregimes von Pinochet geschrieben und darüber, wie ungerecht die Wirtschaftsreformen für die ärmeren Menschen waren. Damals konnte man noch kein Video aufnehmen und verbreiten, so wie ich es heute tue. Deshalb hat mein Vater geschrieben, auch wenn er wusste, dass es gefährlich war. Meine Eltern haben sich über Jahre versteckt, aber sie hatten keine Chance. Mein Vater wurde verschleppt und … gefoltert.«

Jetzt bebte Heidis Stimme und die Tränen kullerten über ihre Wangen. Mick musste sich zusammenreißen, die Aufnahme nicht abzubrechen, um sie zu trösten. Er wagte es nicht, auch nur einen Mucks von sich zu geben, und starrte stur auf das Display der Kamera. Er bemerkte, dass auch seine Augen feucht wurden. Die Aufnahme lief weiter.

»Mein Vater hatte noch Glück. Er wurde wieder freigelassen. Mit uns hat er nie darüber gesprochen, was damals wirklich passiert ist. Aber ich weiß genau, was mit ihm geschehen ist. Er hat versucht, es zu verdrängen, aber am Ende hat ihn das zerstört.

Ich habe meinen Vater so sehr geliebt. Meine Mom hat ihn geliebt. Sie … sie ist nie über seinen Tod hinweggekommen. Sie war lange Zeit so stark, aber den Tod meines Vaters konnte sie nicht verkraften. Die Situation war, wie ihr euch vielleicht vorstellen könnt, nicht gerade einfach für mich und meine Geschwister. Ich habe als Kind so gut wie nie andere Kinder zu uns nach Hause eingeladen. Es war mir unendlich peinlich, dass andere sie vielleicht betrunken sehen könnten – und uns als Familie verurteilen würden. Ich wollte doch nur ein ganz normales Leben. Also habe ich einfach so getan, als hätte ich eines. Mein einziger Weg, alles zu verarbeiten, war schon immer die Musik. Sie hat mich glauben lassen, dass alles gut werden könnte. Sie hat mich daran glauben lassen, dass Dinge sich ändern können. Und dass Menschen nicht mehr dasselbe passieren muss wie meinen Eltern.

Jetzt habt ihr also meine Mom gesehen. Und wisst ihr was? Mir ist sie nicht peinlich. Sie ist schwer krank, ja. Aber damit ist sie nicht allein. Die halbe Welt ist krank. Das ganze Internet sowieso. Es ist nicht nur voller Viren, sondern voller Gemeinheiten. Wie eine Müllhalde unserer ganzen Gefühle. Wir kippen unseren Schmerz einfach da hinein und freuen uns, wenn wir Menschen sehen, denen es noch schlechter geht als uns selbst. Ganz gesund sind wir alle nicht mehr, fürchte ich. Aber wir kämpfen. Jeden Tag, jede Stunde, jede Sekunde. Wenn wir uns heilen wollen, dann dürfen wir uns nicht länger verstecken. Nicht unsere Depression, nicht unsere Sucht, nicht unsere Ängste. Wir müssen unsere Krankheiten endlich benennen. Erst dann können wir gesund werden. Lasst uns aufhören, so zu tun, als hätten wir keine Probleme. Als wäre unser Leben perfekt.

Und ja, zuerst habe ich mich geschämt. Noch bis vor wenigen Minuten, bevor ich mich dazu entschieden habe, dieses Video zu machen. Bis ich verstanden habe, dass Scham uns nicht weiterbringt. Sie bewirkt höchstens, dass wir uns noch weiter zurückziehen. Und dann wird die Scham immer größer. Und wir immer weniger wir selbst. Sie zwingt uns in die Passivität. Aber was wir brauchen, um nach vorne zu schauen, ist aktiv zu werden: Wir müssen den Kopf aus dem Sand nehmen, wieder aufstehen und den nächsten Schritt wagen. Und ich wünsche mir so sehr, dass der nächste Schritt aus Liebe passiert.

Bitte hört auf, meine Mutter zu verspotten. Auch wenn sie sich nicht immer um mich oder meine Geschwister kümmern konnte, liebt sie uns doch bedingungslos. Und ich liebe meine Mutter. Und für diese Liebe schäme ich mich nicht. Bin ich oft wütend, zornig, traurig darüber, dass sie trinkt? Natürlich. Es ist verdammt noch mal nicht leicht. Und viele von euch haben es auch nicht leicht! Und trotzdem: Ich bin stolz auf meine Familie, auf die Taten und Worte meines Vaters und auf die Liebe meiner Mutter. Und darauf, dass meine Geschwister und ich es trotzdem herausgeschafft haben, dass wir diesen vorprogrammierten Lebensweg verlassen haben. Ihr habt es selbst gesagt: *Love is the solution*. Ein Satz, der sich toll liest als Kalenderspruch. Aber erst wenn wir etwas dafür tun, wird der abgedroschene Satz wieder wahr. Wir waren immer gut mit Worten. Lasst uns anfangen, in den kleinen Dingen zwischen uns besser zu werden. Ehrlich zu sein, miteinander. Sonst wird unsere Zukunft tatsächlich so dystopisch, wie wir sie andauernd zeichnen. Wir haben die Chance, es anders zu machen. Wenn ihr auch Probleme habt mit Drogen, Alkohol, mentaler Gesundheit – sucht euch Hilfe. Ihr seid verdammt noch mal nicht allein. Weil wir euch nicht allein lassen!

Ich danke euch fürs Zuhören, wenn ihr bis hierher gekommen seid. Danke.«

Mick ließ ihre Worte sacken. Er sagte nichts, nachdem sie das Video fertig aufgenommen hatten. Nahm sie nur in den Arm. Ihre Botschaft war so stark und ehrlich. Sie berührte ihn an einer Stelle im Herzen, an der er nur Kälte und Ablehnung gewohnt war.

Nachdem sie das Video hochgeladen hatten, lag eine bedrückende Stille im Raum. Minuten vergingen, in denen Heidi und Mick sich anstarrten, ohne ein Wort zu sagen. Sie trauten sich nicht, auf ihre Handys zu sehen. Sie hatte das Richtige getan, das wusste sie. Wenn sie ihre plötzliche Bekanntheit für etwas nutzen wollte, dann hierfür. Die Welt brauchte nicht noch einen selbstbezogenen Superstar, der sich aus allem raushielt, um eine möglichst neutrale, wandelnde Litfaßsäule für die größten Konzerne dieser Welt abgeben zu können. Sie würde sich nicht raushalten.

Eine weitere Minute verstrich, dann vibrierte Micks Handy leise auf dem Tisch. Ein Kommentar. Dann ein weiterer. Und noch einer. Zitternd öffneten sie die Kommentarspalte. Zunächst sah Heidi nur vereinzelte Worte.

Mutig.

Danke Danke Danke

Was Heidi sagt …

Worte der Zustimmung, des Mitgefühls und der Unterstützung flossen ununterbrochen und Heidi war von so viel entgegengebrachter Liebe überwältigt.

Sekunden später explodierte die Kommentarspalte. Ein Herzchen nach dem anderen. Innerhalb weniger Minuten wurde das Video tausendfach geteilt. Ein regelrechter »Lovestorm«. Kommentare erschienen jetzt in sämtlichen Sprachen, ein Indiz dafür, dass sich das Video nicht nur in Amerika, sondern auf der ganzen Welt verbreitete.

Thank you from Thailand

Ich fühl dich, Heidi

Wir lieben dich für deine Aufrichtigkeit.

Es war nicht zu glauben. Die Flutwelle der Liebe und Anerkennung ließ Heidi und Mick ziemlich sprachlos zurück. Sie hatten das Unmögliche erreicht und den Spott in eine Welle der Empathie verwandelt, die alles überstieg, was sie sich jemals erträumt hatten.

Sie sprachen von einer neuen Bewegung, die Mick und ich in Gang gesetzt hatten. Medien berichteten weltweit über unsere »Loveolution«. Unsere Musik sprach die unterschiedlichsten Menschen an, die von dem Versprechen auf Veränderung und der Hoffnung auf mehr Empathie angezogen wurden. In einer Zeit, in der die Kirche ihren Status als Auffangbecken für Menschen ohne Halt eingebüßt hatte, sehnten sich viele nach einer neuen Heimat. Wir hätten nie für möglich gehalten, dass unsere Musik ein solcher Ort werden könnte. Doch es schien genau das zu passieren. Vielleicht hatten wir das Momentum auf unserer Seite. Es schien, als hätte die Menschheit wieder einen Draht zueinander gefunden, der angesichts der vielen Widrigkeiten, die das 21. Jahrhundert mit sich brachte, nach und nach eingerostet war. Vielleicht wollten die Menschen – genau wie Mick und ich – die vielen Spaltungen nicht mehr hinnehmen. Wir schafften etwas, was kein Politiker der Welt zu diesem Zeitpunkt hätte schaffen können: Wir gewannen das Vertrauen derer, die sich unsichtbar und an den Rand gedrängt fühlten. Die hilflos waren gegenüber einer Gesellschaft, die von Jahr zu Jahr immer deutlicher nach autokratischer Führung lechzte. Unsere Botschaft sprach vor allem auch der jungen Generation aus dem Herzen. Junge Menschen, die sich nicht länger stigmatisieren lassen wollten oder sich einfach nur nach mehr Zusam-

menhalt und einem friedlicheren Miteinander sehnten. Die »Loveolution« war die unverhoffte Antwort für eine kränkelnde Welt, in der die Menschen einander nicht mehr erreichen konnten. Und die Musik war unsere Verbindung. Die Welt, von der wir alle träumten, lag in jedem von uns bereit.

Ist es nicht paradox? Nie zuvor in der Geschichte der Menschheit war es so einfach, miteinander in Verbindung zu sein. Der Freund am anderen Ende der Welt war nur einen Wisch über das Tablet entfernt. Und doch waren wir einander so fremd wie nie zuvor. Unsere Kommunikation via Bildschirm fungierte als eine immer höher werdende Hecke. Wir bauten uns alle private Gärten, die wir im Netz zur Schau stellten. Doch im Schatten dieser dicht wachsenden Hecke keimten der Hass, die Lügen und die Unzufriedenheit. Wir schotteten uns voneinander ab und jeder blieb in seiner eigenen Blase.

Doch ich sehnte mich danach, die alten Hecken herauszureißen. Damit wir einander wieder sehen konnten. Und vor allen Dingen uns selbst: So, wie wir wirklich waren. Denn nur, wenn wir unseren eigenen Anblick ertragen und aushalten, ist es uns möglich, zu sehen, was den anderen bewegt. Und nur so merken wir, wie viel uns eigentlich alle verbindet.

Es war nicht unsere Absicht gewesen, gleich eine Bewegung zu starten. Aber es war eine einmalige Chance. Eine Chance, einander wieder näherzukommen.

Das rechte Gedankengut gedieh im Schatten der Hecke perfekt. Jede Schaufel musste daran scheitern. The »Loveolution« half den Menschen zu erkennen, dass sie ein Werkzeug hatten. Nirgendwo konnte man tiefer graben als in der Fantasie. Jeder von uns besitzt dieses kreative Werkzeug. Wir hatten nur verlernt, es zu benutzen.

Die »Loveolution« sollte frei bleiben von jeglicher Form von Ideologie. Wenn jeder nur einen kleinen Funken Liebe in seinem eigenen Garten säen würde, wie viel reicher wären wir? Wir Menschen mussten wieder erkennen, dass jeder einzelne von uns eine ganz individuelle, transformierende Kraft besaß.

Die Reaktionen auf unser erstes Video hatten uns beflügelt. Wir gingen diesen Weg weiter und wir spürten durch die Kommunikation mit unserem Publikum eine Verbindung, die tiefer ging. Mit einem Mal schien so vieles möglich zu sein.

Die Welle der Euphorie sollte mich jedoch noch an einen Punkt tragen, an dem ich nicht mehr unterscheiden konnte, was echt war und was nicht. Die Stimmen um mich herum begannen, so laut zu werden, dass ich manchmal nicht mehr hören konnte, was mir meine eigene zurief. Vielleicht hätte ich die Warnsignale erkennen müssen.

Es war eine einzelne Begegnung, die uns schließlich mit einem Dilemma konfrontieren sollte. Wie weit durfte man gehen, um die Dinge in Bewegung zu bringen? In der Kunst und Wissenschaft war alles erlaubt. Doch was, wenn die erschaffene Realität auf die wahrhaftige Realität trifft? Hatte man irgendwann den Bogen überspannt? Würde der behäbige Felsen, den wir bewegen wollten, eines Tages auf uns zurückfallen. Und was wäre, wenn alles, was wir bisher erreicht hatten, dann umsonst gewesen wäre?

zum Song

Starlight

I used to build castles in the sky
Where the people are warm and kind
But roads are getting closed and I see
No chance to get back the keys
But I won't give up
Even when times stay rough
I'm done with searching sorries
Let's write some different stories
Where we can be

And we're just like starlight
As we sail seven seas
And we're made out of stardust
Time's in our hands, make the most of these
And I can be your warm embrace
If you let me be please

I hold on to this like it's the final straw
While you are trying to drown it all
There's no way I could ever pull you out
So I refuse to fade in your shadow's doubt

But I won't give you up
Even when times stay rough
I'll be on your side, I won't ever tire
To lead you back to the light

Dritter Teil

31

Mick und Heidi befanden sich gerade mitten in den Vorbereitungen zu ihrer ersten Amerika-Tournee, als eine ungewöhnliche E-Mail in Micks Postfach landete:

Liebe Heidi, lieber Mick,
mein Name ist Dr. Alex Winter und ich bin der Gründer und CEO von Harmony AI Innovations, einem führenden Unternehmen im Bereich der kreativen KI-Technologie. Ich habe Ihr beeindruckendes Engagement, Ihre fantastische Musik und Ihre inspirierenden Botschaften mit großem Interesse verfolgt.

Ich habe ein Tool entwickelt, das es ermöglicht, alle Emotionen, die kreative Seele, alles Gesagte – kurz: alles, was einen Menschen ausmacht – zu analysieren, in einer neuartigen Form zu konservieren und vor allem fortzusetzen.

Das bedeutet: Das Vermächtnis eines Menschen, sein kreatives Schaffen, wird durch die gesammelten Daten und Analysen weitergeführt. Was man ist und sogar was man sein wird, kann auf eine noch nie da gewesenen Art abrufbar sein. Selbst nach seinem Tod kann man sich fragen: Was hätte Mick dazu gesagt? Wie würden Heidis Musik und ihre Botschaft zum Thema XY heute klingen?

Es klingt ein bisschen kühn, aber salopp gesagt: Das ist die Zukunft.

Sie sind die Ersten, denen ich dieses Tool vorstelle.

In der Hoffnung, Ihnen persönlich mehr über das Projekt erzählen zu dürfen, verbleibe ich mit freundlichen Grüßen

Dr. Alex Winter

Mick war sich nicht sicher, was er von dieser Mail halten sollte. Entweder erlaubte sich jemand einen Scherz oder es handelte sich tatsächlich um eine innovative Idee. Irgendetwas reizte Mick an dem Gedanken. Die Welt hatte sich in den letzten Jahren immer schneller verändert und er musste zugeben, dass er manchmal das Gefühl hatte, von jüngeren Produzenten überholt zu werden, die mit den neuesten Innovationen besser vertraut waren als er. Immer mehr Künstler begannen, mit Künstlicher Intelligenz zu arbeiten, und er wusste, dass auch er sich für die Zukunft wappnen müsste, wollte er nicht irgendwann als alter Kauz abgekanzelt werden. Selbst Heidi unterstellte ihm hin und wieder, dass er altmodisch sei.

Also las er die E-Mail noch einmal durch. Das Potenzial, das in dieser Vision steckte, erkannte er sofort.

Er leitete die E-Mail an Heidi weiter, mit der Bitte, sich zu treffen.

Sie verabredeten sich für denselben Abend in der kleinen Bar des Künstlerkollektivs. Hier konnten sie beide ungestört sein. Weder Paparazzi noch Fans würden sie hier belagern. Diesen Ort hüteten sie wie einen Schatz. Auch ansonsten hatten sie Vorkehrungen getroffen. So wurde das Penthouse inzwischen rund um die Uhr von Personenschützern bewacht. Aber Mick merkte, dass dies nicht mehr lange der richtige Ort für Heidi sein würde. In der Stadt fühlte sie sich niemals unbeobachtet, selbst wenn sie die einschlägigen Bars, in denen sich die High Society New Yorks versammelte, ohnehin mied. Sie verschanzte sich im Apartment und schrieb. Ab und zu lud sie Leute ein, damit sie weniger einsam war. Aber ein Leben als Star hatte eben seinen Preis. Er war sich nicht mehr so sicher, ob sie das durchhalten würde. Doch er hatte sie schon einmal unterschätzt und würde den gleichen Fehler nicht wieder begehen.

Aber hier störte sie niemand. Das hier war New Yorks Underground. Die Künstler, die hier wirkten, ließen sich von kommerziellem Erfolg weder beeindrucken noch irritieren. Mick war gerade jetzt mehr als dankbar, diesem Ort immer treu geblieben zu sein.

Die Bar war kaum besucht. Nur in der Ecke saßen zwei dunkelhäutige Männer, die sich eine Shisha teilten. Es roch angenehm süßlich nach Vanille. Aus den Lautsprechern drang entspannte Indie-Musik. Nur noch ein paar der Lampions an der

Decke leuchteten und der Barkeeper grinste in sein Smartphone.

Mick und Heidi setzten sich an die Theke und bestellten zwei Bier.

»Und?«, begann Mick das Gespräch und leckte sich den Schaum von den Lippen. »Was denkst du? Hast du die E-Mail gelesen?«

»Klar«, sagte Heidi. Sie schlürfte extra langsam an ihrem Bier. »Für mich klingt das ehrlich gesagt ziemlich absurd. Ich weiß gar nicht, warum wir uns deshalb extra treffen mussten. Hört sich nach einem Spinner an.«

Mick versuchte, den abschätzigen Ton in ihrer Stimme zu ignorieren. »Ehrlich gesagt, war das auch mein erster Impuls. Aber ich hab es mir mal durch den Kopf gehen lassen. Eigentlich klingt es schon ziemlich interessant. Wir sollten uns wenigstens mal mit dem Typen treffen.«

Heidi verdrehte die Augen. »Meinst du wirklich? Da könnten wir uns auch gleich unser eigenes Grab schaufeln. Ich will meine Songs auch in Zukunft lieber selber schreiben. Und mir meinen Job nicht von einer Maschine wegnehmen lassen«, entgegnete sie und nahm einen großen Schluck von ihrem Glas.

»Ich glaube, darum geht es gar nicht. Da steckt vielleicht mehr dahinter. Ich sehe es eher als eine Möglichkeit, unsere Musik noch weiter zu verbreiten. Sie quasi fortzuführen. Vielleicht können wir uns das zunutze machen. Ach, keine Ahnung. Wir sollten ihn einfach mal kennenlernen«, sagte Mick. Er wusste nicht, warum ihn die Idee so faszinierte. Aber im Gespräch mit Heidi bekam er noch mehr das Gefühl, dass es wichtig war. Vielleicht wollte er bloß nicht zugeben, dass es auch ein wenig um sein Ego als Produzent ging. Diesen Gedanken verdrängte er aber schnell wieder.

»Hmm. Also mein Bauchgefühl sagt mir, dass das vollkommen irre ist – aber von mir aus. Wir können ihn ja mal treffen. Aber was, wenn der Kerl wirklich nicht alle Latten am Zaun hat?« Heidi schnitt eine Grimasse.

Mick musste lachen. »Hehe. Das könnte schon sein. Dann werdet ihr euch ja gut verstehen.«

»Witzig«, bemerkte Heidi trocken.

Mick kniff ihr in die Seite, woraufhin sie sich zu einem Lachen hinreißen ließ.

Momente wie diese forderten Mick noch immer heraus. Er war so gern in ihrer Nähe. Sie waren inzwischen beste Freunde geworden, konnten sich über die abwegigsten Gedanken austauschen, ohne zu fürchten, dass der andere einen verurteilte. Aber es gelang ihm nicht immer, die körperliche Anziehung zu ignorieren. Das schummrige Licht und der Duft nach Vanille wären ein schönes Setting für … was auch immer.

Heidi leerte ihr Bier und grinste ihn an. »Dann ruf ihn halt an, diesen Doc.«

32

Sie trafen Dr. Winter eine Woche später in ihrem Büro, das sie inzwischen für ihre Firma angemietet hatten. Dr. Winter war extra aus München angereist. Zu Heidis Enttäuschung sah er überhaupt nicht wie Dr. Emmett Brown, der Doc aus »Zurück in die Zukunft«, aus. Dr. Alex Winter war ein hagerer, eher unscheinbarer Mann mittleren Alters, trug ein schwarz-weiß kariertes Hemd und eine graue Krawatte. Auf der Nase saß ein eckiges, feingliedriges Brillengestell. Er hatte die Ausstrahlung eines Buchhalters.

Sie saßen in ihrem Büro – einem schlichten, zweckdienlichen Raum mit einem kleinen Schreibtisch, auf dem Zettel und Briefe lagen, einer kleinen Lounge mit Chesterfield-Sofa und zwei Sesseln. Auf dem kleinen Couchtisch standen frisch gebrühter Filterkaffee und ein paar Süßigkeiten. Heidi goss Kaffee in die Tassen.

Dr. Winter starrte auf die Kekse, die auf einem Teller angerichtet waren.

»Nehmen Sie sich ruhig«, sagte Heidi und schob den Teller in seine Richtung.

»Oh, gern. Sehr freundlich.« Dr. Winter rückte seine Krawatte zurecht und griff zu.

»Okay, also Ihre E-Mail hat uns ziemlich neugierig gemacht. Was genau haben Sie vor?«, fragte Mick.

»Mhmm«, murmelte Dr. Winter mit vollem Mund. Ein paar Brösel blieben hartnäckig an seinen Lippen haften. Nun zog er ein Etui aus seiner abgewetzten Aktentasche. Als er es öffnete, kam ein silbergrauer Ring zum Vorschein.

»Der eigentliche Protagonist ist dieser Ring. Man trägt ihn einfach am Finger. Tag und Nacht. Die ganze Zeit quasi.« Dr. Winter nahm einen Schluck Kaffee und reichte den Ring an Mick weiter. »Es handelt sich hierbei um ein mit Tausenden Sensoren und Mikro-Kameras versehenes, hochsensibles Hightech-Gerät, das alles, was Sie fühlen, was Sie sagen, was Sie erleben, aufnimmt. Man füttert es sozusagen mit menschlichen Daten und was neu ist: Emotionen. Und je länger und intensiver man es füttert, desto wahrhaftiger ist im Endeffekt das, was letztendlich entstehen soll: Ihr eigener Avatar. Eine Weiterführung Ihrer selbst.«

»Aha. Könnten Sie ein wenig genauer erklären, wie das Gerät funktioniert?« Mick betrachtete den Ring mit zusammengekniffenen Augen. Er konnte sich nicht vorstellen, dass dieses unscheinbare Ding in der Lage war, etwas anderes als den Puls zu messen.

Dr. Winter erklärte: »Physiologische Sensoren erfassen Herzfrequenz, Hautleitfähigkeit und Körpertemperatur. Diese Daten geben uns Hinweise auf Ihre emotionalen Zustände wie Freude oder Stress.«

»Das ist ja jetzt wirklich nichts Neues, oder? Und wie nimmt es auf, was wir sagen und tun? Wie wird das erfasst?«, wollte Mick wissen und untersuchte den Ring näher.

»Gute Frage. Das Gerät hat zum einen Mikrofone, die alles aufzeichnen, was Sie sagen, und speziell gewinkelte Kameras, die Ihre Gesichtsausdrücke und Augenbewegungen erfassen. Bewegungssensoren messen ihre Bewegungen und ihre Körperspannung. All diese Daten werden an unseren Server mit unserer KI-Software gesendet. Da Sie außerdem Personen des öffentlichen Lebens sind, werden auch alle Aufzeichnungen, die von Ihnen existieren, als Material verwendet. All diese Daten zusammen ergeben ein vollständiges Bild.« Dr. Winter zog ein Tuch aus seiner Tasche und begann, seine Brille zu polieren.

»Wie? Ich muss Tag und Nacht ein Aufnahmegerät mit mir herumführen, das mich dann … kopiert? Und was soll *mir* das bringen?«, fragte Heidi, die Arme verschränkt. Sie hatte keine Lust dazu, rund um die Uhr überwacht und kontrolliert zu werden.

»Oh, es ist kein gewöhnliches Aufnahmegerät. Es ist ein intelligentes Aufnahmegerät. Es speichert nicht nur, was Sie gesagt haben, sondern gleichzeitig auch das, was Sie dabei gefühlt haben. Das Bahnbrechende an dem Gerät ist: Es wird Ihre eigene, individuelle kreative Handschrift erfassen. Die Essenz Ihres Seins sozusagen. Und das Ziel ist nicht, eine Kopie von Ihnen zu erstellen«, erklärte Dr. Winter und griff erneut zu den Keksen.

»Hä? Das verstehe ich nicht«, sagte Heidi.

»Das ist das, was die KI bis jetzt kann: eine fast perfekte Kopie erstellen. Meine Idee basiert allerdings darauf, dass ich keine oberflächliche Kopie erstellen will, sondern den menschlichen Kern auf intelligente Weise weiterentwickeln will. Das, was uns als Menschen ausmacht, ist mehr als unsere Entscheidungen, unsere Reaktionen, unsere Emotionen. Die Essenz, das, was uns zum Menschen macht, ist unsere Seele.«

»Das klingt wirklich kompliziert.« Heidi glühte schon der Kopf. Sie bemühte sich den Erklärungen Winters zu folgen, aber sein Vorschlag barg schon jetzt mehrere moralische Hürden. Wollte man überhaupt, dass alles, was man je von sich geben würde, aufgezeichnet wird? Es würde einen vermutlich hemmen, überhaupt etwas von sich preiszugeben.

»Eine Frage: Nennen Sie mir einen Künstler, dessen Handschrift Sie unter Millionen anderer sofort erkennen würden«, versuchte es Dr. Winter.

»John Lennon!«, schoss es aus Heidi heraus.

»Wunderbar. Stellen Sie sich vor, wie würde ein Song von John Lennon heute klingen?«

»Na ja. Das ist ja überhaupt nichts Neues«, entgegnete Heidi. Davon hatte sie schon gehört und empfand es eher als Affront ihrem Handwerk gegenüber. »Soweit ich weiß, kann man derzeit sogar die Stimmen der toten Künstler weiter nutzen und Songs im Stile eines Künstlers schreiben lassen.«

»Da haben Sie recht, Heidi. Aber wissen Sie, worin der Unterschied besteht?« Dr. Winter sah sie jetzt direkt an.

Heidi hielt seinem Blick stand und schwieg. Jetzt mischte sich Mick ein: »Nun ja, zum einen in der Qualität. Wie soll eine Maschine jemals dieselbe Idee haben können wie ein Künstler selbst? Es fehlt ja die komplette Substanz.«

Dr. Winter nickte heftig und deutete mit dem Zeigefinger in Micks Richtung. »Exakt! Der Unterschied besteht darin, dass die Maschine eben sieht, was Sie sehen. Denkt, was Sie denken. Fühlt, was Sie fühlen. Und das über einen langen Zeitraum. Die Maschine entwickelt sich, wenn Sie sich entwickeln. Sie verändert sich, wenn Sie sich verändern. Und das Beste daran ist, dass sie dort sucht, wo die Essenz Ihres Schaffens liegt. Warum haben Sie an einem Tag einen grandiosen Einfall und am anderen Tag nur Leere im Kopf? Warum gibt es an Tagen des emotionalen Aufruhrs einen Output? Genau dorthin geht die Maschine und findet heraus, wer Sie sind. Wer die Künstler Heidi Morales und Mick Montgomery wirklich sind.«

»Es weiß, woher meine Ideen kommen? Wo der Ursprung meiner Eingebungen liegt? Die Quelle?«, fragte Heidi nun sichtlich angefixt. Ihre anfängliche Skepsis war einem ehrlichen Interesse gewichen. Sie erkannte mit einem Mal, was auch Mick in diesem Projekt sah. Es klang verlockend. Sie richtete sich auf und suchte den Augenkontakt mit Mick. Er schien auch wie auf Kohlen zu hocken.

»Das Entscheidende daran ist: Sie selbst füttern sie und niemand von außen oder lückenhafte Daten, die im Internet über Sie existieren. Sie selbst sind die Substanz, auf der sie aufbauen wird. Und je länger sie Sie in Ihrem Alltag begleitet, umso aufrichtiger und echter wird Ihr – nennen wir es von mir aus Avatar – sein.«

Dr. Winter griff sich den letzten Keks. Heidi nutzte die Gelegenheit und verließ kurz das Büro, um eine neue Packung zu holen. Tausend Gedanken schossen ihr durch den Kopf.

Ich erinnere mich gut an das erste Treffen mit Alex Winter.

Ich stand der Künstlichen Intelligenz bis zu diesem Zeitpunkt sehr kritisch gegenüber. Sie schien das komplette Gegenteil davon zu sein, wie ich Musik und Kunst sah. Außerdem verloren um uns herum zu viele ihre Jobs. Die KI erledigte ihre Arbeit schneller und vor allem günstiger.

Ob Grafiker, Komponisten oder Drehbuchautoren: Wir sahen uns plötzlich im Konkurrenzkampf mit einer Kraft, der wir nichts entgegenzusetzen hatten. Außer unsere Individualität. Unsere Menschlichkeit.

Und so sah ich auch zunächst das Unethische an Dr. Winters Vision. Die Maschine wollte mir das letzte bisschen Individualität nehmen, indem sie von meinen komplexen Emotionen und Widersprüchlichkeiten lernen und daran wachsen wollte. Die Vorstellung, dass eine Künstliche Intelligenz ständig wusste, wo ich war, was ich tat, und sogar meine intimsten Empfindungen speicherte, war beängstigend. Es fühlte sich an, als würde ich etwas Unverzichtbares preisgeben.

Vielleicht hätte ich auf mein erstes Bauchgefühl hören sollen.

Und doch, ich weiß nicht genau warum, erkannte ich darin auch eine Chance. Eine Chance, mir selbst auf einer ganz neuen Ebene zu begegnen. Solange die Erkenntnisse privat bleiben würden, bis ich selbst entschied, was damit geschehen sollte, konnte ich mir vorstellen, dieses Wagnis einzugehen.

Die technische Revolution der KI war bereits in vollem Gange, erfolgte schneller, als uns allen lieb war. Warum also nicht darüber nachdenken, ein Teil davon zu werden? Wir standen an einem Wendepunkt in der Geschichte der Menschheit. Die Superkraft der Menschen war zum einen die Gemeinschaft. Sie hatten in der Urzeit überhaupt nur überleben können, weil sie Rudel bildeten. Und war das nicht genau das, was uns so lange gefehlt hatte? Wir waren gerade erst wieder auf der Spur, den Weg der Individualisten hinter uns zu lassen. Bereit, unser Augenmerk wieder darauf zu richten, was uns einte, anstatt darauf, was uns entzweite. Aber was wäre erst möglich, wenn wir unseren Geist mit dem von Milliarden und Abermilliarden potenzierten? Ich erkannte die Chance. Nur Mick, altmodisch wie er war, musste noch überzeugt werden.

33

Nachdem Heidi mit Nachschub an Gebäck zurück war, platzte Mick mit all seinen Fragen heraus. »Soll das heißen, dass mein späteres Ich eine rein gedankliche Fortführung meiner selbst sein wird? Verstehe ich es richtig, dass es auch in der Lage sein wird, Neues zu komponieren und zu texten?«

Dr. Winter nickte. »Exakt. Es geht nicht darum, eine auf Logik und Gesagtem basierende Weiterführung Ihres Ichs zu erzeugen. Das Gerät liest Sie, es spürt Sie, Mick. Es notiert Ihre Interaktionen mit Ihren Gegenübern, bemerkt, wie Sie auf gute oder schlechte Nachrichten reagieren, was Sie inspiriert und warum Sie Ihre Lieder auf Ihre spezielle Art und Weise schreiben.«

»Aber wie kann die KI wissen, wer ich wirklich bin, wenn sie die ersten dreißig Jahre meines Lebens gar nicht miterlebt hat?«, warf Heidi ein, während sie das Fenster öffnete, um frische Luft in den bereits stickigen Raum zu lassen.

»Das ist ein berechtigter Einwand, Heidi«, sagte Dr. Winter,

»aber denken Sie darüber nach: Wie viel von Ihrem fünfjährigen Ich steckt jetzt noch in Ihnen? Was haben Sie sich aus der Kindheit bewahrt? Und von welchen Eigenschaften haben Sie sich längst verabschiedet? Natürlich kann die KI Ihre Vergangenheit nicht direkt erleben, aber sie kann viel über Sie lernen, indem sie die wichtigsten Aspekte Ihrer Erinnerungen und aktuellen Erlebnisse aufnimmt.« Er war jetzt sichtlich in seinem Element.

»Aber reicht das wirklich aus, um ein vollständiges Bild zu bekommen?«, fragte Mick skeptisch.

»Die KI beginnt mit einem intensiven Lernprozess, basierend auf Ihren aktuellen Interaktionen und Emotionen«, erklärte Dr. Winter weiter. »Darüber hinaus können wir das System mit Ihren Erinnerungen, Tagebüchern, Videos und Gesprächen über Ihre Vergangenheit füttern. Diese Daten helfen, eine tiefere Einsicht in Ihre Persönlichkeit und Ihre Entwicklung zu gewinnen. Der Fokus liegt darauf, wer Sie jetzt sind, denn das ist das Ergebnis all Ihrer bisherigen Erfahrungen.«

Heidi zögerte kurz, bevor sie eine weitere Frage stellte: »Aber was ist mit den Traumata tief in uns drin, über die wir nicht sprechen und doch immer wieder spüren?«

»Genau diese Erfahrungen sind entscheidend«, antwortete Dr. Winter. »Durch den kontinuierlichen Austausch und Ihre bewusste Reflexion über diese Momente kann die KI lernen, zu verstehen, was Sie geprägt hat.«

Mick lehnte sich zurück. »Was passiert, wenn wir sehr alt werden und vielleicht geistig nicht mehr fit sind? Werden unsere Avatare auch mit uns altern?«

»Das ist einer der großen Vorteile«, erklärte Dr. Winter. »Während Ihr Gehirn möglicherweise altersschwach wird, kann sich Ihr Avatar weiterentwickeln. Er bleibt immer auf dem Höhepunkt seiner kreativen Fähigkeiten und kann so Ihr Vermächtnis fortsetzen. Einer der spannendsten Gedanken dabei: Welche Werke hätten Künstler erschaffen können, wenn sie ein höheres Alter erreicht hätten? Welche Lieder hätte uns ein John

Lennon noch schenken können, wenn er den Zeitgeist von morgen gekannt hätte?«

»Was, wenn uns das nach dem ersten Hype fürchterlich langweilen würde? Weil es nämlich irgendwann nichts mehr mit uns zu tun hat…«, begann Mick und stockte. Er konnte und wollte nicht mehr denken.

»Ich sage nicht, dass es ohne Risiko ist. Aber die Frage ist: Würden Sie dieses Risiko gemeinsam mit mir eingehen?«

Heidi und Mick tauschten Blicke aus. Heidis anfängliches Desinteresse war fast schon einer Euphorie gewichen. Sie lotete in ihrem Kopf die Möglichkeiten aus, mit der sie in Zukunft mit ihrem Publikum kommunizieren könnte. Dabei dachte sie auch an ihren Vater. Er hätte vermutlich alles getan, um die Welt über die Ungerechtigkeiten und Korruptionen in seinem Heimatland Chile zu informieren. Um das Regime zu stürzen. Vielleicht hätte ihm ein Avatar wie dieser damals als Sprachrohr gedient, hinter dem er hätte anonym bleiben und dadurch sicherer agieren können.

Auch Heidi wollte etwas Bedeutsames hinterlassen. Etwas, das von Dauer war. Vielleicht war das gerade ihre Chance. Niemand wusste, in welche Richtung sich die Welt verändern würde. Aber was Heidi wusste, war, dass sie etwas Positives kreiert hatten. Die Menschen hatten wieder begonnen, an etwas zu glauben. Ihre Kunst könnte eine neue Dimension erreichen, ohne dass sie von den vielen Unsicherheiten und Zweifeln geplagt wären, die mit ihrem Schaffen einhergingen. Die Maschine würde die Essenz ihrer Kreativität herauspicken und ihre Botschaften verbreiten.

»Ich habe sie ehrlicherweise anfangs für einen Spinner gehalten, tut mir leid. Aber ich finde das Ganze zunehmend spannend«, sagte Heidi schließlich.

Mick sah sie überrascht an. Er hätte nicht gedacht, dass sie wirklich offen für die Vision von Dr. Winter sein würde. Jetzt war er selbst derjenige, der Zweifel hegte.

»Was meinst du, Mick?« Ihre Stimme hatte diesen vertrauten

Tonfall angenommen, den sie nur hatte, wenn sie unsicher war und unbedingt seine Meinung wissen wollte.

Er erinnerte sich an ihr erstes Treffen im Tonstudio. Als Heidi noch eine unbekannte Musikerin gewesen war. Damals hatten sie stundenlang über ihre Träume gesprochen, über die Art von Musik, die sie machen wollten. Es hatte sich angefühlt, als gäbe es nur sie zwei. Sie beide allein gegen die Welt. Oder eher *für* die Welt, wie Heidi es formuliert hatte. Das hier war etwas anderes. Er spürte einen Anflug von, was war es … Eifersucht? Ihre Kreativität war das, was sie beide von Anfang an miteinander verbunden hatte. Mick wollte diese intimsten Momente mit niemanden teilen, auch nicht mit einer Maschine. Andererseits wurde ihnen hier eine einmalige Chance geboten, womöglich der Einstieg in ein neues Zeitalter. Die »Loveolution« könnte mithilfe von Dr. Winter noch bedeutsamer werden.

Mick kämpfte mit sich. Die Technologie faszinierte ihn, aber er spürte auch eine Angst, seine Identität zu verlieren. Würde eine Maschine die Intuition und die persönliche Erfahrung eines Menschen je wirklich nachvollziehen können? Die Gefahr, dass sie manipuliert werden könnten, war ein weiterer Gedanke, über den er stolperte. Sie müssten diesem Winter hundertprozentig vertrauen können. Und Mick vertraute grundsätzlich niemandem, außer sich selbst.

Zu viele Bedenken schwirrten in seinem Kopf herum. Auch wenn er Heidis Euphorie gerne teilen wollte, so konnte er doch die massive Tragweite dieser Entscheidung nicht einfach abtun.

»Mir geht das alles ein wenig zu schnell. Ich würde gerne noch ein paar wichtige Fragen klären, bevor wir ernsthaft weiter darüber nachdenken. Wer hat zum Beispiel Zugriff auf unsere Daten? Was soll überhaupt damit passieren? Wer außer uns wäre in dieses Projekt involviert?«

Dr. Winter nickte verständnisvoll. »Natürlich. Ich verstehe, dass ich Sie hier mit etwas konfrontiere, das alles andere als alltäglich ist. Wir gehen Ihre Fragen Punkt für Punkt durch. Aber um Ihnen auch meine Beweggründe darzulegen, weshalb ich gerade an Sie beide herangetreten bin: Ich suche schon eine ganze Weile nach geeigneten Personen für mein Projekt. Ich war auf der Suche nach Menschen mit genügend Empathie und Verstand. Menschen, die ihre Macht nicht ausnutzen würden. Sie erschienen mir als die perfekten Probanden für mein Projekt. Es schadet sicher nicht, wenn wir uns noch besser kennenlernen, bevor wir etwas endgültig entscheiden. Wollen wir uns die Tage für ein paar weitere Gespräche treffen? Ich bleibe bis Donnerstag nächster Woche in der Stadt. Ich gebe Ihnen schon mal diese Zusammenfassung mit.« Er händigte ihnen jeweils eine Mappe mit Papieren aus.

»Sollten beim Durchlesen Fragen auftauchen, melden Sie sich oder schreiben Sie sie auf. Wir gehen dann alle Punkte gemeinsam durch.«

Dr. Winter erklärte uns in den folgenden Tagen ausführlich seine Beweggründe und lieferte uns die Antworten auf alle Fragen, die wir hatten. Je näher wir uns kennenlernten, desto sicherer waren wir, dass wir alle dasselbe wollten. Dr. Winter arbeitete für keinen großen Konzern. Er forschte mit einem kleinen Team, für das er selbst verantwortlich war und dessen Diskretion und Integrität er garantierte. Seine Mission war überaus uneigennützig: Mit seinen Kenntnissen wollte er nicht reich werden, sondern die Menschheit revolutionieren. Er war der Meinung, dass dies der einzige Weg sein würde, um deren Untergang zu verhindern.

Nach Momenten des Zweifelns sahen wir die Idee als eine Art Beschleuniger für die Veränderung zum Positiven, nach der wir uns damals sehnten. Oder war unsere Erde bereits dem Untergang geweiht? Die Menschheit hatte sich ihrer unwürdig erwiesen. Wir waren allein dafür verantwortlich, dass unsere Erde längst begonnen hatte zu sterben. Wenn das Individuum Mensch für seinen eigenen Untergang gesorgt hatte, es keinen Gott mehr gab, an den wir glauben konnten, müsste es etwas anderes sein, das uns Rettung versprach.

Könnte eine verantwortungsbewusste Entwicklung und

Nutzung dieser Technologie dazu beitragen, einige der großen Probleme der Menschheit zu lösen?

Mick und ich führten noch viele Gespräche, auch nachdem uns Dr. Winter sämtliche Zweifel und Ängste bezüglich des Projekts hatte nehmen können. Uns war vor allem wichtig, dass die Privatheit unserer Daten sichergestellt war. Es kann trotzdem sein, dass ich Mick zu etwas gedrängt habe, was er nicht wollte.

»Ich kann nicht sagen, dass mir das alles keine Angst macht, Heidi. Was, wenn wir uns dabei verlieren?« Noch heute habe ich seine Stimme im Ohr. Ach, damals hätte ich ihn beinahe geküsst, aber ich habe mich nicht getraut. Stattdessen sagte ich: »Was, wenn wir uns dabei gewinnen?« Und damit war es besiegelt. Ich bin mir bis heute nicht sicher, ob die KI jemals begreifen konnte, was zwischen mir und Mick war. Ich konnte es ja selbst nicht. Aber ihm vertraute ich wie niemandem sonst. Wir würden diesen Weg gemeinsam gehen. Leben hieß auch Veränderung. Wie hätten wir die Welt verändern können, wenn wir selbst nicht dazu bereit waren? Wir wagten das Experiment. Von nun an trafen wir uns alle drei Monate mit Dr. Winter in Deutschland. Niemand ahnte, dass dieser Schritt unser Leben auf einen Pfad führen würde, von dem es kein Zurück mehr gab.

34

Die Faszination für Heidi und Mick zog während ihrer ersten Tournee »Loveolution Vol.1« durch die Staaten immer weitere Kreise. Ihre Konzerte erinnerten an Fleetwood Mac in den 70er-Jahren: nur Musiker auf der Bühne, keine aufwendigen Lichtshows, Projektionen oder Pyrotechnik. Es ging ihnen einzig und allein um den Inhalt der Songs und die Energie zwischen ihnen und dem Publikum.

Was die Konzerte deutlich von anderen unterschied, waren Heidis bewegende Bühnenmoderationen, die sie intuitiv zwischen den Songs einflocht. Sie hatte ein Talent, die Stimmung des Publikums zu erfühlen und darauf instinktiv zu reagieren, den passenden Moment abzuwarten, um eine Botschaft wirkungsvoll zu platzieren – ohne dass sie es bewusst darauf anlegte.

Für Heidi war die Tournee nicht nur von Glücksmomenten geprägt. Das Tourleben setzte ihr zu. Der ständige Wechsel zwischen Anspannung und abendlicher Verausgabung zehrte an ihren Kräften. Ihr Terminkalender war brechend voll. Das Adrenalin, das sie im Rampenlicht so verschwenderisch ausschüttete, gönnte ihr im Gegenzug keinen erholsamen Schlaf. Sie brauchte Stunden, um im Hotelzimmer abschalten zu können, wälzte sich hin und her. Wenn der Schlaf sie endlich fand, läutete der Wecker am nächsten Morgen viel zu früh. Flugzeug oder Tourbus brachten die Band an die unterschiedlichsten Orte in den USA.

Sobald sie die nächste Stadt auf ihrem Tourplan erreichten, musste sie zudem lokale Radio- und TV-Stationen besuchen. Journalisten drängten sich um Interviews und hingen an jedem Wort, das sie von sich gab. Doch die anfängliche Aufregung wich allmählich der Routine und es dauerte nicht lange, bis sie spürte, wie eine erdrückende Müdigkeit von ihr Besitz nahm.

Freude empfand sie allein während der Konzerte. Jeder Auftritt war ein neuer Rausch. In ihrer Brust fühlte es sich an, als wirbelten ein Dutzend Federn durch die Luft, sobald sie an die kommende Show dachte – fast so, als wäre sie wieder 14 und zum ersten Mal verliebt. Und sobald die Instrumente einsetzten und sie die Bühne betrat, überkam sie eine Welle des reinen Glücks. In den nächsten zwei Stunden sprudelte sie über vor Energie und es war einfach nur schön. Keine Spur mehr von Nervosität, da waren nur noch die Musik, die Band und die Verbindung zum Publikum. Unvergesslich blieb der Moment, als die Fans zum ersten Mal ihre Lieder mitsangen. Vor Rührung brach sie in Tränen aus, während 12.000 Menschen den Song zu Ende sangen – und für diesen magischen Augenblick wurde sie im Internet gefeiert.

Die Euphorie hielt bis zum nächsten Tag an, an dem sie dann die große Müdigkeit überkam. Das High verschwand und hinterließ eine Leere, die sich erst mit dem nächsten Konzert wieder füllen ließ. In diesen Tagen erschien ihr alles gedämpft und fern, als würde sie die Welt nur noch durch einen Schleier wahrnehmen. Manche Fragen, die ihr immer wieder gestellt wurden, konnte sie aufgrund der ständigen Wiederholung kaum noch ertragen. Was erhoffte sie sich von ihrer Karriere? Wie hatte sie sich kurz vorm Super Bowl gefühlt? Wie hatte sie ihre Kindheit überstanden? Was bedeutete es für sie, auf der Bühne zu stehen? Und wieder von vorn.

Die Presse und das Internet idealisierten sie als einfaches Immigrantenmädchen, das erst an das Wohl seiner Familie gedacht hatte, bevor es seinen eigenen Träumen gefolgt war, und dem Amerika schließlich die Chance geboten hatte, diese zu verwirklichen. Sie war die perfekte Verkörperung des amerikanischen Traums, die den Zeitgeist traf und sich medienwirksam vermarkten ließ.

Es war anstrengend, doch Heidi bemühte sich, die Fassade in der Öffentlichkeit aufrechtzuerhalten. Sie hatte keine Wahl – obwohl sie vor diesem Sich-Verstellen-Müssen die größte Angst hatte. Für Reflexion blieb jedoch keine Zeit. Während die Stadion-Tour einen Erfolg nach dem anderen verbuchte, kochte der Medienhype um Mick und Heidi weiter hoch.

Die Interviewanfrage von Ophelia Wright, der bekanntesten Talkshow-Moderatorin der USA, ließ dementsprechend nicht lange auf sich warten. Mick durchschaute die subtilen Taktiken, mit denen Journalisten versuchten, sie zu provozieren oder aus der Reserve zu locken. Das beruhigte Heidi, aber trotzdem hatte sie ein wenig Bammel vor Ophelia Wright. Sie war eine seit Jahrzehnten erfolgreiche, milliardenschwere Unternehmerin, in deren Sendung sich die Stars ungewöhnlich offen zeigten. Nicht selten kam es zu großen Emotionen und Tränen. Welche Geheimnisse würde sie ihnen entlocken wollen?

Als sie zusagten, stellte sich heraus, dass die Einladung für die Ophelia-Show explizit Heidi allein galt. Wieso wollten sie Mick nicht dabeihaben? Es fühlte sich nicht richtig an. »The Loveolution« das waren sie beide. Ohne Mick würde sie jetzt maximal im Irvings spielen. Und tagsüber bei Walmart an der Kasse stehen. Sie wollte diese große TV-Show nicht ohne ihn bewältigen müssen. Verletzte es ihn, dass Ophelia ihn nicht eingeladen hatte? Für ihn schien es allerdings überhaupt gar kein Problem zu sein. Sagte er zumindest. Aber Heidi kannte ihn mittlerweile gut genug, um zu wissen, dass er nie zugeben würde, wenn es anders wäre. Mick grinste sie an, aber es war nicht sein übliches, unbekümmertes Lächeln.

»Ich hätte sowieso vorgeschlagen, dass du allein da hingehst. Sie wollen deine Geschichte hören, nicht meine.«

»Schon wieder?«

»Du hast eine Einladung für die erfolgreichste Show Amerikas. Nur wenige Celebrities bekommen überhaupt eine Chance von ihr. Sieh mich an«, sagte Mick im gespielt bettelnden Tonfall.

»Ich bin keine Celebrity.«

»Bist du. Aber eine kluge und eine mit einer Mission. Zeig Amerika, wer du bist.«

»Was bitte ist so toll an mir?«

»Alles«, erwiderte Mick.

Während Mick scherzhaft seine Rolle herunterspielte, konnte Heidi eine leise Unsicherheit in seiner Stimme nicht überhören. Was dachte er wirklich? Sie hasste den Gedanken, dass das Leben im Rampenlicht einen Keil zwischen sie treiben könnte. Noch war es nicht so weit, aber die ersten Risse waren da. Sie hatte Angst, dass sich Mick irgendwann ausgegrenzt fühlen könnte. Er war immer an ihrer Seite gewesen, ihr Fels in der Brandung. Doch in letzter Zeit spürte sie, wie sich der Fokus der Medien immer mehr auf sie konzentrierte. War das ein Problem für ihn? Würde es ein Problem für sie werden? Sie liebte die

Verbindung, die sie auf der Bühne mit ihm hatte, aber was würde passieren, wenn das Scheinwerferlicht nur noch auf sie gerichtet wäre? So weit würde sie es nicht kommen lassen.

35

Das TV-Studio von Ophelia Wright befand sich in einem Komplex von verschiedenen Filmstudios in Hollywood und war bis auf den letzten Platz ausverkauft – wie jede Woche seit fast zwanzig Jahren, wie man Heidi stolz erklärte. Das Studio war riesig, doch trotz der Hunderten von Lichtern, die auf die Bühne gerichtet waren, fühlte sich die Umgebung seltsam kalt und steril an. Die unechten Blumen und Dekorationsstücke wirkten wie ein verzweifelter Versuch, eine heimelige Atmosphäre zu schaffen. Doch alles wirkte unecht – ein Spiegel der Welt, in der Heidi sich gerade befand.

Ophelia verstand es wie keine Zweite, ihren Gästen ein gutes Gefühl zu geben. Sie freute sich ehrlich darüber, dass Heidi zu ihr in die Show gekommen war, und nach einem kurzen, freundlichen Kennenlerngespräch ging es auch schon los.

»Guten Abend, Amerika! Ich freue mich, nun eine Frau begrüßen zu dürfen, für die sich das Leben mit nur einem Auftritt komplett geändert hat. Eine Frau, die uns verändert hat und Menschen auf der ganzen Welt inspiriert: Bitte begrüßen Sie … Heidi Morales!«

Die Studio-Band spielte den Refrain von »Born to Fly« an, während Heidi sich schwungvoll auf die Ledercouch neben Ophelia fallen ließ.

»Heidi, euer Auftritt beim Super Bowl ist jetzt gerade mal ein Jahr her. Seitdem brecht ihr alle Rekorde und die halbe Welt ist verrückt nach euch. Wie erklärst du dir diesen Erfolg?«

»Ich kann es dir nicht sagen, aber ich freue mich natürlich sehr, dass es so ist. Ich glaube, wir leben in einer Zeit, in der sich die Menschen nach etwas sehnen, was echt ist. Durch unsere

Musik haben manche Menschen wieder ein Zuhause gefunden. Auf unseren Konzerten treffen die unterschiedlichsten Generationen aufeinander. Ich habe mitbekommen, dass unsere Fans bereits richtige Treffen veranstalten, auf denen alle zusammenkommen und sich austauschen. Das finde ich echt schön.«

»Die offene Art, wie du mit der Krankheit deiner Mutter umgegangen bist, hat dir sehr viel Respekt eingebracht. Deine Familie stand bei dir sehr lange Zeit an erster Stelle und bedeutet dir wahnsinnig viel. Wie schlimm ist es für dich, dass dein Vater deinen Erfolg nicht mehr miterleben durfte?«

Die Frage erwischte Heidi in diesem Moment eiskalt. Obwohl sie genau zu diesem Thema schon so oft befragt wurde und sie sich Taktiken zurechtgelegt hatte, um nicht immer und immer wieder in den Schmerz gezogen zu werden, drangen die Worte jetzt doch zu ihr durch. Ihr schossen Tränen in die Augen. Sofort war Ophelia mit einem Taschentuch zur Stelle.

»Oh nein, es tut mir leid… Aber mein Vater war derjenige, der mir beigebracht hat, auf meine Stimme zu hören. Sie zu nutzen. Laut zu sein gegen Ungerechtigkeiten. Sein Vermächtnis liegt jetzt in meiner Hand. Auch ich will alles dafür tun, dass diese Welt wieder ein friedlicherer Ort wird.«

Das Publikum applaudierte mit spürbarer Zustimmung.

»Ich glaube, das wollen wir alle! Du bist ein so positiver Mensch. Für Millionen Leute da draußen seid ihr eine riesige Inspiration. Ich kann's mir zwar nicht vorstellen, aber gibt es auch Hater, gibt es Feinde?«

»Und wie… Im Internet gibt es einen Haufen fieser Kommentare. Man kann nie allen Menschen gefallen und das wollen wir ja auch gar nicht. Aber es verletzt mich schon, wenn manche meinen über mich, meine Familie oder mein Aussehen urteilen zu können.«

»Das tut mir wirklich leid. Dann sprechen wir doch mal über etwas Schöneres: Mick und du seid ein absolutes Dreamteam. Beruflich sowieso, aber was ist dran an den Gerüchten, dass ihr ein Paar seid?«

Heidi zwang sich zu einem künstlichen Lächeln und sagte mit ironischem Unterton: »Ähm. Falls es so wäre, würdest du es als Erste erfahren.«

»Das nehme ich euch nicht ab. Ihr wohnt zusammen, arbeitet zusammen, seid gemeinsam in den romantischsten Hotels der Welt … Komm schon! Was empfindest du wirklich für Mick Montgomery?«

Heidi spürte, wie ihr der Kamm schwoll. Für einen Moment vergaß sie, wo sie war, und es schoss aus ihr heraus : »Das geht dich ja wohl einen ziemlichen Scheißdreck an!«

Ophelia Wright hielt sich erstaunt die Hand vor den Mund. Ein Raunen ging durchs Publikum.

»Ups. Diese Antwort passt ja nun mal so gar nicht zur Loveolution …«

Heidi lief knallrot an. Was war in sie gefahren? Sie wusste nicht, wie sie die Situation retten konnte. Am liebsten wäre sie aufgestanden und gegangen. Doch dann lächelte ihr Ophelia besänftigend zu.

»Puh, ich denke, wir beruhigen uns alle wieder. Wir wollen mal nicht vergessen, was diese Frau in so kurzer Zeit geleistet hat. Da finde ich es sogar erfrischend, sie so menschlich zu erleben. Heidi, ich wünsche dir alles Gute für die Zukunft«, sagte Ophelia. »Danke, dass ihr gerade so viele Menschen glücklich macht.«

Mick wartete amüsiert hinter den Kulissen auf Heidi. Als diese mit hängenden Schultern in der Tür stand, den Tränen nahe, sagte Mick aufmunternd: »Wahrscheinlich hat sich das bisher jeder Studiogast von Ophelia Wright gedacht. Aber du warst die Erste, die es ausgesprochen hat. *Das geht dich ja wohl einen Scheißdreck an.* Bravo! Spitzenantwort in einer Talkshow.«

»Sorry, Mick, ich hab's total verkackt.«

»Ach, vergiss es. Ophelia hat die Sache ja noch gerettet. Am Ende hat sie dich besser dastehen lassen als zuvor. Du bist schließlich nicht Everybody's Darling.«

Schweigend gingen sie gemeinsam zurück in ihre Garderobe. Als die Tür hinter ihnen zugefallen war, riss Heidi sich ihre Boots von den Füßen und ließ sich stöhnend auf die schwarze Ledercouch sinken. Mick stand etwas hilflos im Zimmer. Er beobachtete schon eine Weile, wie mitgenommen sie wirkte. Hätte ihr gerne etwas abgenommen, was die Rolle in der Öffentlichkeit betraf. Ein unbehagliches Gefühl drängte sich schon seit einiger Zeit an die Oberfläche. Nicht, dass er in seiner Eitelkeit gekränkt war, das war es nicht. Es war viel mehr seine Hilflosigkeit. Er hätte Heidi gerne von seinen inneren Kämpfen erzählt, doch er wollte sie nicht noch mehr belasten. So setzte er sich wortlos auf einen Stuhl und checkte auf seinem Handy die neuesten Nachrichten. Sofort sprang ihm eine Headline entgegen, die ihn hochschrecken ließ. Das konnte nicht wahr sein, was er da las.

»Das gibt's nicht. Das gibt's jetzt einfach nicht.«

»Was ist?«, fragte Heidi, die Augen geschlossen und ihren Kopf in die Hände gebettet.

»Das glaubst du nicht!«

Endlich richtete sich Heidi auf und sah ihn an. »Was ist denn, Mick?«

»Präsident Tate hat seine Kandidatur zurückgezogen. Und jetzt rate mal, wer seinen Platz einnehmen wird?«

36

Berauscht von seinem wirtschaftlichen Erfolg und seiner Rolle als Medienmogul, hatte sich Peter Farell schon vor längerer Zeit entschieden, Universum zu verlassen. Das Unternehmen, das mittlerweile sogar den größten Anteil an einer der beliebtesten Streaming-Plattformen besaß, war unter seiner Ägide zum mächtigsten Medienunternehmen der Welt geworden. Er war stolz auf das, was er geschaffen hatte, aber nun war es Zeit für etwas Neues. Etwas Größeres, worauf er insgeheim all die Jahre hingearbeitet hatte.

Er war schon seit Langem von der Führungsriege der Republikaner umworben worden. Sie versprachen sich davon offenbar, dass er einige der größten Stars mit entsprechender Reichweite für republikanische Zwecke gewinnen könnte. Nichts hatte mehr Gewicht, als wenn ein Footballstar, Schauspieler oder Musiker mit hundert Millionen Followern sich im Wahlkampf für einen der Kandidaten einsetzte.

Sein Telefonbuch hätte jeden Teenager und jeden Paparazzi vor Neid erblassen lassen und Farell bemühte sich redlich, den ein oder anderen Star für politische Veranstaltungen zu gewinnen. Bezahlt wurde mit dem Versprechen auf zukünftige Gefälligkeiten oder mit der Versicherung, sie später bei lukrativen Anfragen zu berücksichtigen.

Farell hatte fest damit gerechnet, dass sich die Republikaner bei ihm erkenntlich zeigen würden. Vielleicht mit der Ernennung zum Kandidaten für das Amt des Bürgermeisters von New York City. Aber das reichte ihm bei Weitem nicht. Er wollte Präsident werden. Präsident der Vereinigten Staaten. Dass sich die Möglichkeit dafür schon in diesem Wahlkampfjahr ergeben würde, damit hatte niemand rechnen können.

Der aktuelle Präsident Dan Tate stammte ebenfalls aus New York und hatte es vom TV-Clown, über den das ganze Land lachte, zum US-Präsidenten geschafft. Von den Führern der restlichen Welt wurde er komplett unterschätzt. Seine kruden Ansichten und seine Gier nach Aufmerksamkeit beherrschten die Top-Tweets. Politexperten und Politikwissenschaftler sowie Staatsbeamte waren fassungslos, dass ein Mensch mit solch schlichter Intelligenz, stumpfer Auffassungsgabe und hinterwäldlerischer Sichtweise tatsächlich zum Führer des mächtigsten Landes der Welt gewählt worden war. Aber die Medien liebten jede seiner Aussagen. Bescherten diese ihnen sogar ohne verlogenes Clickbaiting Abrufzahlen in schwindelerregender Höhe. Tate-News waren Money-News. Seit langer Zeit waren die USA nicht mehr so zerrissen gewesen und Tates Politikstil schien sich auf der ganzen Welt zu verbreiten.

Die Nation, die für Freiheit und Demokratie stand wie keine zweite, wurde plötzlich von Klassenkämpfen und Demokratiefeinden heimgesucht. Plötzlich schrien sich überall die Ultrarechten die Kehlen heiser. Und nicht selten halfen ihnen Journalisten dabei, Ängste zu schüren – Ängste vor dem Blackout, vor dem Zerfall der Wirtschaft, vor einer Bedrohung von außen. Die Menschen – vor allem in den USA – fühlten sich unsicher. Und Tate, der große Deal-Maker des Landes wurde dafür bewundert, seine Gegner nicht nur beim Golfspiel über den Tisch zu ziehen.

Obwohl man Tates Verhalten eigentlich nie voraussagen konnte, überraschte er jetzt mit einer kompletten Kehrtwende: Er trat kurz vor den anstehenden Präsidentschaftswahlen zurück und brachte Farell als seinen Nachfolger, als den nächsten republikanischen Präsidentschaftskandidaten der USA ins Spiel.

In diesen zerstörerischen Zeiten hatte sich Peter Farell in Stellung gebracht. Er würde als Führer der freien Welt einen besseren Weg gehen. Dabei würde ihm seine Freundschaft zum verstorbenen Mason Montgomery von großem Nutzen sein.

Vor seinem plötzlichen Tod hatte dieser ihn in ein Milliardengeschäft eingeweiht. Mason Montgomerys Firmen-Imperium baute darauf auf, dass Chaos auf der Welt herrschte. Und nicht selten sorgte er selbst für genau dieses Chaos. Gefahren wurden etabliert, Ängste geschürt und am Ende die passenden militärischen Lösungen geliefert.

Mason Montgomery hatte im Mittleren Westen, fernab von den Machtzentren und Geheimdiensten der USA, eine alternative, regierungsunabhängige Überwachungs- und Steuerungszentrale errichtet. Hier versorgten ihn hochbezahlte IT-Experten, an Hunderten Monitoren und vor riesigen Bildschirmen sitzend, mit einer neuen Währung der Macht. Zehntausend Fake Accounts und Bots sollten seinen Einfluss sichern und neue Geschäftszweige erschließen. Manipulation und Streuung von Falschinformationen waren ihr tägliches Geschäft.

Farell verband mit Mason Montgomery nicht nur der gemeinsame »Spaß« auf den Partys von Hudson Mayfield. Es hatte sich schnell gezeigt, dass sie politisch auf einer Wellenlänge lagen. Die Verachtung für die Demokraten einte sie. Als Vorstandsvorsitzender eines Musikunternehmens musste Farell oft gute Miene zum schlechten Spiel machen, aber privat konnte er sich entspannen. Da konnte er sagen, was ihm wirklich auf der Seele lag – dass ihn etwa die LGBTQ-Bewegung anwiderte oder dass er Klimaschutz für den Untergang Amerikas hielt. Farell war all das, was einen lupenreinen Republikaner ausmachte. Er vermied es allerdings strikt, seine Ansichten mit der Öffentlichkeit oder mit den Künstlern, die er unter Vertrag hatte, zu teilen. Meisterhaft konnte er jedem Gesprächspartner das Gefühl geben, genau seiner Meinung zu sein.

Aber jetzt war er endlich am Ziel seiner Träume angelangt. Nur noch eine halbe Stunde, dann würde Peter Farell seine erste Wahlkampfrede in einer Hochburg der Republikaner halten. Er saß in einer Hotelsuite in Columbia, South Carolina, und betrachtete sein gewinnendes Konterfei, das ihm vom Bildschirm des Fernsehers entgegenlächelte. Farell lächelte zurück. Eine übergewichtige Nachrichtensprecherin des Lokalsenders, die er mit Sicherheit niemals eingestellt hätte, stellte seinen Lebenslauf vor. Unbeholfen las sie vom Blatt ab: »Peter Farell wurde 1961 in New York City geboren. Sein Vater, ein Börsenmakler an der Wall Street, verstarb früh und hinterließ seiner Mutter und ihm ein beträchtliches Vermögen. Farell studierte Jura an der New York University und begann nach seinem Abschluss als Assistent der Programmleitung bei American News Network zu arbeiten. In den folgenden Jahren bekleidete er verschiedene Positionen in mehreren Entertainment-Firmen. Dabei ging es auf der Karriereleiter stets bergauf.«

Irgendwie hatten sie einen früheren Angestellten von Farell ausfindig gemacht und jetzt wurde dieser über seinen früheren Boss ausgefragt. Der ehemalige Mitarbeiter erzählte recht forsch: »Farell beherrschte eine Strategie besonders gut und die hatte den Namen: *Küss-den-Ring-und-tret-den-Diener.*«

Was bildete sich dieser Loser ein? Er sollte vielleicht einfach den Sender wechseln, doch der sogenannte »Insider« brachte noch mehr Unsinn vor. »Einer der Gründe warum Farell so oft seinen Job wechselte oder wechseln musste, bestand darin, dass sich Assistentinnen und Praktikantinnen über seine unangenehme und aufdringliche Art beschwerten. Die woke Gesellschaft kotzt ihn ziemlich an.«

Was für ein Idiot. Zum Glück war es nur ein kleiner Sender und diese Aussagen würden sein Image bei seiner Zielgruppe erst einmal nicht schaden. Farell ärgerte sich trotzdem. Er befand sich nun mal in einer Position, in der er eine gewisse Macht innehatte, mit der man Karrieren fördern oder eben auch beenden konnte. Was er offensichtlich auch bei diesem Trottel getan hatte, der noch immer wirres Zeug in die Kamera faselte. Woher kannte er ihn? War er einer dieser vor Testosteron strotzenden, präpotenten Jungmanager gewesen, die überzeugt davon waren, dass ohne sie auf der Welt nichts laufen würde?

Oder kannte er ihn aus seiner Zeit bei Universum? Farell musste unwillkürlich lächeln, als er darüber nachdachte, was er aus dem Konzern gemacht hatte. Man konnte über ihn sagen, was man wollte, aber als Führungskraft eines weltweit agierenden Musikkonzerns hatte er ein besonderes Talent entwickelt – und das, obwohl sich Führungskräfte eigentlich nicht ins operative Geschäft einmischten.

Wie bei einer päpstlichen Audienz ließ er die Talente vor einem Vertragsabschluss in seinem Büro antreten. Er entschied in letzter Instanz, wer einen Vertrag bekam und wer nicht. Und mit seinen Entscheidungen lag er fast immer richtig. Er investierte in die richtigen Stars, machte unfaire Deals und bescherte Universum so über die Jahre einen beträchtlichen Gewinn. Es war ein offenes Geheimnis, dass Farell vor allem die weiblichen Bewerberinnen gerne einer besonderen Prüfung unterzog. Mal bei einem spontanen Treffen in einer Suite im Luxushotel, mal bei ihm zu Hause. Aber wo war da das Problem? Er war schließlich nicht grundlos im Rock'n'Roll-Business.

Farell wusste sehr wohl, dass er kein schöner Mann war, mit seinem untersetzten Körper, seinem vernarbten Gesicht und seiner blau-schwarz gefärbten Fönfrisur. Sei's drum. Er hatte andere Stärken.

Er war kein schlechter Mensch. Er besuchte regelmäßig seine greisen Eltern im Pflegeheim, war Geldgeber und Schirmherr für diverse Wohltätigkeitsvereine. Hatte jemand einmal sein Vertrauen gewonnen, dann konnte derjenige stets auf seine Hilfe zählen. Nutzte man sein Vertrauen jedoch aus, dann kam eine andere Seite an ihm zum Vorschein. Ja, es konnte gefährlich sein, ihn zum Feind zu haben.

Vor ein paar Jahre hatte sich ihm eine Sängerin aus Texas verweigert, nachdem sie ihn zuvor umgarnt hatte. Doch zu solchen Spielchen war er nicht bereit gewesen. Und nachdem sie von Universum keinen Vertrag erhalten hatte, hatte sie versucht, ihn zu erpressen. Er war ihr jedoch zuvorgekommen und hatte durch seine private PR-Armee das Gerücht in Umlauf gebracht, die Sängerin hätte sich ihm angeboten, um an einen Plattenvertrag zu kommen. Was nicht mal gelogen war. Dann ließ er Studio-Aufnahmen von ihrer Stimme so verändern, dass der Anschein erweckt wurde, als träfe sie keinen Ton. Das Meme verbreitete sich im Internet und die Karriere der Sängerin aus Texas war zu Ende, bevor sie überhaupt begonnen hatte.

Generell bedachte er eine Menge sogenannter Gatekeeper und Entscheidungsträger regelmäßig mit großzügigen Geschenken, die diese gerne annahmen. Es war die Zeit, in der Radiopromoter und Journalisten gemeinsam mit den Stars in deren Garderoben Lines zogen. Farell ließ bei solchen Gelagen immer wieder heimlich Aufnahmen erstellen und füllte damit seinen Giftschrank. Und diese Filmchen zog er dann bei passender Gelegenheit hervor. Beispielsweise wenn ein »Partner« ihm sein Wohlwollen entzog und einen Slot in einer wichtigen TV-Show einem Künstler geben wollte, der bei einer anderen Plattenfirma unter Vertrag stand.

Farell heuerte Privatdetektive an, die Medienvertreter und

sogar Künstler anderer Plattenfirmen beobachten sollten. Zeigten sie die Art von Fehlverhalten, das die amerikanische Öffentlichkeit verurteilen würde, gab er das Material anonym an die Regenbogenpresse weiter. So hatte er sich über die Jahre ein bedrohliches System aus Abhängigkeit und Hörigkeit aufgebaut. Für ihn war klar, aus welchem Holz man geschnitzt sein musste, wenn man in dieser Branche etwas erreichen wollte. Und dabei hatte er immer sein eigentliches Ziel vor Augen: Präsident der Vereinigten Staaten zu werden. Ohne Intrigen war das nicht zu schaffen.

Dass dieser Idiot von Dan Tate ihn jetzt zum Nachfolger ernannt hatte, hatte Farell zunächst nicht fassen können. Es hatte sich also wirklich gelohnt, dass er dem Präsidenten Honig ums Maul geschmiert hatte, bis dieser fast daran erstickt wäre. Lügen war eine Kunst für sich. Und sehr nützlich in einer Welt voller Idioten wie Tate.

37

Während Heidi und Mick noch immer fassungslos die Nachrichten über die Bekanntgabe des angehenden Präsidentschaftskandidaten durchscrollten, klingelte Micks Telefon.

»Nein, oder?« Micks Gesichtszüge entglitten, als er Heidi das Display seines Handys zeigte. Peter Farells Name leuchtete auf.

»Hi, Peter.«

»Na, Mick, wie geht's?« Wie üblich wartete Farell nicht auf eine Antwort, sondern fuhr gleich fort: »Hör mal, tut mir leid, wie das mit uns gelaufen ist. Ich glaube, wir haben uns wegen der Super-Bowl-Sache damals etwas missverstanden. Ich freu mich ehrlich darüber, dass es für euch gut zu laufen scheint.«

»Danke, Peter«, murmelte Mick.

»Hast du es schon mitbekommen?« Farells Stimme strotzte vor Stolz. Mick konnte seine geschwollene Brust förmlich vor sich sehen.

»Ja, ich hab's gerade gelesen. Glückwunsch.« Mick verdrehte die Augen und stellte den Ton auf Lautsprecher. Heidi schüttelte den Kopf.

»Pass auf, Mick: Wir veranstalten in New York eine Spendengala, um den Bonzen der Stadt die Kohle aus der Tasche zu ziehen. Wahlkampf kostet Geld. Es wäre toll, wenn du – quasi aus alter Verbundenheit – mit deiner Heidi ein paar Nummern spielen würdest. Vielleicht kannst du ja auch was Nettes über mich sagen.«

»Ich soll mit Heidi auf *deiner* Spendengala auftreten und was Nettes über dich sagen?« Mick rang um Fassung.

»Ja, genau«, rief Farell laut lachend.

»Du weißt schon, dass uns nicht entgangen ist, wie abschätzig du dich in den letzten Monaten über uns geäußert hast, oder?«

»Na komm schon, Mick. Du weißt doch, wie sowas läuft. Die Medien reißen das aus dem Zusammenhang und schon werden aus guten Freunden Feinde.«

Mick presste die Lippen zusammen. Er wusste, dass Peter Farell sich niemals für sein Fehlverhalten in der Vergangenheit entschuldigen würde. Außer es war ihm von Nutzen.

»Peter, ich weiß gar nicht, wo ich anfangen soll«, brachte Mick schließlich hervor. »Du weißt schon, wofür wir stehen, oder?«

»Mick, ich bitte dich. Seid ihr Musiker oder wollt ihr am Ende etwa auch in die Politik?« Farell lachte gekünstelt, bevor er wieder seinen einschmeichelnden Tonfall an den Tag legte. »Ihr sollt auf der Gala lediglich ein paar Nümmerchen schmettern. Die Gäste bei Laune halten. Das ist doch nicht zu viel verlangt. Und es soll nicht zu eurem Nachteil sein.«

Mick konnte diesen widerlichen Sack förmlich grinsen sehen. »Ein paar … Nümmerchen schmettern? Wer glaubst du bitte, wer wir sind? Wir werden uns sicher nicht vor deinen Karren spannen lassen … Und wenn wir uns doch einmal vor einen Karren spannen lassen, dann gewiss nicht vor deinen! Wie ich mitbekommen habe, willst du die Politik von Tate nicht nur fortführen, sondern verschärfen. Unserer Gesellschaft ist bereits so tief gespalten und was ihr macht, wird die Gräben nur noch größer machen. Ich habe eine so komplett andere Meinung, wie unser Land zu führen, ja, zu einen wäre. Was dieses Land braucht, ist…« Mick zögerte. Er wusste, dass ihn Farell deswegen gleich auslachen würde, aber er sagte es trotzdem: »Liebe. Wir wollen der Gesellschaft Liebe geben! Du und deine Partei wollt ihr Waffen geben. Wir sind da in unseren Ansichten so unfassbar weit voneinander entfernt.« Bis auf ein paar extra laute Atemzüge war es jetzt still am anderen Ende der Leitung.

»Okay«, antwortete Farell schließlich. Sein Tonfall war plötzlich ein ganz anderer. »War mir nicht klar, was du für eine Meinung von mir hast. Bisher habe ich dich für einen klugen Kerl gehalten. Weißt du, Mick, es kann gefährlich sein, wenn du auf Bedrohungen mit Liebe und Blumen reagierst. Lass mich dir nur sagen: Wir wollen das Beste für unser Land und… Bei allem Respekt vor dir, deinem Vater und deiner Familie: Ich befürchte, du verstehst die politischen Zusammenhänge und globalen Gefahren nicht. Du willst hier nicht dabei sein? Fein. Sag später aber nicht, ich hätte es dir nicht angeboten. Aber mach mich besser nicht zu deinem Feind. Das willst du nicht.« Farells Stimme klang mit einem Mal frostig.

»Drohst du mir jetzt gerade, Peter?«

Die Leitung war tot.

»Was war das gerade bitte?«

Mick starrte Heidi an. »Er ist ein noch größeres Arschloch, als ich bis jetzt gedacht hatte.«

»Warum wollte er, dass wir für ihn spielen?«, fragte Heidi fassungslos.

»Mir fällt ehrlich gesagt nur ein Grund ein«, sagte Mick. »Farell weiß ganz genau, wo wir stehen, welchen Einfluss wir mittlerweile haben. Und er will verhindern, dass wir uns im Wahlkampf gegen ihn stellen. Deshalb die Drohung.«

Nach Farells Anruf waren wir gewarnt. Doch wir dachten nicht im Traum daran, uns von seiner Drohung verunsichern zu lassen. Im Gegenteil – wir waren wild entschlossen, es ihm so schwer wie möglich zu machen.

Unsere erste Tournee hatten wir erfolgreich zu Ende gebracht und wir befanden uns mitten in den Aufnahmen für unser zweites Album. Es war uns beiden klar, dass wir mit unseren Aussagen und Botschaften eine weitere Stufe erklimmen wollten. Wir wollten uns noch klarer positionieren und unbedingt verhindern, dass Peter Farell der nächste amerikanische Präsident wird.

Dass wir einen Teil unseres Publikums womöglich vergraulen würden, war ein Risiko, das wir bereit waren, einzugehen. Wir waren nicht angetreten, um reich zu werden. Wir waren auch nicht angetreten, um die Erwartungen der Fans zu erfüllen. Mehr denn je hatten wir eine Mission. Und das bedeutete auch, mit den Mitteln, die uns als Musiker zur Verfügung standen, zu verhindern, dass Peter Farell an die Macht kommen würde.

38

Schon bald hatten Heidi und Mick genug Material für ein zweites Album zusammen. Der Rummel um ihre Personen hatte auch zwei Jahre nach dem Super Bowl nicht nachgelassen, sodass sie beschlossen, die neuen Songs in einem ruhigen Tonstudio in München aufzunehmen. Hier fanden auch die vierteljährlichen Treffen mit Dr. Winter statt. Der leicht verschlafene Großstadt-Charme der Stadt im Süden Deutschlands gefiel ihnen ebenso wie die Gelassenheit der Bewohner. Selbst wenn Heidi erkannt wurde, begnügten sich die Menschen meist mit einem schüchternen Lächeln. Alles war viel beschaulicher als in den USA. Ohne den Druck der ständigen öffentlichen Aufmerksamkeit konnte Heidi endlich entspannen und ihre Kräfte kehrten zurück.

Der KI-Forscher Alex Winter überreichte ihnen ein weiteres Update seines High-Tech-Rings. Zudem installierte er hochsensible Sensoren und Kameras im Tonstudio, um noch mehr Daten zu erfassen. Für Heidi hatte die Zusammenarbeit mit Winter an Bedeutung gewonnen. Eine ganze Generation junger Menschen hatte begonnen, sich mit vollkommen künstlichen Avataren zu vergleichen – ein Vergleich, dem kein echter Körper standhalten konnte. Umso wichtiger erschien es Heidi und Mick, dass ihr Avatar sich mit ihnen veränderte und dass Erlebnisse und Erfahrungen auch auf dessen Körper Spuren hinterließen.

Obwohl beide sich mittlerweile an das dauerhafte Tragen des Rings gewöhnt hatten, stellte die Studie sie weiterhin vor große Herausforderungen. Die permanente Überwachung während des intimen Prozesses der Album-Entstehung befremdete sie und hemmte zunächst ihre Kreativität. Heidi spürte, wie sie zunehmend verkrampfte. Sie versuchte, auf ihrer Gitarre eine neue Kombination von Tönen zu finden, suchte nach einer Melodie, die etwas Besonderes war. Doch alles schien nur eine Wiederholung dessen, was sie schon früher zu Papier gebracht hatte.

Alles, was sie in der ersten Woche im Studio produzierte, landete direkt in der Tonne. Je mehr sie sich dazu zwang, etwas Bedeutsames zu schreiben, desto weniger gefiel es ihr. Manchmal gab sie auf, schlenderte durch den Englischen Garten und ließ ihre Gedanken treiben. Immer öfter sehnte sie sich nach der unbeschwerten Zeit an der Côte d'Azur zurück und plötzlich ergaben Micks Worte über die Leichtigkeit des Anfangs einen Sinn. Die Menschen hatten inzwischen ein festes Bild von ihnen. Sie musste entscheiden, was sie diesem Bild noch hinzufügen wollte. Ihr wurde bewusst, dass ihre Worte jetzt mehr Bedeutung hatten als früher. Die Zahl ihrer Instagram-Follower war auf über hundert Millionen angewachsen, was ihnen eine unbestreitbare Verantwortung auferlegte. Sie mussten ihre Worte weise wählen, denn die Gunst des Publikums war nicht von Dauer. Wenn sie also etwas verändern wollten, dann gab es keinen besseren Zeitpunkt als jetzt.

Nach einer Woche war der Knoten bei Heidi endlich geplatzt und gemeinsam mit Mick schrieb sie einen Song nach dem anderen. Sie experimentierten mit verschiedenen Sounds und schnell fiel die Entscheidung gegen eine opulente Instrumentierung. Stattdessen jagte Mick Heidis Gitarre durch diverse Effektgeräte, während das Klavier in manchen Stücken stark verfremdet wurde, nur um am Ende kraftvoll auszubrechen. Heidis Stimme stand pur und verletzlich über der spärlichen Begleitung. Die Songs enthielten mal mehr, mal weniger versteckte Aussagen zur politischen Weltlage, doch Heidi wagte sich auch an persönlichere Themen. Sie widmete ihrer Mutter einen Song und gab all den komplexen Gefühlen, die sie für sie empfand, einen neuen Raum. Ein anderer Song handelte von einer Liebe, die nur in ihrem Herzen existierte. Als sie einmal mitten in der Nacht aufgewacht war, war ein Lied einfach da gewesen, als hätte sie einen Traum gerade noch zu fassen bekommen, bevor er sich aufzulösen drohte.

Das Album gewann zunehmend an Kraft. Micks Produktion hielt sich nicht an gängige Standards – sein Sound war kantig und unbequem, er spiegelte perfekt die Zerrissenheit der Zeit. Die Musik erzählte mal laut, mal leise von einer Welt, die den Menschen nichts mehr zu versprechen schien. Und doch steckte ihr Album voller Ideen, wie diese Düsternis durchbrochen werden könnte. Es skizzierte Visionen, die zeigten, wie man die Schwere und Abgebrühtheit in den Seelen der Menschen überwinden konnte. Die Musik traute den Menschen zu, dass sie das Glück und die Liebe in sich wiederfinden konnten.

39

Peter Farell war sauer. Die Bekanntheit von Mick Montgomery und Heidi Morales zog immer weitere Kreise und sie gewannen immer mehr Einfluss. Besonders die sozialkritischen Aussagen von Heidi erregten das Interesse der Medien weltweit. Selbst die seriösesten Zeitungen stürzten sich auf das Geheimnis von »The Loveolution«. Was für ein bescheuerter Name. Mick dachte anscheinend tatsächlich, dass Liebe die Lösung für alle Probleme dieser Welt sei. Dabei war sie doch im Grunde die Ursache für die meisten, fand Farell. Von ihm aus hätten sie gerne in dieser abgedroschenen Love & Peace-Attitüde feststecken können.

Er ärgerte sich noch immer darüber, dass er sie damals abgelehnt hatte. Wären sie bei Universum unter Vertrag, hätte er sie mit seinen manipulativen Methoden leicht in Schach halten können. Ein paar wohl platzierte Worte der Verunsicherung gleich zu Beginn ihrer Karriere und schon wären Zweifel geschürt worden. Er hätte Heidi eingebläut, dass es als Künstlerin eine ganz schlechte Idee war, sich zu politisch relevanten Themen zu äußern, wenn man erfolgreich sein wollte. Was nicht einmal gelogen war. Es bedurfte durchaus Mut, in einer emotional so aufgeladenen Zeit seine Meinung klar zu äußern.

In dieser Hinsicht respektierte er sogar die Haltung von Heidi, die besonders den jungen Menschen das Gefühl vermittelte, dass man sein konnte, wer man wollte. Sie schien damit einen Nerv zu treffen. Eine Art Glaubensgemeinschaft bildete sich in den Fanforen, die alles, was Heidi und Mick von sich gaben, mit kurzen Clips oder Bildern aufbereiteten und teilten.

Farell wusste, wie viel Macht das Heidi und Mick brachte. Fast bewunderte er sie dafür, dass sie das geschafft hatten. Ihm war aber auch klar, dass sie ihm damit wirklichen politischen Schaden zufügen konnten. Das Telefonat mit Mick war nicht gut gelaufen. Farell war zwar noch weit davon entfernt, vor diesen modernen Hippies Angst zu haben, aber er hätte sie doch gerne ein wenig unter Kontrolle gebracht. Denn eines fuchste ihn gewaltig: Mit ihrer Haltung zu Themen wie Klimawandel und Gleichberechtigung stellten sich Heidi und Mick komplett gegen die Positionen der republikanischen Partei. Und das konnte für ihn durchaus zu einer Bedrohung werden. Noch hatten sie ihn nicht namentlich erwähnt oder sich direkt gegen ihn gewandt. Und doch verlor er in den aktuellen Umfragen an Zustimmung, was ihm zunehmend schlaflose Nächte bereitete.

Eines Abends, als Farell – aufgrund des andauernden Wahlkampfs bereits mit tiefen Augenringen gezeichnet – in seinem Apartment den Fernseher anschaltete, waren Heidi und Mick zu Gast bei Jimmy Price in dessen Late-Night-Show. Er wollte gerade weiterzappen, als sein Name fiel.

»Mick, ich glaube du kennst den Präsidentschaftskandidaten Peter Farell ganz gut, oder? Ist er noch sauer auf dich, weil ihr damals nicht bei ihm unterschrieben habt?«, fragte Jimmy.

Mick schmunzelte. »Farell ist eigentlich immer sauer, wenn er etwas nicht bekommt, was er will. Ich möchte nicht wissen, was dem Überbringer der Nachricht passieren wird, der ihm sagen muss, dass er die Wahl haushoch verloren hat.«

Jimmy grinste, das Publikum johlte.

Peter Farell fiel die Kinnlade runter. Diese ganze Loveolution-Scheiße hing ihm zum Hals heraus. Er hasste, was sie sagten und dass sie so erfolgreich waren. Dass sie sich jetzt auch noch direkt über ihn lustig machten, brachte für ihn das Fass zum Überlaufen.

Er blickte auf das Smartphone in seiner Hand. Er wusste, was er jetzt tun musste – das, was er immer tat, wenn ihm die Kontrolle zu entgleiten drohte. Der Giftschrank. Befand sich darin für seinen Gegner nichts Brauchbares, musste er etwas hineinlegen. Eine leise Stimme meldete sich in seinem Kopf, die fragte, wie weit er wirklich bereit war zu gehen. War es das wert? Egal. Er durfte jetzt keine Schwäche zeigen.

Farell musste jemanden kontaktieren, der sich schon in der Vergangenheit um die schmutzigen Dinge gekümmert und Probleme für ihn aus der Welt geschafft hatte. Jack Lacey war eine Art freier Mitarbeiter für das Unternehmen, das sein alter Freund Mason Montgomery im Mittleren Westen der USA aufgebaut hatte – und das Farell mittlerweile für seine Zwecke zu nutzen wusste. Als ehemaliger CIA-Geheimdienstoffizier war Lacey nicht nur bestens ausgebildet, sondern auch eiskalt und effizient. Es gab keine Aufgabe, die er nicht mit gnadenloser Präzision erledigte. Er war ein loyaler Soldat und für solche Aufgaben prädestiniert. Farell schrieb eine knappe SMS an Lacey: »müssen uns sehen. treffpunkt wie immer. morgen um 10:00 pm«.

Innerhalb von zehn Sekunden kam die Antwort: »werde da sein.«

Als Peter Farell sich am nächsten Abend auf den Weg zu dem Treffen machte, bekam der Secret Service, der den Kandidaten mittlerweile auf Schritt und Tritt verfolgte und verpflichtet war, ihn zu beschützen, nichts davon mit. Der Treffpunkt lag etwa zehn Minuten Fußmarsch entfernt von seinem luxuriösen Apartment in Manhattan. Unter der Brücke am Ufer des Hudson River herrschte tiefe Dunkelheit. Die massiven Betonstützen ragten kalt und unbeweglich empor, das Wasser schlug dumpf gegen die Ufermauern. Hier, weitab von neugierigen Blicken und ungestört von nachtaktiven Joggern, war der perfekte Ort für ein kurzes, diskretes Treffen.

Jack Lacey erschien pünktlich und Farell sagte nur knapp: »Morales Montgomery. Bring sie zum Schweigen.«

Lacey nickte und fragte kalt: »Stufe I oder II?«

»Stufe I.«

»Ja, Sir«, antwortete Lacey, während sich Farell schon wieder schnellen Schrittes auf dem Weg nach Hause machte.

40

Heidi entdeckte das Video zuerst. Ihr Herz blieb fast stehen, als sie den Film abspielte. Eine Frau mit osteuropäischem Akzent erzählte der mitfühlenden Moderatorin unter Tränen: »Er hat mich im Juli vor drei Jahren in sein Studio in Paris eingeladen, um Probeaufnahmen mit mir zu machen. Er hatte mir versprochen, mich als Backgroundsängerin mit auf Tournee zu nehmen. Dann sagte er, er müsse vorher prüfen, ob ich wirklich die Richtige sei. Er hat sich vor mir entblößt und mich zu Oralsex gezwungen. Mick Montgomery hat mich vergewaltigt. Er hat mich zerstört.«

Heidi war schockiert – auch wenn sie kein Wort glaubte. Aufgeregt zeigte sie es Mick. »Kennst du die?«

Micks Augen weiteten sich erschrocken. »Ja, leck mich doch. Heilige Scheiße. NEIN!«, beteuerte er lautstark. Er hatte diese Frau noch nie in seinem Leben gesehen. Aber ihm blieb keine Zeit, weiter darüber nachzudenken, denn schon klingelte sein Handy. Es war seine Mutter. Mick konnte sich nicht erinnern, dass sie ihn je angerufen hätte, seit er sein Elternhaus verlassen hatte.

»Michael, ist das wahr, was man in den Medien über dich sagt?«, fragte sie in kühlem Tonfall.

»Mutter, nach all den Jahren rufst du mich wegen so etwas an? Ich habe das Video gerade gesehen … Diese Frau – ich habe keine Ahnung, wer sie ist. Sie lügt.« Mick versuchte, der Verwirrung in seinem Kopf Herr zu werden.

»Wenn du mir sagst, wer sie ist, werden wir die Sache aus der Welt schaffen, Michael«, sagte seine Mutter.

»Ich weiß nicht, wer das ist, und es ist nicht wahr. Und jetzt entschuldige mich, ich werde mich selbst darum kümmern.« Mick legte auf. Er musste jetzt einen kühlen Kopf bewahren.

Er rief seinen Anwalt und langjährigen Wegbegleiter Germinal in Paris an: »Germinal, hast du's gesehen?«

»Ja, habe ich. Sag mir, dass es nicht wahr ist«, erwiderte Germinal mit fester Stimme und seinem französischen Akzent.

»Natürlich nicht.«

»Das dachte ich mir.«

»Was tun wir jetzt?« Mick war erleichtert, dass er wenigstens seinen Anwalt nicht erst noch von seiner Unschuld überzeugen musste.

»Nun, wir müssen alles über die Person herausfinden und beweisen, dass sie eine Lügnerin ist. Das Problem ist, dass bei solchen Vorwürfen immer etwas Scheiße an dir haften bleibt.«

»Kümmere dich bitte darum, ja?« Mick legte auf.

Während seines Telefonats mit Germinal hatte Dr. Winter es mehrmals bei ihm versucht. Er rief ihn gleich zurück.

»Mick«, schrie Dr. Winter ihm aufgeregt vom anderen Ende der Leitung entgegen, »gut, dass Sie zurückgerufen haben. Hören Sie zu. Das Video ist eine Täuschung.«

»Ach wirklich? Stellen Sie sich vor, das wusste ich bereits. Ich habe diese Frau noch nie in meinem Leben gesehen«, meinte Mick, dem die Sache schon jetzt unendlich auf die Nerven ging.

»Ja, das weiß ich doch, und ich kann Ihnen auch sagen, warum. Die Frau im Video ist nämlich nicht echt. Sie ist fake, sie existiert nicht. Es handelt sich hier um eine KI-generierte Figur. Der ganze Clip ist KI-generiert. Es ist gar nicht schlecht gemacht, aber halt auch nicht perfekt«, erklärte Dr. Winter aufgeregt.

»Das … das ist echt krass.« Mick brauchte einen Moment, um die Information zu verarbeiten. »Aber wie zum Teufel können wir das beweisen?«

Dr. Winter bot an, einen befreundeten Wissenschaftler als Sachverständigen zu bitten, ein Gutachten zu erstellen und eine Pressemitteilung herauszugeben. Der Professor für KI-Technologie war einer seiner besten Freunde und Winter versicherte, dass dieser wisse, dass hier Eile geboten sei. Bei PR-Angelegenheiten musste ein Gegenschlag stets sehr schnell erfolgen, um der ursprünglichen Nachricht die Kraft zu nehmen.

Dr. Winter kannte glücklicherweise die Moderatorin des renommierten Wissenschaftsmagazins »Technology Today« der

BBC, wo er schon oft zu Gast gewesen war. Noch am gleichen Tag wurde er von der Journalistin interviewt, die eine für dieses Themengebiet ungewöhnlich hohe Anzahl an Followern besaß, was ein bisschen ihrer Attraktivität geschuldet war, aber vor allem an ihren fachlichen Fähigkeiten lag, dank derer sie kompliziierte naturwissenschaftliche Sachverhalte unterhaltsam und verständlich erklären konnte.

Souverän entkräftete Dr. Winter die Vorwürfe, die es mittlerweile sogar in die seriösen Medien geschafft hatten. Er attestierte dem Clip Bemühen, aber kein Können, und wies immer wieder darauf hin, dass es sich hierbei um eine Fälschung handelte, deren einziges Ziel es sei, Mick Montgomery zu schaden.

Heidi war währenddessen über ihren Laptop gebeugt und las alles, was sie im Netz dazu finden konnte.

»Heidi, bitte … hör auf damit.« Micks Stimme zitterte leicht, als er ihr den Laptop aus den Händen nahm. »Das ist der Wahnsinn unserer Zeit. Überall lauern Lügen. Man weiß nie, wem man noch trauen kann.«

»Aber das ist doch einfach nur fies«, murmelte Heidi und fühlte, dass sich ihre Augen mit Tränen füllten. »Wie krank muss man sein, um sich sowas auszudenken?«

Mick lief hektisch vor Heidi auf und ab. Er fuhr sich aufgebracht durch die Haare. »Weißt du, Heidi … mein Vater … Er hat mit Lügen ein Vermögen gemacht.« Mick hielt inne und starrte ins Leere. »Manchmal schäme ich mich für das, was er getan hat.« Mit Lügen, Falschinformationen und Manipulation wurden Kriege angezettelt, wer wusste das besser als er.

In diesem Moment schossen Mick Gedanken an Pinochet und Chile in den Kopf, doch er wagte es nicht, sie laut auszusprechen. Er dachte an die Geschichte, die Heidi über ihren Vater erzählte hatte. Wie er abgeholt, gefoltert und gebrochen wurde. Mick war sich sicher, dass sein Vater Pinochets Putsch und seinen Aufstieg mit ermöglicht hatte. Er wusste aber auch, dass, wenn er Heidi davon erzählen würde, es niemals so sein würde wie vorher. Mick hatte nichts verbrochen, dennoch fühlte er sich schuldig. Er schwieg.

Heidi ging zu ihm und umarmte ihn. Sie flüsterte ihm ins Ohr: »Wir sind stark, Mick. Wir lassen uns nicht so einfach brechen. Ich denke, wir müssen noch lauter werden.«

41

In Queens saß Jack Lacey in seinem düsteren Apartment. Das Licht seines Monitors warf ein kaltes, flackerndes Licht auf sein Gesicht, während er fassungslos das Interview der BBC-Journalistin mit Dr. Alex Winter verfolgte. Die ganze Aktion von Farrell und ihm war völlig nach hinten losgegangen. Nichts lief wie geplant.

Der Skandal implodierte förmlich in den Medien. Die Hosts der Late-Night-Shows machten sich allesamt über das gescheiterte Manöver lustig. Im Netz sprossen Parodien auf das Video wie Unkraut aus dem Boden – absichtlich schlecht gemacht, mit überzogenem osteuropäischem Akzent synchronisiert. In den Clips beschwerten sich Gummipuppen in schrillen Stimmen über ihre Besitzer. Fast alle wurden über Nacht zu viralen Hits. Auf YouTube kletterte das Thema #deepfakevideo an die Spitze der Trends.

Währenddessen gelang es Alex Winter und seinem Team, mithilfe spezialisierter Analyseprogramme den Ursprung des gefälschten Videos zu ermitteln. Trotz der Versuche, die wahre IP-Adresse zu verschleiern, hatten Winters Leute einen Heidenspaß daran, herauszubekommen, wer dahinterstecken könnte. Hilfreich war, dass die Szene der Hightech-KI-Technologie klein und exklusiv war. Irgendwann stießen sie auf den Chat von einem Typen, der im Mittleren Westen der USA arbeitete und der sich damit rühmte, KI-Videos generieren zu können, die jegliche Schauspielkunst überflüssig machen würden. Winters Team erkannte eindeutig seine technische Handschrift in dem Fakevideo.

Alex Winter schrieb Mick sofort eine E-Mail:

Hallo Mick,
wir haben nun herausgefunden, wer an der Produktion des Verleumdungsvideos beteiligt war. Es ist eine private Firma mit offenbar enormen technischen Fähigkeiten und riesigem Budget. In unserer Szene absolut unbekannt und auch noch niemals öffentlich in Erscheinung getreten. Was wir bisher herausfinden konnten, ist die Adresse des Komplexes, wo das Video seinen Ausgang genommen hat: 43 Hales Street, Ansley, Nebraska.

Beste Grüße
Dr. Alex Winter

Mick stockte der Atem. Wie passte das zusammen? Diese Adresse … Er kannte sie. Es war die Adresse eines Unternehmens, das seinem Vater gehört hatte. Er hatte nie so richtig gewusst, was dort genau gemacht wurde, und hatte es auch nie wissen wollen. Er war sich sicher, dass auch seine Schwester Abigail und seine Mutter nichts Genaueres über diese Firma wussten. In Mick keimte ein finsterer Verdacht. Nur einer konnte so tief in die Machenschaften seines Vaters verstrickt sein und zur gleichen Zeit davon profitieren, wenn er und Heidi zum Schweigen gebracht würden: Peter Farell.

42

Als die perfiden Unwahrheiten über Mick publik wurden, festigte das die Bewegung nur noch mehr. Die Loveolution erfuhr einen gewaltigen Zustrom. Auch wenn der Schuss für Farell diesmal klar nach hinten losgegangen war: Heidi und Mick waren sich sicher, dass er ihnen weiterhin Steine in den Weg legen würde. Niemand ging immer nur siegreich aus solchen Kämpfen hervor. Aber der Skandal hatte sie noch näher zusammenwachsen lassen. Sie fühlten sich stärker als je zuvor.

Die Verleumdungen und kräftezehrenden Auseinandersetzungen hinterließen trotzdem Spuren in Heidis Seele. Sie fühlte sich immer öfter ausgelaugt und sehnte sich nach Ruhe. Zeit mit ihrer Familie fehlte ihr und sie sah ihre Geschwister nur noch selten. Brenda Lee war die einzige Freundin, der sie sich nach wie vor anvertrauen konnte. Auch wenn sie sich monatelang nicht sahen, teilten sie trotzdem viele wichtige Momente.

So half ihr Brenda Lee auch bei der Suche nach einer geeigneten Suchtklinik für ihre Mutter. Doch das jahrelange Trinken hatte deren Organe so stark geschädigt, dass die Ärzte ihnen keine Hoffnung mehr machen konnten. Ihre Mutter verbrachte ihre letzten Wochen in einem Hospiz. Heidi und ihre Geschwister waren so oft es ging bei ihr, bis sie schließlich ihren letzten Atemzug machte.

Die Beerdigung fand nur wenige Tage später statt. Der Friedhof war derselbe, auf dem auch Heidis Vater begraben lag. Die Maisonne schien durch die hängenden Äste der Weiden, während sich eine kleine Trauergemeinde um das Grab von Miguel Morales versammelte, der nun wieder mit seiner Frau vereint war.

Heidi wollte für ihre Mutter zum Abschied das Lied singen, das sie für sie geschrieben hatte. Erst schnürte es ihr fast die Kehle zu und sie hatte Mühe, den ersten Ton herauszubekommen. Doch dann sah sie Mick. Er nickte ihr sanft zu. Heidi schloss die Augen und begann zu singen.

Camila weinte unaufhörlich, während Sebastián sie im Arm hielt.

Anschließend luden sie die wenigen Gäste auf Heidis neues Anwesen ein, das sich eine gute Stunde außerhalb von New York befand. Sie hatte sich ein kleines Cottage in Cold Spring gekauft, das malerisch am Hudson River lag. Ihr Grundstück war von alten Ahorn- und Kastanienbäumen umringt und eine hohe Hecke hielt ungebetene Gäste fern. Jetzt, im Frühling, konnte man überall den Duft der Magnolien und Kirschblüten wahrnehmen.

Heidi hatte eine große Tafel mit Leinentischdecken und Blumensträußen vorbereiten lassen. Ihre Großmutter war aus Chile gekommen und mit ihr ein paar alte Freunde der Familie. Camila war mit ihrem neuen Freund Giacomo, einem gut aussehenden Italiener, der genau wie sie Design studierte, gekommen. Brenda Lee stand mit Mick unter einem der riesigen Kastanienbäume.

»Wie … geht's ihr?«, fragte Mick.

Brenda Lee hielt einen Moment inne. »Ich weiß es nicht, Mick. Ich habe das Gefühl, dass ihr langsam alles zu viel wird. Die ganzen fiesen Geschichten über euch im Internet. Die ganze Aufregung um ihre Person. Und jetzt stirbt auch noch ihre Mom … das nimmt sie schon ziemlich mit.« Brenda Lee ließ sich ins Gras fallen und lehnte sich gegen den Kastanienstamm.

Mick tat es ihr gleich. Beim Hinsetzen fühlte er einen Gegenstand unter seinem Hintern. Er stand wieder auf, griff in die Hosentasche seines Anzugs und zog einen USB-Stick hervor.

»Was ist das? Ein USB-Stick? Wer hat denn heutzutage noch so was?«, fragte ihn Brenda Lee.

Mick stutzte kurz. Dann fiel es ihm wieder ein. »Der Armani-Anzug … Ich hab ihn zuletzt bei der Beerdigung meines Vaters getragen«, sagte Mick, während er den Stick genauer betrachtete.

»Okaaaay …?«, fragte Brenda Lee irritiert.

»Ach, vergiss es. Ist was von meinem Vater.«

Während sich um ihn herum die Gäste bei Kaffee und Kuchen unterhielten, ging Mick der USB-Stick nicht mehr aus dem Kopf. Er hatte ihn damals im Arbeitszimmer seines Vaters in seine Tasche gesteckt und dann nicht mehr daran gedacht. Es brannte ihm unter den Nägeln, zu erfahren, was sein Vater vor allen verborgen halten wollte.

43

Es war schon dunkel, als Mick ins Penthouse zurückkehrte. Seit Heidi aus der Stadt gezogen war, wohnte er wieder dort. Oben angekommen, holte er sich eine Flasche Brooklyn Lager aus dem Kühlschrank und tauschte seinen Anzug gegen Jeans und T-Shirt.

Mick setzte sich an den Schreibtisch und steckte den USB-Stick in seinen Mac. Seine Hände waren schwitzig, während er mit der Maus auf dem Bildschirm herumklickte. Ein Text ploppte auf:

Die Dateien auf diesem Datenträger sind verschlüsselt. Bitte geben Sie das Passwort ein, um fortzufahren.

Mick war nicht überrascht. Ein flaues Gefühl breitete sich in ihm aus. Die Verschlüsselung bestätigte seinen Verdacht, dass er in Angelegenheiten herumstocherte, die nur für die Augen seines verstorbenen Vaters bestimmt waren.

Er probierte es mit einer Kombination aus dem Vornamen seines Vaters und dessen Geburtsdatum.

Das eingegebene Passwort ist nicht korrekt. Bitte versuchen Sie es erneut.

Mick stöhnte auf. Er schätzte seinen Vater als nicht sonderlich kreativ ein, was das Erstellen von Passwörtern betraf. Also probierte er etwas anderes:

Abigail080796

Die gleiche Fehlermeldung wie zuvor erschien. Er probierte es mit den verschiedensten Kombinationen weiter, bis er nur noch einen Versuch hatte. Mick fuhr sich mit den Händen durch die Haare. »Was würde ich an seiner Stelle tun?«, murmelte Mick.

Dann tippte er Buchstabe für Buchstabe in die Tastatur:

MickMontgomery020388

Es funktionierte! Sein Vater hatte tatsächlich seinen Namen verwendet. Den Namen seines – zumindest in den Augen seines Vaters – verlorenen Sohns. Mick hatte keine Zeit darüber nachzudenken, was das in ihm auslöste, denn auf dem Bildschirm erschienen nun verschiedene Ordner:

Jagdsaison 90-91
Jagdsaison 92-93
Abigail Schulabschluss
Al-Mansur

Durch die ersten drei Ordner klickte er sich schnell. Sie zeigten Aufnahmen von Jagdfreunden seines Vaters, die er schon tausendfach gesehen hatte, und Abigail, wie sie stolz ihr Collegediplom in den Händen hielt.

Der letzte Ordner weckte jedoch sein Interesse. Mick hatte den Namen schon gehört, konnte ihn aber nicht mit seinem Vater in Verbindung bringen.

Er klickte auf den Ordner. Dieser enthielt eine Videodatei. Mick vergewisserte sich aus idiotischen Gründen, dass er alleine war, dann zündete er sich eine Zigarette an und startete das Video.

Die Kamera zeigte, wie mehrere Männer in langen Gewändern, mit Gewehren bewaffnet, zwei vermummte Gestalten in einen schmucklosen Raum führten. Dort platzierten sie die beiden auf zwei Stühlen und nahmen ihnen die Säcke vom Kopf.

Mick hielt die Luft an. Er erkannte klar und deutlich seinen Vater und neben diesem – Peter Farell, zwar einige Jahre jünger und schlanker als jetzt, aber es bestand kein Zweifel.

Als Nächstes betrat ein groß gewachsener Mann mit weißem Turban und tiefschwarzem Bart den Raum. Seine Augen wirkten aufmerksam, fast prüfend, als würde er jede Bewegung registrieren. Er nickte Micks Vater und Farell zu, ehe er sich ebenfalls setzte. In Richtung seiner Männer murmelte er etwas auf Arabisch, woraufhin diese den Raum verließen.

»Gentlemen, Sie sind also aus den fernen Vereinigten Staaten zu mir gekommen, um uns, wie es hieß, finanzielle Unterstützung im Kampf gegen Amerika zuzusichern.« Al-Mansur sprach ein perfektes British English.

Micks Vater antwortete als Erster: »Al-Mansur, es ist uns eine Ehre und kein Weg könnte zu weit sein, um die Ehre zu empfangen, die Sie uns mit dieser Audienz gebieten.«

Mick zog die Augenbraue hoch. Sein Vater musste lange geübt haben, damit ihm diese arabischen Höflichkeitsfloskeln so geschmeidig von den Lippen gingen.

Al-Mansur nickte, doch Mick sah, dass seine Augen dabei voller Hass waren.

»Unsere Organisation möchte Ihnen die größtmögliche Unterstützung zusagen, da wir denken, dass die Vereinigten Staaten in diesem Teil der Erde nichts zu suchen haben«, fuhr Mason fort.

»Ihr Unterhändler sprach von zehn Millionen US-Dollar.«

»Das ist richtig«, schaltete sich nun Peter Farell in das Gespräch ein. »Sie befinden sich bereits auf einem Konto der Emirates Bank of Dubai. Hier sind die entsprechenden Zugangsdaten.«

»Warum machen Sie sich die Mühe und kommen persönlich zu mir?«, fragte Al-Mansur.

»Nun, wir müssen den Kreis der Eingeweihten so klein wie möglich halten. Sehen Sie, Sie sind Meister der Geräuschlosigkeit und des Schweigens und können auf Ihre loyalen Unterstützer bauen. Wir haben überall Ohren und Ratten, die mithören.« Farell holte einen Umschlag hervor und reichte ihn Al-Mansur.

»Das ist der geheime Reiseplan der Außenministerin. Sie wird in genau einem Monat überraschend die Botschaft in Kabul besuchen, um die hiesigen Truppen zu unterstützen. In dem Umschlag befindet sich die exakte Reiseroute der Ministerin sowie die Funkfrequenzen des Diplomatic Security Service. Wenn Sie das Ziel ausgeschaltet haben, werden wir auf dem Konto der Bank of Dubai weitere zehn Millionen US-Dollar bereitstellen.«

Al-Mansur betrachtete den Umschlag und die darin befindlichen Fotos. »Ihre Außenministerin ist eine beliebte Politikerin, oder?«

»Sagen wir: Sie ist für unsere Organisation zu einer Belastung geworden«, antwortete Farell.

»In Ordnung.« Mit diesen Worten erhob sich Al-Mansur von seinem Stuhl und verließ den Raum, aber nicht ohne den beiden Männern noch einen verächtlichen Blick zuzuwerfen. Kurz darauf kamen seine Gefolgsleute herein und zogen Mason und Farell wieder Säcke über den Kopf. Damit endete das Video.

Mick hielt sich voller Entsetzen die Hand vor den Mund. Er erinnerte sich gut an den Anschlag vor zehn Jahren.

Damals gab es eine große Debatte darüber, ob sich die USA aus Afghanistan zurückzuziehen sollten. Die Außenministerin war eine der lautesten Stimmen, die für den Abzug warb. Mit »Let's bring our troops home!« beendete sie viele ihrer Reden.

Der Anschlag auf die Botschaft in Kabul erfolgte damals durch einen mit Sprengstoff beladenen Lieferwagen, der genau in dem Moment auf der Straße explodierte, als sich die Kolonne der Außenministerin von der Botschaft in Richtung des US-Truppenstützpunkts bewegte.

Die Außenministerin überlebte verletzt, musste aus gesundheitlichen Gründen allerdings ihre Präsidentschaftskandidatur aufgeben – und es gewann der erzkonservative Republikaner Jackson Reid. Der Vorgänger Tates – und ebenfalls ein mit Millionen von Mayfield und Montgomery unterstützter Kandidat.

Al-Mansur und seine Männer wurden einige Monate später durch einen Drohnenangriff in den Bergen Afghanistans getötet. Die Drohne stammte ausgerechnet aus der Fabrik der Firma Montgomery Defense Systems.

Mick wusste, dass er im Besitz von hochbrisantem Material war. Plötzlich überfiel ihn ein kalter Schauer und sein Herz pochte wie nach einem Sprint. Es gingen ihm mehrere Optionen durch den Kopf, gleichzeitig bekam er immer mehr Angst.

Über den Inhalt dieses Videos zu schweigen, würde bedeuten, hinzunehmen, dass in einigen Monaten der größte Landesverräter, Mörder und Terroristenfreund an der Spitze des mächtigsten Landes der Welt säße. Es heimlich zu leaken, würde das Vermächtnis seines Verräter-Vaters zerstören. Außerdem war Farell alles andere als dumm und es würde ihm schnell klar sein, woher die Informationen stammten.

Und wenn Mick ihn direkt damit konfrontieren würde, würde er sich in große Gefahr begeben. Er wusste, dass Farell hinter den verleumderischen Attacken und dem Fakevideo steckte. Die von Dr. Winter aufgedeckte Spur führte schließlich zu dem Montgomery-Unternehmen in Nebraska, das nun offensichtlich unter der Kontrolle von Farell stand. Was wäre Farell bereit zu tun, wenn Mick ihm mit diesem hochexplosiven Material drohen würde?

Mick würde den Teufel tun und Heidi von der Sache erzählen. Damit würde er sie nur in Gefahr bringen. Wie so oft in seinem Leben entschloss er sich dazu, alles mit sich alleine auszumachen. Völlig aufgelöst nahm er sich ein Baseballcap, zog es tief ins Gesicht, griff sich eine seiner Brillen ohne Sehstärke und machte sich auf den Weg in die erstbeste Bar. Der Ruhm forderte seinen Tribut und er sehnte sich danach, auch mal wieder unerkannt unter Menschen zu sein. Das war aber im Moment sein kleinstes Problem und in diesem Outfit würde ihn eh niemand erkennen. Er setzte sich direkt an den Tresen und bestellte beim Barkeeper ein Budweiser und einen Wodka-Shot.

Alle möglichen Gedanken gingen ihm durch den Kopf. Wer hatte das Video aufgenommen und hätte davon profitiert? In Mick keimte schnell ein Verdacht: Hudson Mayfield musste die Aufnahmen auf dem USB-Stick angefertigt haben. Mick hatte damals mitbekommen, dass es ziemlich langwierige und in Beleidigungen und Drohungen endende Verhandlungen mit Mayfield gegeben hatte. Montgomery Defense Systems wurde zwar von seinem Vater geführt, doch Mayfield war Teilhaber gewesen und auch Farell spielte eine immer wichtigere Rolle. Mayfield wollte für seine hochkarätigen Kontakte und seine Bemühungen als Netzwerker und Türöffner in die Politik stärker beteiligt werden. Wahrscheinlich hatte er die Aufnahmen von Micks Vater und Farell machen lassen, um die beiden damit zu erpressen.

Plötzlich schoss Mick ein weiterer Gedanke durch den Kopf: Was wäre, wenn Farell und sein Vater den Mord an Mayfields Frau in Auftrag gegeben hatten und es danach so aussehen ließen, als ob ihr Mann der Mörder wäre? Den von einer Armada aus Personenschützern bewachten und misstrauischen Multimilliardär Mayfield selbst umzubringen, wäre schwer gewesen. Aber ihn falsch zu belasten, das war das Spiel, das die beiden nur zu gut beherrschten. Und einen Gefängnisinsassen zu bestechen und einen Mord wie einen Suizid aussehen zu lassen, war dann ein eher leichtes Spiel.

Mick konnte nicht mehr. Seine Gedanken wurden immer wirrer und drifteten in immer absurdere Verschwörungstheorien ab. Er bestellte sich einen Drink nach dem anderen. Es war ihm egal, dass der Barkeeper ihn beim Nachschenken mit hochgezogener Augenbraue musterte. Der Alkohol wollte ihn nicht beruhigen und die Ängste verschwanden einfach nicht.

Schließlich nahm er sein Handy aus der Tasche, suchte nach dem Kontakt Peter Farell und drückte auf »anrufen«. Es war mittlerweile 2.30 Uhr, aber Farell ging bereits nach dem ersten Klingeln ran.

»Mick, was ist los?«

»Wir müssen uns sehen. Jetzt«, sagte er bestimmt, merkte aber, dass er etwas lallte und bemühte sich, klarer zu sprechen, als er hinterherschob: »Jimmys Corner, 44. Straße«. Er legte auf.

Zwanzig Minuten später betraten vier Männer, offensichtlich Beamte des Secret Service, energisch die Bar, in der neben Mick nur noch ein Betrunkener und ein Pärchen saßen. Sie inspizierten den Barbereich und die Toiletten, während Peter Farell an der Tür wartete. Nach ein paar Minuten wurde es ihm aber zu blöd und er ging zu Mick an die Bar.

»Was ist los?«, fragte Farell.

»Ich weiß, was du letzten Sommer getan hast.« Mick blieb sitzen und begann, sein Glas in den Händen zu drehen.

»Soll das jetzt witzig sein?« Farell war sichtlich genervt.

»Du, mein geliebter Daddy und Al-Mansur. Der meistgesuchte Terrorist des Landes, Verantwortlicher für den Anschlag auf die US-Botschaft in Kabul. Man kann sagen: ihr zwei und der größte Feind Amerikas. Was ihr da für einen Deal gemacht habt, ist wunderbar zu hören und zu sehen.« Und jetzt pokerte Mick: »Und das alles aufgenommen von einem Mann, der keine sechs Monate später tot in seiner Gefängniszelle hing. Was mit Sicherheit kein Selbstmord war.«

Peter Farell wurde blass und er setzte sich schwerfällig neben Mick auf einen Barhocker. Er zögerte zunächst, realisierte aber schnell, dass es keinen Sinn machte, alles zu leugnen, und stellte resigniert fest: »Du hast also die Aufnahme gefunden. Was willst du, Mick?«

»Ich will, dass du Heidi und mich in Ruhe lässt. Ich weiß, dass du hinter dem Video und den Attacken gegen uns steckst.«

Farell wirkte fast erleichtert. Doch das war nicht alles. Mick stand auf, blickte dem älteren Mann direkt in die Augen und sagte: »Und ich will, dass du deine Kandidatur zurückziehst.«

44

Mick taumelte die paar Schritte zurück zum Penthouse. Der Anflug von Überlegenheit, den er Minuten zuvor noch verspürt hatte, war längst verschwunden. Etwas anderes, weitaus Bedrohlicheres, nahm seine Gedanken jetzt in Beschlag.

Auch wenn ihm bereits schwindelig war, goss er sich zu Hause ein weiteres Glas Whiskey ein und rauchte seine Packung

Zigaretten leer. Das ungute Gefühl, einen schwerwiegenden Fehler gemacht zu haben, ließ sich aber auch mit einem weiteren Glas nicht herunterspülen.

Vielleicht sollte er sich erst einmal schlafen legen. Es war gar nicht passiert, es hatte nie ein Video gegeben, versuchte er sich einzureden. Bis seine Augen tatsächlich zufielen.

Als Mick am nächsten Morgen mit dickem Schädel und trockenem Mund aufwachte, fiel ihm der gestrige Abend wieder ein. »Scheiße, was hab ich getan«, sagte er leise. Er drückte zwei Aspirin aus der Packung und spülte sie mit einem großen Glas Wasser hinunter. Instinktiv ging er an seinen Schreibtisch und erschrak. Wo zur Hölle war der verdammte USB-Stick? Er war sich sicher, dass er ihn nicht aus dem Computer entfernt hatte. Panik stieg in ihm auf.

Wie unfassbar dumm konnte man eigentlich sein. Hektisch suchte er unter den herumflatternden Papieren, in den Schubladen, auf dem edlen Parkettboden. Nichts. »So eine verdammte Scheiße. Ich bin so ein Idiot.«

Mick hatte das Gefühl, sein Kopf würde gleich explodieren. Er schlug sich mit den Händen gegen die Stirn und schrie so laut er konnte. Wieso zum Teufel hatte er keine Sicherungskopie gemacht?

Ohne weiter nachzudenken, griff Mick zum Hörer und drückte auf Wahlwiederholung. Farell hob nach dem zweiten Klingeln ab, sagte jedoch keinen Ton.

»Peter, was fällt dir ein? Ich weiß, dass deine Leute heute Nacht in meiner Wohnung waren. Du elender Bastard. Aber denk nicht, ich sei ein absoluter Anfänger. Ich habe natürlich eine Kopie der Datei anfertigen lassen«, bluffte er. »Wenn du deine Kandidatur nicht zurückziehst, dann sei dir sicher: Ich werde dich zerstören! Und glaub mir, es ist mir scheißegal, wie tief mein Vater in die Sache verwickelt war. Du darfst nicht Präsident der Vereinigten Staaten von Amerika werden.« Mick schrie in den Hörer, während er wütend auf und ab rannte.

»Ich hab dich schon einmal gewarnt, Mick. Du weißt offenbar nicht, mit wem du dich gerade anlegst. Vernichte auf der Stelle sämtliche Kopien oder ich vernichte dich«, drohte Farell mit gefährlich leiser Stimme.

Mick hatte keine Gelegenheit mehr, etwas zu erwidern. Die Leitung war tot. Er bekam kaum noch Luft. Erneut stieg eine Welle von Panik in ihm auf. Die Türklingel holte ihn in die Realität zurück und versetzte ihn gleichzeitig unter Hochspannung. Waren Farells Leute etwa schon hinter ihm her?

Da fiel es ihm wieder ein. Er hatte ganz vergessen, dass er Heidi für heute Morgen zu sich eingeladen hatte. Das Alleinsein fiel ihr seit dem Tod ihrer Mutter schwer und so hatte er ihr angeboten, dass sie heute den Tag gemeinsam verbringen könnten. Ausgerechnet heute.

Heidi wirkte niedergeschlagen, als sie vor ihm stand. »Oh«, sagte sie. »Hast du mich etwa vergessen?«

Mick hatte sie offensichtlich nicht erwartet. Überall lagen Klamotten von ihm herum und er selbst stand nur in Unterhose und Shirt vor ihr. Der beißende Geruch von Alkohol und kaltem Rauch weckte unschöne Kindheitserinnerungen. In der Küche sah sie die halb leere Whiskeykaraffe und zahlreiche Bierflaschen.

»Hast du gestern ein Gelage veranstaltet? Sind noch Damen anwesend?« Sie zwang sich zu einem Lächeln.

Aber Mick schien total neben der Spur zu sein. Er zitterte. Und er stank.

»Äh, hast du heute schon geduscht? Was ist los mit dir, Mick?« Heidi ging entschlossen zum Fenster, um frische Luft hereinzulassen.

»Nichts, nichts. Alles gut. Tut mir leid, dass es hier so aussieht, ich habe es letzte Nacht wohl etwas … übertrieben«, sagte Mick mit flatternder Stimme.

»Sieht ganz so aus. Soll ich später wiederkommen? Ich kann auch Frühstück besorgen?«

Mick war hin- und hergerissen. Er hasste es, vor Heidi Geheimnisse zu haben. Aber er konnte, durfte ihr nichts von alledem erzählen. Er durfte sie nicht auch noch in Gefahr bringen und musste sie um jeden Preis beschützen. Und davon würde sie ihn nicht abhalten. Diesmal nicht. Ihm kam spontan ein Gedanke.

»Mick?« Heidi wurde langsam ungeduldig. Endlich schien er wieder anwesend zu sein.

»Was hältst du davon, wenn wir ein paar Tage abhauen? Ein kleiner Roadtrip, so was in der Art? Wir könnten die Küste entlangfahren und für einen Moment alles vergessen. Ich glaube, ich brauche die Pause genauso wie du …«

Mick redete schnell und verhaspelte sich mehrmals. So kannte sie ihn gar nicht.

»Mick? Was ist los?« Heidi fasste ihm an die Schulter und schüttelte ihn leicht. Zu ihrer Überraschung zog er sie in seine Arme. Sie genoss diesen Anflug von Zuneigung, auch wenn sie versuchte, nicht zu tief einzuatmen.

Mick hielt sie lange und innig fest. Es fühlte sich so richtig an, auch wenn die Rollen vertauscht waren. Eigentlich hätte er derjenige sein sollen, der sie tröstete, aber irgendetwas war heute anders.

Heidi sah ihn sanft und ein wenig besorgt an.

»Wohin willst du fahren?«, fragte sie ihn schließlich.

»Weiß nicht, die Ostküste entlang?«

Heidi überlegte. Die Idee, mit Mick eine Weile abzuhauen, gefiel ihr. Aber bitte kein Roadtrip an der Ostküste. »Was hältst du von ein bisschen Sonne? Lass uns nach Kalifornien fliegen und von dort aus mit dem Auto die Küste entlangfahren. Baja California vielleicht? Da wollte ich immer schon mal hin.«

»Okay. Lass uns das machen.« Die Wüste schien Mick ein geeigneter Ort, um seinen Kopf in den Sand zu stecken.

»Aber erst nachdem du geduscht hast. Ich schau solange nach Flügen.« Heidi lächelte und ließ sich mit ihrem Handy in der Hand auf das Sofa sinken.

Ein paar Stunden später saßen Heidi und Mick in der Ersten Klasse einer American-Airlines-Maschine nach San Diego.

45

Zur gleichen Zeit zündete sich Peter Farell in seinem Büro eine Zigarre an – und lachte laut auf. Das Gespräch mit Mick klang noch in seinem Kopf nach. Was für ein Hurensohn. Er wusste längst, dass es keine Sicherungskopie geben konnte. Blutiger Anfänger, dachte er hämisch, auch wenn er sich fragte, wie Mick herausgefunden hatte, dass Mayfield hinter dem Video steckte.

Es gab genau drei Kopien. Und alle drei befanden sich nun in Farells Besitz. Sogar die von Mayfield. Dieser hatte damals einen von Al-Mansurs Gefolgsleuten bestochen und damit beauftragt, die Aufnahmen anzufertigen. Und als er Farell und Montgomery anschließend damit erpressen wollte, heckten sie ihren finsteren Plan aus. Sie gaben einen Mord in Auftrag. Jack Lacey, einer ihrer besten Leute, hatte den Mord an Hillary Mayfield so aussehen lassen, dass der Verdacht sofort auf ihren Ehemann fiel.

Mason und Peter war klar gewesen, dass es nicht lange dauern würde, bis Mayfield durch seine guten Kontakte wieder auf Kaution freikommen würde. Sie mussten also schnell handeln. Jemanden zu finden, der Mayfield für sie im Knast tötete, war leichter als gedacht. Mit genügend Geld und Einfluss war auf dieser Welt zum Glück nichts unmöglich.

Farell hatte den USB-Stick von Mick bereits einer gründlichen Analyse unterziehen lassen, doch die Metadaten zeigten eindeutig, dass das Video von diesem Stick aus nicht kopiert worden war. Klar, Mick hätte das Video abfilmen können – aber selbst das traute er ihm nicht zu. Laut Lacey, der letzte Nacht auch eine Malware auf Micks Geräten installiert hatte, gab es auch darauf keine Hinweise. Idiot.

Trotzdem konnte Mick noch zu einem Problem werden. Die Medien fraßen dieser lächerlichen Love & Peace-Truppe regelrecht aus der Hand. Ganz zu schweigen davon, wie ihre Anhänger ihnen sabbernd an den Lippen hingen. Jeder noch so banale Unsinn, der aus den Mündern ihrer Gurus Heidi und Mick kam, wurde von ihnen gefeiert, als wäre er das Neue Testament.

46

Am Flughafen von San Diego wartete schon ein Mitarbeiter der Firma Vintage Cars auf sie und überreichte Mick den Schlüssel für eine 1967er Corvette Stingray in Himmelblau. Obwohl Heidi sich nie für Autos interessiert hatte, entlockte ihr der Wagen ein trockenes: »Geile Karre.«

Sie schmissen ihre Taschen auf die Rückbank, setzten ihre Sonnenbrillen auf und machten sich auf in Richtung Grenzübergang San Ysidro, den sie schon nach kurzer Zeit erreichten.

Ihr Ziel in Baja California, Mexiko, war eine abgeschiedene Villa, die in den Dünen von San Felipe lag. Sie gehörte einem befreundeten Künstler, der für verschiedene Ausstellungen mehrere Wochen in Europa unterwegs war und sein Haus Heidi und Mick gerne für ein paar Tage überließ.

Seitdem sie San Diego verlassen hatten, hatte Mick kein Wort mehr gesagt und unentwegt in den Rückspiegel geschaut. Heidi spürte, dass es kaum Sinn machte, ihn mit Albernheiten abzulenken oder aufzuheitern. Sie hatte keinen blassen Schimmer, was ihm durch den Kopf ging, und zudem schweiften ihre eigenen Gedanken immer wieder zu ihrer toten Mutter ab. Mick bemerkte nicht einmal, wie traurig sie war.

»Willst du mir sagen, was dich bedrückt, Mick?«, fragte sie ihn dann doch.

»Wollen wir vielleicht was essen? Ich hab brutalen Hunger«, wich er ihrer Frage aus.

Heidi nickte nur und starrte dann ihrerseits aus dem Fenster. Seine Stimmung fing an, ihr auf die Nerven zu gehen. Nach einem unbeschwerten Roadtrip, wie sie ihn sich vorgestellt hatte, fühlte es sich jedenfalls noch nicht an. Auch wenn die in warmes Licht getauchte karge Landschaft, die an ihnen vorbeizog, wie ein Versprechen nach Leichtigkeit schien. Sie wusste, dass es keinen Sinn hatte, ihn zu drängen. Wenn sie geduldig blieb, würde sie schon herausfinden, mit welchen Sorgen Mick zu kämpfen hatte. Bis dahin hatte sie genug mit ihren eigenen zu tun.

»Das nächste Diner ist in der Nähe von Mexicali«, sagte Heidi, nachdem sie auf ihrem Handy die Restaurants in der Umgebung gecheckt hatte.

»Vielleicht nicht gerade in einer so großen Stadt«, meinte Mick, während er nervös mit den Fingern aufs Lenkrad trommelte.

»Hmm. Okay. Also direkt an der Straße sehe ich Rico's Tacos«, fuhr Heidi fort. »Sieht von außen ein wenig schäbig aus, hat aber gute Bewertungen.«

»Warum nicht«, brummte Mick.

»Vielleicht könnten wir danach noch in Richtung der Lagune fahren?«

»Wenn du möchtest.« Langsam begann Mick, sich zu entspannen. Niemand verfolgte ihn. Seine Paranoia konnte er nicht auf Dauer durchhalten. Er beschloss, es gut sein zu lassen. Im Verdrängen war er immer schon gut gewesen. Also ließ er sich ein wenig ablenken. Sein Blick schweifte nach rechts. Heidi sah etwas trotzig stur geradeaus. Der Fahrtwind wirbelte ihr Haar durcheinander. Sie sah hinreißend aus, wenn sie schmollte.

Nach wenigen Kilometern erreichten sie ein aus ein paar Brettern zusammengezimmertes Häuschen mit einem ausgeblichenen Schild, auf dem man noch eine Chilischote erkennen konnte. Sie parkten den Wagen neben der Straße und betraten die einfache, kleine Hütte. Geruch von Limetten und gebratenem Fleisch hing in der Luft. Aus den kleinen Lautsprechern in den Ecken drang der Gitarrensound mexikanischer Folkrockmusik.

Eine Kellnerin mit riesigen Zähnen nahm ihre Bestellung entgegen und servierte wenige Minuten später zwei Bier und die saftigsten und würzigsten Tacos, die Heidi je gegessen hatte. Vielleicht wurde es doch noch die unbeschwerte Auszeit, die sie sich erhofft hatte. Wenn nur Mick sich ihr gegenüber nicht so distanziert verhalten würde. Sie sah ihn an. Er wich ihrem Blick aus. Schon wieder.

»Die Tacos sind sowas von gut, hmm?«, versuchte es Heidi erneut.

Keine Antwort.

»Willst du mir nicht endlich sagen, was los ist, Mick?«, begann Heidi von Neuem, nachdem sie ihren letzten Bissen verschlungen und sich mit der Serviette den Mund abgewischt hatte.

»Ach, Heidi«, sagte Mick und fuhr sich nervös durchs Haar. »Wieso lässt du es nicht gut sein, hmm? Gib mir bitte noch ein bisschen Zeit.«

Heidi verdrehte die Augen, sagte dann aber betont freundlich: »Wann immer du bereit bist…«

»Okay. Lass mich noch eine Zigarette rauchen. Wenn wir bei der Lagune sind, erzähle ich dir alles. Versprochen.« Mick suchte fieberhaft nach einer plausiblen Geschichte, die er ihr erzählen könnte. Alles war besser als die Wahrheit.

Heidi gab sich geschlagen. Sie stieg ins Auto und wartete, bis Mick seine Zigarette zu Ende geraucht hatte. Obwohl sie sich schon so lange kannten, löste der Anblick von Mick, wie er so an dem Auto lehnte, noch immer ein kribbeliges Bauchgefühl in ihr aus. Er zog sie an, zweifellos. Sie hatte vom ersten Moment an, als sie sich damals in New York draußen vor dem Club unterhalten hatten, das Gefühl, dass sie zusammen sein sollten. Und irgendwie waren sie es ja auch, selbst wenn sie kein Liebespaar geworden waren. Die Liebe erschien eben in den unterschiedlichsten Formen. Sie hatte zwar akzeptiert, dass es mit ihm wohl eher bei einer platonischen Beziehung bleiben würde, aber die körperliche Anziehung war immer mit im Raum. Es loderte etwas zwischen ihnen und vielleicht war es gerade das, was keiner von beiden verlieren wollte. War die bloße Vorstellung von dem, was zwischen ihnen hätte sein können, nicht viel intensiver und aufregender, als es das wirkliche Erleben je sein könnte? In jedem Fall war ihre Art von Liebe ein Quell der Inspiration, sowohl für Heidi als auch für Mick. Es war aber auch gut möglich, dass sie in dieser Hinsicht auch nicht ganz ehrlich mit sich waren.

»So, kann losgehen«, sagte Mick, während er ins Auto stieg und den Zigarettenstummel lässig auf die Straße schnippte.

Heidi lachte laut auf und versuchte, die Anspannung zwischen ihnen zu ignorieren, als sie filmreif mit quietschenden Reifen Rico's Tacos in einer Staubwolke hinter sich ließen.

Im Radio lief ein alter Song von Sam Cooke und Heidi grinste, als Mick jede Zeile von »You Send Me« mitsang und sie dabei immer wieder ansah. Heidi atmete erleichtert auf und stimmte mit ein. Sie wollte nicht mehr darüber nachdenken, was in Mick vorging.

Ohne sie anzusehen, nahm Mick ihre Hand und streichelte mit seinem Daumen sanft über ihren Handrücken.

Die Berührung durchfuhr ihren ganzen Körper. Es fühlte sich so gut an. Und so richtig. Sie ließ das Gefühl jetzt einfach zu und schmiegte intuitiv ihren Kopf an seine Schulter, während Mick immer langsamer fuhr.

»Heidi, warte …«

Sie kamen mitten im Nirgendwo auf einer einsamen Kreuzung zum Stehen. Alle abgehenden Straßen endeten in der endlosen Weite der flimmernden Wüste. Um sie herum nur Sand und ein paar vereinzelte Joshua-Bäume, die aussahen, als hätte sie jemand willkürlich in die Szenerie gestellt.

»Mick?« Heidi konnte spüren, wie sich etwas veränderte. Die stehende Hitze lag schwer auf ihrer Haut. »Was hast du denn?« Sie merkte, wie Mick vergeblich nach Worten rang. Wie er sie ansah, ganz anders als sonst, tiefer, eindringlicher. Sie hatte einen Moment das Gefühl, als könnte er ihre Gedanken lesen.

Der Geruch nach Staub und heißem Asphalt vermischte sich mit seinem – Bergamotte und Tabak. Sie hatte diesen Duft immer an ihm geliebt.

Sie wollte gerade etwas sagen, da strich seine Fingerkuppe sanft über ihre Unterlippe. Ein elektrisierendes Kribbeln durchfuhr sie. Sie schloss die Augen, spürte seine Hände an ihrer Wange.

Und dann endlich küsste er sie.

Alles, was je zwischen ihnen gewesen oder nicht gewesen war, schien sich in diesem Kuss zu bündeln.

Sie wusste nicht, wie lange es dauerte. Nur, dass sie nicht wollte, dass es endete.

Als sie die Augen öffnete, sah sie im Rückspiegel, wie sich in der Ferne etwas bewegte. Ein Flimmern, das immer näher kam. Sie blinzelte.

Im Augenwinkel sah sie eine Staubwolke heranrollen. Noch immer standen sie mitten auf der Kreuzung. Jetzt konnte sie den rostbraunen Lieferwagen sehen und etwas in ihrem Bauch zog sich schmerzhaft zusammen. Er wurde einfach nicht langsamer. Panik stieg in ihr hoch, als sie begriff, dass der Wagen nicht bremsen würde.

Das kann nicht sein. Mick, mach doch was. Fahr los. Fahr!, schoss es Heidi durch den Kopf. Dann gelang es ihr endlich, einen Schrei auszustoßen: »Mick!«

In dem Moment, in dem Mick begriff, was geschah, war es bereits zu spät. Er konnte nichts mehr tun.

Ein Knall.

Ein Aufprall, der das Auto durch die Luft schleuderte.

Glas splitterte.

Ein Schrei.

Dann Stille. Dunkelheit.

47

»Mick?« Langsam kehrte Heidis Bewusstsein zurück. Der stechende Schmerz in ihrem Rücken war das Erste, was sie wahrnahm. Benommen versuchte sie, zu begreifen, wo sie war.

»Mick, was ist passiert?« Der beißende Geruch von verbranntem Gummi und Benzin stieg ihr in die Nase.

Keine Antwort. Ihr Kopf hämmerte, dann brachen die Erinnerungen über sie hinein. Der Kuss. Die Staubwolke. Der Lieferwagen. Der Aufprall.

Und dann sah sie ihn. Ihr Herz zog sich zu einem winzigen Knäuel zusammen. Mick lag regungslos neben ihr, sein Kopf hing schlaff zur Seite herab. Blut sickerte aus seiner Schläfe und zog dunkle Spuren über sein Gesicht.

»Oh Gott, scheiße, Mick. Was ist mit dir?« Ihre Stimme zitterte. »Mick, sag doch was …«

Heidi öffnete die Beifahrertür und stolperte hustend ins Freie. Der Rauch brannte in ihren Lungen. Sie musste Mick sofort aus dem Wagen holen. Sie rannte zur Fahrertür. Doch die komplette linke Seite des Autos war völlig zusammengequetscht und verformt. Unter ihren Füßen knirschten unzählige Glassplitter. Sie spürte die scharfen Kanten durch ihre Sohlen, doch der Schmerz drang nicht zu ihr durch.

»Hilfe!« Heidis Stimme verhallte in der endlosen Weite.

»Hilfe, bitte!«, flehte sie. Aber niemand kam. Nur die flirrende Hitze und der Geschmack von Blut auf ihrer Zunge.

»Wieso ist hier niemand?« Sie keuchte nach Luft, als Panik und Verzweiflung sie überrollten. Ihre Finger zitterten, während sie weiter versuchte, die Fahrertür zu öffnen. Vergeblich. Sie rannte erneut um den qualmenden Wagen herum. Unter Schmerzen gelang es ihr, vom Beifahrersitz aus beide Arme unter Micks Schultern zu schieben und ihn über die Mittelkonsole herauszuziehen.

Als Heidi ihn aus dem Auto hievte, hörte sie es. Ein leises Röcheln. Ein Stöhnen.

»Oh mein Gott, Mick.« Ihre Stimme brach. »Halte durch. Ich bin bei dir.«

Mit letzter Kraft zog sie ihn zum Straßenrand und bettete seinen Kopf in ihrem Schoß. Rotz und Tränen liefen ihr über die Lippen und die sengende Hitze brannte auf ihrer aufgeschürften Haut.

»Mick, hörst du mich? Wach auf.«

»Heidi.« Seine Stimme war kaum mehr als ein Hauch. »Es tut mir so leid. Ich … ich glaub, ich schaff es nicht.«

»Hey Mick, was soll das heißen? Red keinen Unsinn.« Heidi schüttelte ihn leicht, spürte wie ihre Hände zitterten. »Natürlich schaffst du das. Du bist doch Mick Montgomery. Du … du lässt mich jetzt nicht im Stich. Mick, bitte. Komm schon.«

Sein Brustkorb hob sich schwach, doch Heidi konnte spüren, wie seine Kraft nachließ.

»Ruf … Dr. Winter an. Das war … Farell!«

»Farell? Was? Mick, was redest du?«

»Alles wird gut … Ich … ich liebe dich, Heidi. Ich hab dich immer geliebt.« Und dann – nichts mehr. Micks Blick wurde leer. Eine unerträgliche Stille breitete sich aus.

»Nein, nein, nein. Ich liebe dich doch auch. Bitte bleib bei mir.« Heidi strich über Micks blutige Wange. Verzweifelt suchte sie nach einem Funken Leben in seinen Augen.

Ein Schluchzen brach aus ihrer Kehle hervor. Der Schmerz fühlte sich an, als hätte sich eine Lanze mitten durch ihr Herz gebohrt. Sie konnte nichts mehr denken, nichts mehr fühlen. Sie wollte nur noch, dass der Schmerz endlich aufhörte. Sie wollte nach Hause. Mit Mick.

»Bitte helft mir doch. Mick, du darfst nicht sterben.«

Heidi verharrte wie gelähmt auf der staubigen Straße. Wohin sie auch blickte, es gab nur die Wüste. Kein Zeichen von Leben, nirgendwo. Mick, der leblos in ihrem Schoß lag. Nicht ein einziges Auto weit und breit. Sie war ganz allein. Nur die drückende Hitze begleitete sie, legte sich wie eine schwere Decke über die endlose, flirrende Weite.

Die Luft erstickte jeden ihrer Verzweiflungsschreie, ließ sie lautlos verpuffen. Zurück blieb nur die Stille. Die Einsamkeit. Unerträglich laut.

Der metallene Geschmack von Blut vermischte sich in ihrem staubtrockenen Mund mit dem Salz ihrer Tränen.

Dann – das Läuten eines Telefons. Der schrille Ton durchschnitt die Stille. Heidi zuckte zusammen. Das Handy musste aus dem Wagen gefallen sein, aber der Gedanke, Mick loszulassen, war ihr unerträglich. Nach einer gefühlten Ewigkeit zwang sie sich, den Griff um ihn zu lockern, und legte seinen Kopf sanft auf den steinigen Boden. »Es tut mir so leid, Mick. Ich bin gleich zurück.«

Heidi wusste längst, dass er tot war. Aber ihr Herz weigerte sich, es zu begreifen.

Endlich fand sie ihr Telefon. In diesem Moment fing es erneut an zu klingeln. Es war Dr. Winter.

»Dr. Winter. Bitte helfen Sie uns. Wir hatten einen Unfall. Mick ist …« Es fiel Heidi schwer, die Worte auszusprechen. »Ich … ich glaube, er ist tot.« Sie presste die Hand vor ihren Mund, aber es half nichts. Sie brach erneut in Tränen aus.

»Heidi, bitte beruhigen Sie sich«, sagte Dr. Winter langsam. »Hören Sie mir jetzt ganz genau zu. Es wird gleich jemand bei Ihnen sein. Ich habe einen Hubschrauber zu Ihnen geschickt. Ich weiß, wo Sie sind.«

Die Stimme von Dr. Winter klang ruhig und kontrolliert. Für einen Moment blitzte so etwas wie Hoffnung in Heidi auf. Dass doch noch alles gut werden könnte.

»Bitte kommen Sie schnell«, schluchzte sie ins Telefon.

»In wenigen Minuten ist Hilfe bei Ihnen. Heidi, hören Sie mir jetzt gut zu. Ziehen Sie Mick sofort von der Straße weg. Keiner darf Sie sehen, bevor mein Team da ist. Machen Sie das für mich? Ich werde bei Ihnen bleiben. Legen Sie nicht auf.«

Heidi gehorchte mechanisch. Sie war einfach nur froh, dass jemand ihr jetzt sagte, was zu tun war. Schweißgebadet gelang es ihr, Micks schweren Körper ein paar Meter von der Straße in eine kleine Senke zu schleppen. Ein paar vertrocknete Büsche boten hier wenigstens etwas Schutz. Ihre Arme zitterten, ihre Beine waren schwer geworden und gaben schließlich nach. Sie ließ sich neben Mick auf den staubigen Boden sinken. Sie spürte, wie ihre Brust sich krampfhaft hob und senkte.

Wenigstens die Sonne zeigte Gnade und verschwand hinter einer riesigen Wolke. Das Warten kam ihr vor wie eine Ewigkeit.

»Warum nimmt man mir all die Menschen, die ich je geliebt habe? Hmm?«, flüsterte sie, während sie ihren Kopf auf Micks Brust legte. Sie wartete, hoffte. Dass sein Herz doch noch pochen würde. Sein Körper war noch immer warm. Doch da war nichts mehr.

48

Auf der anderen Seite der mexikanischen Grenze war Dr. Winter seit zwei Tagen in höchster Alarmbereitschaft. Er hatte sich gerade in die Vorbereitungen zur Präsentation seiner Forschungsergebnisse auf einer internationalen Konferenz nahe Los Angeles vertieft, als ein Alarmsignal die Stille durchbrach und ihn abrupt aus seiner Konzentration riss. Es zeigte an, dass einer seiner Probanden eine überdurchschnittlich hohe Hormon-Ausschüttung aufwies. In den meisten Fällen war dies kein wirklicher Anlass zur Sorge, dennoch war es seine Pflicht, der Sache auf den Grund zu gehen. Vielleicht war ein Sensor ausgefallen.

Er klappte seinen Laptop auf und sah, dass die Werte von Mick Montgomery stammten. Micks Puls befand sich im kritischen Bereich, was auf eine extreme Anstrengung hinwies. Auffällig war die massive Ausschüttung von Epinephrin, Norepinephrin sowie dem Stresshormon Kortisol. Zusätzlich gab es Hinweise auf den Einfluss von Rauschmitteln, was ein echtes Problem darstellte.

Er versuchte sofort Mick über verschiedene Kanäle zu erreichen – per Anruf, Nachricht, sogar über die Notfall-Funktion der App. Doch nichts. Mehrmals wurde er weggedrückt, dann war das Handy ausgeschaltet.

Mit wachsender Besorgnis entschied sich Winter dann entgegen seinen Prinzipien, die Überwachungsvideos zu prüfen. Es war ein klarer Verstoß gegen die Privatsphäre. Doch in diesem Moment zählte nur eines: Mick war offenbar in ernster Gefahr. Die Kamerabilder bestätigten seine Ahnung: Mick taumelte durch eine Bar und führte ein wirres, lallendes Telefonat – mit niemand Geringerem als Peter Farell. Als Winter zurückspulte, entdeckte er schließlich auch das Video, das Mick so aus dem Gleichgewicht gebracht hatte.

»Oh Gott«, dachte Winter, der seine Vorträge auf der Stelle absagte und sein Team zusammenrief.

Die erschreckende Erkenntnis, dass sich einer seiner Probanden ganz offensichtlich in Gefahr befand und dass dadurch auch sein größtes wissenschaftliches Projekt zu scheitern drohte, stürzte Dr. Winter in tiefe Verzweiflung. Jahre der Forschung, Leidenschaft und Entschlossenheit standen auf dem Spiel und die Angst, dass alles möglicherweise umsonst gewesen sein könnte, lastete schwer auf ihm.

Als am nächsten Tag dann sämtliche Sensoren Alarm schlugen und die von Mick schließlich komplett ausfielen, geriet der sonst so gelassene Wissenschaftler in Panik. Die Aufzeichnungen der Kameras bestätigten Winters schlimmste Befürchtungen.

Er schickte unverzüglich sein Team an die Unglücksstelle, doch nachdem er mit Heidi gesprochen hatte, war ihm klar, dass Mick tatsächlich nicht mehr am Leben war. Die Aussicht, dass sein Tod öffentlich werden könnte, bereitete ihm zusätzliche Sorgen. Um jeden Preis wollte er verhindern, dass die Medien Wind davon bekamen. In ihm reifte ein Plan, der nicht nur ihn selbst in ein moralisch höchst fragwürdiges Dilemma stürzen würde.

Trotzdem machte er sich sofort daran, die nötigen Vorkehrungen zu treffen, um die Situation unter Kontrolle zu bringen und das Projekt zu retten.

49

Es begann schon zu dämmern, als Heidi endlich das näher kommende Geräusch von Rotoren hörte. Der Hubschrauber setzte wenige Meter von ihr entfernt zur Landung an und wirbelte eine dichte Wolke aus Sand und Staub auf. Heidi hielt instinktiv den Arm vors Gesicht, während die Türen aufsprangen. Zwei Männer und eine Frau eilten auf sie zu. Sie trugen einen Koffer mit medizinischer Ausrüstung und eine Bahre.

»Miss Morales, sind Sie verletzt?« Die Frau kniete sich neben Heidi auf den Boden. Heidi schüttelte hustend den Kopf und deutete wortlos auf Mick.

»Alles klar, wir sind jetzt bei ihm. Steigen Sie bitte in den Hubschrauber. Schaffen Sie das? Wir kümmern uns um Mr. Montgomery.«

Die Ärztin fühlte Micks Puls. Ein kaum merkliches Kopfschütteln. Heidis letzte Hoffnung zerschellte.

Meine Seele kann und will die Szenen jenes Tages nicht vergessen. Ich fühle noch immer, wie ich mich mit zittrigen Knien, von allen Kräften verlassen und mit wehenden Haaren von Micks leblosem Körper entferne. Ich wusste in diesem Moment, dass ich ihn nie wiedersehen würde. Ich konnte mir nichts mehr vormachen. Zu viele Menschen hatte ich schon gehen lassen müssen – die Schonungstaktik meines Gehirns funktionierte nicht mehr. Es waren vielleicht fünfzig Meter bis zum Hubschrauber. Jeder Schritt fühlte sich an wie ein Abschied. Ich sah mich ein letztes Mal um, da hatten die Männer Micks toten Körper bereits auf die Bahre gehoben.

Und mich traf die grausame Wucht des »Was wäre, wenn«. Was, wenn wir uns an diesem Tag nicht geküsst hätten? Wenn er seine Hand nicht auf meine gelegt hätte? Wäre er dann auch stehen geblieben – um mich endlich zu küssen? Und was, wenn ich diesen Trip gar nicht erst vorgeschlagen hätte? Ein niederträchtiges Gedankenspiel.

Eine Mauer aus Schmerz hat sich an jenem Nachmittag um mein Herz geformt, um auf ewig das zu bewahren, was mich mit Mick verbunden hatte. Für den Bruchteil eines Augenblicks hatte er mir sein Herz offengelegt. Wir hatten einander erkannt und vielleicht den ehrlichsten Moment unserer gemeinsamen Geschichte geteilt. Doch wie flüchtig, wie brüchig und verletzlich war doch das Glück, wenn man es einmal gefunden hatte. Spielte es überhaupt eine Rolle, wie lange man davon kosten durfte, wenn doch ein kleiner Moment ausreichte, um ein Leben lang davon zu zehren?

Mein Herz war in zwei Teile gebrochen. Die eine Hälfte würde ich wieder zusammenflicken können, dessen war ich mir sicher. Doch die andere Hälfte meines Herzens würde erst wieder zu schlagen beginnen, wenn sie eines fernen Tages wieder mit Micks Seele vereint sein würde.

50

Der Hubschrauber landete knapp eine Stunde östlich von San Diego auf einer abgelegenen Ranch nahe Borrego Springs. Dr. Winter kannte diesen abgeschiedenen Ort seit seiner Studienzeit im Silicon Valley. Nur wenige Menschen wussten überhaupt von der Existenz dieser Ranch, deren Räume für geheime Forschungen verschiedenster Art genutzt wurden.

Das kleine Team, das Dr. Winter in Windeseile zusammengestellt hatte, bestand aus Experten für KI-Forschung und Datenanalyse sowie aus Spezialisten für Medizintechnik und Forensik. Vorsichtshalber hatte er auch eine Psychologin hinzugezogen. Sie alle arbeiteten regierungsunabhängig und teilten dieselbe Leidenschaft für die Forschung, die in ihrem Beruf unabdingbar war.

Dr. Winter empfand eine seltsame Mischung aus Trauer und Anspannung, als er den Leichnam seines Probanden auf dem Labortisch vor sich liegen sah. Er brauchte einen Augenblick für sich, um sich zu sammeln. Trotz seines Versuchs, professionell zu bleiben, traf ihn der Tod von Mick bis ins Mark. Es erinnerte ihn an seinen eigenen Verlust. Vor Jahren hatte er seinen ersten Lebenspartner an die damals noch kaum erforschte Krankheit AIDS verloren. Dieser Verlust war der Hauptgrund gewesen, warum er die Essenz eines Menschen auch nach dessen Ableben konservieren wollte. Eine Krankheit zu erforschen und vielleicht zu heilen, genügte für ihn nicht. Hatte man für eine Krankheit ein Heilmittel gefunden, trat schon die nächste an ihre Stelle. Er wollte sich lieber auf das konzentrieren, was dauerhaft von einem Menschen bleiben konnte.

Dr. Winter war ganz allein im Labor und so sprach er seine Gedanken nun laut aus: »Es tut mir leid, Mick. Ich möchte Ihnen danken, dass Sie mir Ihr Vertrauen geschenkt haben. Ich werde versuchen, Ihrem Wesen gerecht zu werden. Glauben Sie mir, ich werde alles dafür tun, dass Ihr Schaffen über Ihren Tod hinaus weiter existiert, so wie Sie es wollten.«

In diesem Moment öffnete sich die Labortür. Eine ältere Frau mit eckiger Brille und weißem Kittel blieb im Türrahmen stehen.

»Dr. Fischer, Verzeihung«, stotterte Dr. Winter verlegen, als er sie bemerkte.

»Dr. Winter, die forensischen Daten von Mr. Montgomery sind bereit zur Verarbeitung.« In Dr. Fischers Worten schwangen Mitgefühl und Sanftheit mit.

»Ich komme. Aber vorher muss ich ein Gespräch mit Miss Morales führen. Wie ist ihr Zustand?« Dr. Winter bedeckte Micks Körper mit einem Tuch.

»Den Umständen entsprechend. Bis auf ein paar Kratzer und Prellungen hat sie sich keine ernsthaften Verletzungen zugezogen. Aber sie steht noch unter Schock«, sagte Dr. Fischer leise.

Winter nickte und verließ das Labor.

Heidi befand sich im Wohnzimmer der alten Ranch. Nichts erinnerte hier an die Atmosphäre eines sterilen Labors. Draußen war es inzwischen dunkel geworden und das indirekte Licht der

Wandleuchten verlieh dem Zimmer eine angenehme Behaglichkeit.

Heidi saß regungslos auf der Couch und nippte an einer Tasse Kräutertee, dessen Wärme sie tatsächlich etwas beruhigte. Die Bilder des Unfalls erschienen in ihrem Kopf als qualvolle Endlosschleife, sobald sie die Augen schloss. Sie hatten sich für immer in ihr Gedächtnis gebrannt.

»Heidi?« Von weither vernahm sie ihren Namen, unfähig zu reagieren.

»Heidi? Ich bin jetzt hier.« Dr. Winter berührte vorsichtig ihre rechte Schulter.

Sie erschrak und brach erneut in Tränen aus.

»Mein tief empfundenes Beileid für Ihren Verlust. Können wir irgendetwas für Sie tun? Haben Sie Hunger?«

Essen war tatsächlich das Letzte, woran sie jetzt dachte. Und doch merkte sie, dass ihr Magen knurrte. Beinahe gelang ihr ein Lächeln. Ihrem Körper schien es paradoxerweise vollkommen gleichgültig zu sein, was ihre Seele erleiden musste. Als würde er sagen: »Schon klar, das Leben ist hart, aber jetzt kümmere dich gefälligst um mich.«

Eine der Ärztinnen, die mit ihr im Wohnzimmer gewartet hatten, brachte ihr eine leichte Brühe, die ihr Magen dankbar aufnahm.

»Ich weiß, es ist nicht der passende Moment«, begann Dr. Winter, »dennoch müssen wir uns dringend über ein paar vertrauliche Dinge unterhalten.«

Die beiden Ärztinnen verstanden den subtilen Hinweis, nickten Dr. Winter wortlos zu und verließen das Zimmer.

»Keine Angst«, sagte er, als Heidi den beiden Frauen nervös hinterherschaute, »wir sind eine sehr … sagen wir mal, verschwiegene Gemeinschaft. Unser Interesse gilt einzig und allein der Wissenschaft. Ich vertraue meinem Team zu hundert Prozent und das können Sie auch. Dennoch, wir müssen jetzt entscheiden, wie wir weiter vorgehen. Dazu müssen Sie einige wichtige Dinge erfahren. Fühlen Sie sich bereit dazu?«

Heidi erinnerte sich an die letzten Worte von Mick. »Er … Mick hat gesagt, ich soll Sie anrufen.« Als sie Micks Namen aussprach, füllten sich ihre Augen erneut mit Tränen. Sie erinnerte sich an noch etwas. »Er hat auch Peter Farell erwähnt. Ich glaube, er hat gesagt: *Das war Farell!* Ja, genau. Das hat er gesagt. Wissen Sie etwas darüber?«

Dr. Winter nickte.

»Aber warum? Erzählen Sie mir alles. Sie haben doch sämtliche Aufzeichnungen über unser Leben. Über unsere Gefühle. Micks Verhalten war sehr seltsam in den letzten Tagen.« Heidi merkte, wie aufgewühlt sie war. Sie hatte so viele Fragen und hoffte, dass Dr. Winter jede einzelne beantworten konnte.

In einem langen Gespräch erfuhr Heidi zunächst von dem Video, das Mick so verstört hatte, und von den Schwierigkeiten, in die er sich gebracht hatte, um den Präsidentschaftskandidaten zu Fall zu bringen. Es berührte sie zutiefst, dass Mick sie anscheinend vor der Wut des unter Druck stehenden Peter Farell hatte schützen wollen.

»Dann … dann war der Unfall ein Mordanschlag«, stellte Heidi fest, während sie versuchte, alle Zusammenhänge zu verstehen.

»Wir gehen fest davon aus. Die Sache ist die …«

»Man kann es ihm nicht nachweisen«, schloss Heidi. Erschöpft ließ sie ihren Kopf in ihre Hände sinken.

»Deshalb ist es umso wichtiger, jetzt zu entscheiden, wie wir vorgehen wollen. Szenario eins: Wir machen den Tod von Mick öffentlich und beschuldigen Peter Farell des Mordes an ihm. Es wird ein langes Ermittlungsverfahren eingeleitet, an dessen Ende man Farell im schlimmsten Fall nichts nachweisen kann. Ich kann verstehen, wenn Sie eine gerechte Strafe für Farell fordern und der Welt mitteilen möchten, was wirklich geschehen ist. Allerdings …« Dr. Winter zögerte einen Moment. »Die Medien werden sich darauf stürzen. Ein Mordkomplott, eine Verschwörung. Die Medien, pardon, *lieben* Geschichten wie diese. So etwas haben wir schon hundertfach erlebt und gesehen. Am

Ende bleibt ein dreckiger Gerichtsprozess, bei dem der Name Mick Montgomery und gewiss auch der Ihre beschmutzt würde.«

Die Worte von Dr. Winter hallten in Heidi nach. Widerstand machte sich in ihr breit. »Aber was sollen wir denn stattdessen tun? Wir können den Tod von Mick doch nicht verheimlichen?« Heidi schluckte.

»Mit Ihrem Einverständnis würden wir alles in die Wege leiten für Szenario zwei. Wir haben bereits so viele Daten von Mick sammeln können, dass eine virtuelle Fortsetzung des Künstlers Mick in wenigen Tagen so ausgefeilt sein kann, dass die Welt keinen Unterschied bemerken wird. Sein Werk könnte bis in alle Zeit fortbestehen …«

Langsam kehrten Heidis Lebensgeister zurück. Sie spürte, wie die Wut in ihr hochkroch. »Als ob es jemals eine Wahl zwischen den beiden Szenarien gegeben hätte. Sie haben Mick hierhergebracht in der Hoffnung, dass ich die Dinge ähnlich sehe wie Sie. Bestimmt haben Sie alle Spuren am Unfallort längst beseitigen lassen.«

Betreten sah Dr. Winter zu Boden. Heidi hatte recht. Er hatte übereilt und möglicherweise egoistisch gehandelt, um zu verhindern, dass jemand anderes die beiden zuerst fand. Sein Projekt wäre damit für immer verloren gewesen. Die einzige Chance auf eine erfolgreiche Fortführung bestand darin, die künstliche Version von Mick Montgomery zu aktivieren.

Zum ersten Mal fehlten ihm die Worte, um sich zu erklären. »Sie haben recht. Ich habe Ihnen keine Wahl gelassen, um unsere Mission nicht zu gefährden«, gab er jetzt kleinlaut zu.

»Um unsere Mission nicht zu gefährden? Mick ist tot, Dr. Winter. Es gibt keine Daten mehr, mit denen Sie Ihre Scheiß-KI füttern könnten. Sie wird verhungern müssen.«

»Wenn Sie es so wollen. Es war nicht meine Absicht, Sie zu bevormunden. Wenn Sie erlauben, werde ich alles in die Wege leiten, um Micks Leichnam für die Obduktion freizugeben. Ich werde mich der Öffentlichkeit erklären und wir beenden unsere Zusammenarbeit jetzt, in diesem Augenblick. Wenn Sie das so möchten.«

Sein schnelles Einlenken nahm ihr den Wind aus den Segeln. Sie merkte, wie sich ihre Wut in Luft auflöste. Ihr Bauchgefühl sandte ihr klare Signale, doch sie war zu verwirrt, um diese von den vielen Gedanken, die in ihr herumwirbelten, unterscheiden zu können. »Bitte. Geben Sie mir einen Moment, ehe ich mich entscheide.«

»Selbstverständlich. Es tut mir aufrichtig leid, dass ich einen solchen Fehler begangen habe.«

»Ich möchte ihn sehen. Ein letztes Mal.«

Dr. Winter führte Heidi in das Labor, in dem Mick aufgebahrt war, und ließ sie allein. Die Raumtemperatur sank schlagartig auf eisige fünf Grad Celsius. Sie sah Mick auf dem Tisch liegen. Wäre die Kopfverletzung nicht gewesen, hätte er ausgesehen, als würde er schlafen. Im Bruchteil einer Sekunde schossen ihr unzählige Erinnerungen durch den Kopf: die erste Begegnung vor dem Club in New York, ihr gemeinsames Lachen, seine sanften Umarmungen, die ihr immer ein so sicheres Gefühl gegeben hatten. Sie dachte an all die Momente, in denen sie sich hätten küssen wollen, aber sich nicht trauten. Und dann an den einen Augenblick, als sie es endlich getan hatten, nur um ihn direkt danach zu verlieren.

»Mick«, flüsterte Heidi zitternd. Sie betrachtete ihn und strich über seine Hände, die gefaltet auf seinem Bauch lagen. »Was soll ich jetzt nur ohne dich machen? Du hast mir so viel gegeben. Du hast mir gezeigt, wie wichtig es ist, an sich zu glauben. Nur durch dich habe ich erfahren, was alles möglich sein kann im Leben.«

Ihre Stimme brach. Alles, wofür sie gekämpft und gelebt hatte, war jetzt infrage gestellt. Wie konnte sie den Menschen Hoffnung geben, wenn sie selbst keine mehr hatte?

Sie dachte über Winters Vorschlag nach und etwas blitzte in ihr auf. »Vielleicht kann ich dir zeigen, was nach dem Leben möglich sein kann. Wie die Liebe den Tod überwinden kann.

Und wie deine Wahrheit trotzdem im Licht bleiben kann. Selbst wenn dafür einer Lüge notwendig ist.«

Plötzlich sortierten sich alle Gedanken und aus der verschwommenen Trübe zeichnete sich ein klarer Weg ab. Sie würde Micks Vermächtnis schützen, so wie er sie beschützt hatte. Sein Leben lang schien Mick nur ein Ziel gehabt zu haben: frei zu sein von den Zwängen, die ihm seine Geburt in eine intrigante und gierige Familie auferlegt hatte. Er hatte ihr all die Liebe gegeben, die er in sich trug, ohne so selbstsüchtig zu sein, sie auch von ihr zu erwarten.

Heidi war es ihm schuldig, als letzte Tat auch seine Seele zu befreien und sie nicht einer sensationsgeilen Gesellschaft auszuliefern. Sie wollte bewahren, was er geschaffen hatte: Veränderung durch die Kraft der Musik. Und dabei hatte Mick jede Verherrlichung seiner Person abgelehnet und es gemieden, im Fokus der Öffentlichkeit zu stehen. Vielleicht war das der Weg, den auch sie gehen konnte.

»Wir haben einen Plan, Mick.« Ein leiser Windhauch strich über ihre Wange. Vielleicht hatte sie es sich nur eingebildet. Doch sie war sich sicher – Mick war noch bei ihr. Sie würde die Kraft ihrer gemeinsamen Stimme nicht eintauschen. Nicht für Mitleid und Trauer der ganzen Fangemeinde. Und erst recht nicht für einen dreckigen Kampf vor Gericht gegen die manipulativen, durchtriebenen Leute von Peter Farell.

Unter Tränen verabschiedete sie sich ein letztes Mal von Mick.

51

Heidi fand Dr. Winter allein auf der Veranda sitzend. Sie setzte sich neben ihn und starrte in den sternenklaren Nachthimmel. »Ich habe mich entschieden«, sagte sie.

Dr. Winter schwieg.

»Auch wenn es gegen meine ganze Natur geht: Wir dürfen Micks Vermächtnis nicht so einfach aufgeben. Er hätte es so gewollt.« Ein weiterer Kloß hing in ihrer Kehle fest. Heidi fühlte, wie die Entscheidung sie innerlich zerriss. Es war, als würde sie einen Teil von sich selbst verraten, indem sie die Wahrheit verheimlichte. Die Wahrheit war schon immer ihr unerschütterlicher Kompass gewesen. Aber in diesem Moment wog der Wunsch, Micks Werk und seine Botschaft für die Welt zu erhalten, schwerer. Sie spürte, wie ihre Überzeugungen unter der Last dieser Verantwortung zusammenzubrechen drohten. Doch am Ende wusste sie, dass es das war, was Mick gewollt hätte – nicht um der Lüge willen, sondern um der Hoffnung willen, die sie in die Welt tragen könnten. Hatten Menschen nicht schon schlimmere Dinge getan, um die Welt zum Positiven zu verändern? Und um Veränderungen herbeizuführen, musste man auch Dinge opfern. Selbst wenn es in diesem Fall die Wahrheit war. Selbst, wenn sie dafür ein Stück ihrer Überzeugung aufgeben musste.

»Ich bin froh, dass Sie das so sehen. Ich hätte verstehen können, wenn Sie anders entschieden hätten«, sagte Dr. Winter.

Heidi nickte. »Aber ich habe Fragen. Was sagen wir seiner Familie? Seinen Freunden? Wir können sie doch unmöglich in dem Glauben lassen, dass Mick noch lebt.«

»Sie einzuweihen, wäre ein viel zu großes Risiko.« Dr. Winter verzog den Mund und schüttelte den Kopf.

»Sie nicht einzuweihen, wäre unmenschlich und unmoralisch«, entgegnete Heidi mit fester Stimme.

»Das Risiko wäre immens. Eine undichte Stelle – und alles fliegt auf. Was schlagen Sie vor?«, fragte er.

Heidi überlegte lange. Sie fühlte sich nicht imstande, auch noch diese Entscheidung zu treffen. Alles schien vor ihren Augen zu verschwimmen. Die Trauer um Mick lähmte ihren Körper und ihren Geist. Sie wusste nicht mehr, was richtig oder falsch war.

»Ich … ich weiß es nicht«, stammelte sie.

»Soweit ich weiß«, begann Dr. Winter, »pflegte Mick schon seit einiger Zeit keinen engeren Kontakt zu seiner Mutter und seiner Schwester. Ich denke, wir würden zu viel Staub aufwirbeln, wenn wir die Familie einweihen.«

»Ich kann wirklich nicht mehr klar denken«, murmelte Heidi und setzte sich auf die Stufen der Veranda. Ihr Blick wanderte hinauf in das endlose Dunkel des Nachthimmels. Vielleicht, wenn sie lange genug suchte, würde sie dort eine Antwort finden.

52

In den nächsten Tagen entwickelte Heidi gemeinsam mit Dr. Winter und seinem Team aus Spezialisten eine Strategie, um das Projekt »Loveolution« doch noch am Leben zu halten.

Heidi traf eine Entscheidung: Ohne Mick würde auch sie nicht mehr in der Öffentlichkeit auftreten. Die Welt würde sich weiterdrehen, doch für sie war alles stehen geblieben. Ihr Herz war von tiefer Trauer erfüllt. Micks Tod vor der Öffentlichkeit zu verschweigen, hätte sie nicht über sich gebracht – und doch wusste sie, dass die Wahrheit alle Bemühungen zunichtemachen würde. Also blieb nur ein einziger Weg.

Wochenlang herrschte Stille um die beiden Stars. Keine Interviews, keine Updates, keine Ankündigung der Tour zum zweiten Album. Die Fans wurden ungeduldig. Bald überschwemmten Spekulationen die Kanäle – Enttäuschung und Unruhe breiteten sich aus. Warum kam nichts mehr von »The Loveolution«? Heidi konnte es nicht länger hinauszögern. Sie musste ein Statement abgeben.

Also hatte sie zusammen mit Winters Team einen Plan entwickelt, der ihre Situation erklären und die Fans beruhigen sollte. Zugleich war es ein Experiment, das die Weichen für die Zukunft legen sollte. Sie erstellten ein virtuelles Video auf höchstem Niveau, das Heidis Avatar zusammen mit der virtuellen Version von Mick zeigte. Diese reagierten so exakt und nuanciert, dass es Heidi die Tränen in die Augen trieb. Die Mimik, die Gestik, die Art zu sprechen – es *war* Mick, der da neben ihrer künstlichen Version auf dem Bildschirm erschien. Und es waren ihre Gedanken, die ausgesprochen wurden. Heidi war fasziniert und angewidert zugleich. Aber sie war bereits so weit gegangen, dass es kein Zurück mehr gab. Der Boden unter ihren Füßen wankte bereits und sie begriff, dass sie den freien Fall ins Ungewisse nicht mehr würde verhindern können. Als sie sich selbst mit Mick auf dem Bildschirm betrachtete, war es beinahe so, als wäre er noch am Leben.

Heidi: »Hey ihr da draußen! Wir haben mitbekommen, dass viele von euch gerade traurig oder vielleicht sogar wütend auf uns sind.«

Mick: »Es tut uns wahnsinnig leid, dass wir euch enttäuscht haben.«

Jetzt sahen sich beide an und stimmten lächelnd ihren Song »Sorry« an.

Heidi: »Das war wirklich nicht unsere Absicht. Aber uns ist in den letzten Wochen so vieles klar geworden. Wir wollten immer mehr für euch sein als nur weitere Popstars, die ihr auf viel zu großen Bühnen bewundert. Ich habe Personenkult jeglicher Art immer als etwas Befremdliches angesehen und ehrlicherweise kam ich nicht gut damit zurecht, dass mich plötzlich Paparazzi verfolgten, wo immer ich auch hinging. Mick hat sich diesem Leben schon immer zu entziehen gewusst.« Jetzt zwinkerte die virtuelle Heidi dem virtuellen Mick zu.

Mick: »Ihr würdet mich nicht erkennen, wenn ich euch auf der Straße begegnen würde.«

Heidi lachte: »Das ist wahr. Ihr braucht es nicht einmal zu versuchen. Jedenfalls, was ich euch sagen will: Wir sind dankbar und glücklich über die Liebe, die ihr uns entgegenbringt. Aber wir haben eine größere Vision für euch und uns. Es gibt schon genügend Stars der Superlative, die sich sogar ihre eigenen Stadien bauen lassen, um sich feiern zu lassen. Wir glauben nicht daran, dass das der Weg für uns ist.«

Mick: »Unser Planet ist erschöpft. Wir sind dabei, alle Ressourcen zu verscherbeln, als wären sie nichts wert. Alles in unserer gewinnorientierten Welt ist darauf ausgerichtet, dass es kein Zurück mehr gibt. Wir sind alle so sehr damit beschäftigt, zu funktionieren, dass wir die Gefahr, in die wir uns begeben, nicht mehr erkennen können.«

Heidi: »Ja, genau. Nichts ist uns genug. Wir versuchen, die höchsten Berge zu erklimmen, und gehen dabei buchstäblich über Leichen. Wir wollen ein Gegenpol sein. Lasst uns eine Bewegung sein, die daran glaubt, dass wir unsere Welt verändern können, indem wir uns auf die Kraft der Gemeinschaft besinnen. Denn nur gemeinsam können wir das Rad wieder zum Stehen bringen und in eine neue, gesündere Richtung lenken. Ihr alle kennt die Wahrheit, tief in eurem Inneren. Wir alle waren einmal Kinder, die ohne die Liebe oder Fürsorge eines anderen nicht überlebt hätten.«

Mick: »Und ihr sollt nicht uns lieben und verehren, sondern einander.«

Heidi: »Deshalb haben wir entschieden, von nun an nur noch auf diese Weise und nur auf unseren Kanälen mit euch zu kommunizieren. Und durch die Musik natürlich. Verändern können wir diese Welt niemals allein. Nur durch das Zutun aller wird sich etwas ändern. Ihr werdet die Zeichen sehen. Die Wahrheit wird ans Licht kommen.«

Mick: »Heidi, jetzt klingst du aber ein wenig irre.«

Heidi: »Haha, du hast recht, Mick. Na ja, ich denke, ihr werdet noch verstehen, was ich meine. Wenn ihr unseren Kanal abonniert, werden wir hier miteinander verbunden sein. Und erinnert euch an das Gefühl, das ihr bei unseren Konzerten hattet. Wir waren alle eins, egal woher wir kamen, wie wir aussahen – ihr wisst schon. Wir haben gemeinsam gesungen, gelacht und getanzt. Diese Magie war echt. Sie gehört euch. Tragt sie weiter, bewahrt sie in euch. Sucht nicht nach uns, wir sind irgendwo hier bei euch, im Universum.«

Es war absurd. Entweder sich selbst verraten oder »The Lovelution« und damit den Menschen das nehmen, woraus sie Hoffnung und Zuversicht schöpften. Ihr moralischer Kompass gegen die Sehnsucht Hunderttausender. Trotz der vielen Bedenken, die Heidi hegte, schickte sie die Videobotschaft ab. Geplagt von Schuldgefühlen. Nie zuvor hatte sie etwas getan, was so gegen ihre Überzeugung war. Heidi stellte sich vor, wie es sein würde, jeden Tag mit der Last dieser Lüge zu leben. Würde sie das aushalten können? Oder irgendwann unter dem Gewicht zusammenbrechen? War es ihr Trost genug, dass sie das Richtige tat, auch wenn es nicht das Wahre war? Sie wusste, dass es keine einfachen Antworten gab, aber jetzt war es zu spät. Sie hatte keine andere Wahl, als weiterzugehen. Nur eine Lüge würde all das bewahren, was ihr je wichtig war.

53

Die Videobotschaft erreichte ein Millionenpublikum und der neue Kanal von Heidi und Mick gewann unzählige neue Abonnenten. Heidi zog sich komplett aus dem öffentlichen Leben zurück und kaufte sich unter anderem Namen ein abgelegenes Anwesen mit riesigem Grundstück auf Hawaii. Nur Brenda Lee und ihre Familie wussten Bescheid. Sie ließ ihr altes Ich zurück, färbte sich die Haare blond, schwamm jeden Morgen in den Wellen und lebte so unauffällig wie möglich – als wäre sie nie jemand anderes gewesen. Auf Hawaii interessierte es zum Glück niemanden, wer man war, wie viel man besaß und ob man vielleicht einmal berühmt gewesen war.

Gemeinsam mit Dr. Winters Expertenteam richtete sie ein Musikstudio ein – eine Mischung aus Wohlfühloase und rechnerbasiertem Herzstück –, mit dem Heidi kreativ interagieren konnte. Sie war in der Lage, sich wie in einem Dialog mit dem »echten« Mick auszutauschen und konnte sich immer noch nicht daran gewöhnen, wie echt es sich anfühlte. Als würde zwischen ihr und Mick nur ein dünner Schleier sein, der ihre beiden Welten voneinander trennte. Die Musik half ihr, über den Schmerz, den sie fühlte, hinwegzukommen. Manchmal war es fast so, als säße Mick wirklich neben ihr. Es war tröstlich – und verstörend zugleich, aber gemeinsam mit der künstlichen Version von Mick konnte sie neue Songs schreiben, die alles übertrafen, was sie vorher getan hatte. All ihre Verzweiflung, die Zerrissenheit, die Gewissensbisse, aber auch ihre unendliche Liebe fanden Platz zwischen den Zeilen, in jedem einzelnen Ton.

Ihre Trauer um ihn wich einer explosiven Mischung aus Zorn, Wut und Verachtung gegenüber Peter Farell, der ihr alles genommen hatte. Sie verfolgte seinen Niedergang mit Genugtuung, aber auch mit einer dunklen Leere in sich. Denn nichts davon würde Mick zurückbringen. Sie schrieb ein letztes Lied für ihn.

zum Song

Duermo Rico

Is this the last song I have written
Since my heart turned to an ice mine
It's cold in my bed, frost in my head
Dolor, dolor, dolor
Can't hold back those tears, teardrops keep falling
Though I need to stay strong
This is the last note of our music
The very last tone
All that remains is all that reminds me
Of the beautiful soul you have been

The love that you gave, I will carry to my grave
The memory of how you made me feel
Duermo rico, mi amor
Dolor, dolor, dolor
I see your face, you always keep smiling
Oh, but where did your soul fly
All things that I loved, turned into dust
Dolor, dolor, dolor
All that remains is all that reminds me
Of the beautiful soul you have been
The love that you gave, I will carry to my grave
The memory of how you made me feel
Duermo rico, mi amor
Dolor, dolor, dolor

54

Farell war sich sicher, dass Mick tot sein musste. Er wunderte sich allerdings, dass die Medien nicht darüber berichteten. Als dann das Video von Heidi und Mick auftauchte, war er so verwirrt, dass er sofort die Nummer von Jack Lacey wählte.

»Boss?«, meldete sich dieser mit müder Stimme.

»Sie haben mir doch versichert, dass Montgomery getötet wurde. Haben Sie das Statement-Video gesehen? Da erschien mir Montgomery quicklebendig!«, schrie Farell in den Hörer.

»Mr. Farell, ich habe keinen blassen Schimmer, wovon Sie sprechen. Der Kerl ist mausetot«, sagte Lacey.

»Haben Sie seine Leiche gesehen?«, fragte Farell.

»Kein Mensch überlebt so einen Aufschlag. Glauben Sie mir«, versuchte er Farell zu beschwichtigen.

»Was sind Sie für ein Idiot? Sie wissen es also nicht sicher?« Farell ballte die Faust so fest, dass seine Knöchel weiß hervortraten. Er schleuderte das Handy so heftig in die Ecke, dass es in zwei Teile zerbrach.

Farell war überzeugt, dass es keine weitere Kopie von dem Video gab, das ihn mit Al-Mansur zeigte. Aber etwas ließ ihn nicht los: Lebte Mick etwa noch?

55

Was Farell nicht wusste: Während Mick das Video auf seinem Laptop angesehen hatte, hatte sein KI-Ring jede Sekunde davon in hochauflösender Qualität mitgeschnitten. Die Daten wurden in Echtzeit in die Cloud übertragen und mehrfach gesichert – unter anderem in den Rechenzentren von Dr. Winters Forschungsanstalt.

Als Alex Winter die Aufzeichnungen durchforstete, hielt er inne. Sein Blick verharrte auf dem Bildschirm. Sekundenlang. Dann öffnete er ein weiteres Fenster und tippte zwei Worte in das Suchfeld: »Hochverrat USA«.

Hochverrat wird mit der höchstmöglichen Strafe belegt, es droht also die Todesstrafe bzw. lebenslange Freiheitsstrafe bei Hochverrat gegen einen Bundesstaat, der die Todesstrafe bereits abgeschafft hat.

Es gab viele Möglichkeiten, so ein Video im digitalen Zeitalter zu veröffentlichen, aber Dr. Winter entschied sich für eine eher traditionelle Form. Er kopierte die Aufnahme des geheimen Treffens von Farell und Al-Mansur auf einen USB-Stick und schickte diesen anonym an folgende Adresse:

J. Edgar Hoover Building
935 Pennsylvania Ave NW
Washington, D.C. 20535

Die Adresse des FBI.

Dazu schrieb er eine kurze Notiz:

Sehr geehrte Damen und Herren,
mit der Bitte um Kenntnisnahme des Videos auf dem Datenträger.

Einige Tage später befand sich Farell gerade auf Wahlkampfreise in Arizona und wetterte in einem Flugzeughangar vor 3.000 Anhängern mal wieder gegen die von ihm so verhasste »woke« Gesellschaft.

Er kannte Joe Kaine, den FBI-Chef, schon seit einer Ewigkeit, und war überrascht, als dieser ihn nach der Rede am unteren Ende der Treppe der Bühne erwartete.

»Na, Joe, was kann ich für dich tun? Brauchst du wieder mal VIP-Tickets für KYTE?«, fragte Farell selbstgefällig und sichtbar beeindruckt von seiner Rede.

»Nein, Peter«, antwortete Kaine ernst. »Ich bin hier, um dir mitzuteilen, dass wir ein Video gesichtet und für echt befunden haben. Ein Video, das dich zusammen mit Al-Mansur zeigt. Lass es mich so sagen: Du kommst dabei nicht wirklich gut weg. Ich will dir aus alter Freundschaft die Gelegenheit geben, vorbereitet zu sein, auf das, was gleich passieren wird.«

»Bitte was?« Farells Kehle wurde trocken. Nervös zupfte er seinen Hemdkragen zurecht.

Kaine wusste, dass in ein paar Sekunden eine ganze Brigade FBI-Beamter heranstürmen würde. Mehrere Abteilungen von IT-Experten hatten zuvor die Echtheit des Videos geprüft, das Farell und Al-Mansur dabei zeigte, wie sie ein ungeheuerliches Geschäft eingingen. Eines der dreckigsten Geschäfte, das jemals aufgedeckt worden war.

»Das kann nicht sein. Woher hast du das, wie kannst du davon wissen, Joe?« Farell zog ein Stofftuch aus seinem Sakko und wischte sich hektisch den Schweiß von der Stirn. Millionen Gedanken durchfuhren ihn in Sekundenschnelle: Wie hatte das Video nach außen dringen können? Er war doch im Besitz aller Kopien. Er begriff schnell, dass ein Gegenangriff oder leugnen sinnlos waren. Er hatte verloren und die Aussagekraft des Videos war niederschmetternd.

Damit hassten ihn jetzt wirklich alle patriotischen Kräfte der USA. Zudem würde die Strafverfolgung – allen voran das FBI und die CIA – bei dieser Art von Verrat aus den eigenen Reihen besonders gnadenlos sein. Farell wusste, dass er ab jetzt keinen einzigen Freund mehr hatte. Sein Giftschrank würde ihm diesmal nichts nützen, denn von nun an hatte er die gesamte Exekutive des Staats gegen sich.

Farell verlor das Gleichgewicht und taumelte, als er sah, wie FBI-Beamte mit dem leitenden Secret-Service-Officer sprachen und ihm ein Dokument zeigten.

Sekunden später wurden ihm vor den TV-Kameras des gesamten Landes Handschellen angelegt. Im Hintergrund des riesigen Flugzeughangars die gigantische Stars-and-Stripes-Flagge.

Farell, der schon sicher als nächster Präsident der USA gehandelt worden war, wurde verhaftet, in einen Wagen des FBI verfrachtet und weggebracht.

Ein heftiges mediales Erdbeben erschütterte in der Folge die ganze Welt. In jeder TV-Talkshow, in jedem Post in den sozialen Medien – überall gab es kein anderes Thema: Dem Präsidentschaftskandidaten der Republikaner wurde von den zentralen Exekutivorganen des Landes vorgeworfen, sich vor ein paar Jahren mit dem Staatsfeind Nr. 1 zusammengetan zu haben und aus persönlichen wirtschaftlichen Interessen einen verräterischen Pakt gegen sein eigenes Land eingegangen zu sein.

Das aussagekräftige Beweismittel wurde der Öffentlichkeit allerdings vorenthalten. Während die Medien noch versuchten, die ungeheuerlichen Vorgänge einzuordnen, passierte etwas Unerwartetes: Die Menschen begannen, die Geheimhaltung zu hinterfragen. Jahrzehntelang waren sie mit Lügen gefüttert worden – jetzt wollten sie die Wahrheit. Die Diskussionen liefen alle in die gleiche Richtung: Moral und Anstand sollten der Gesellschaft wieder als Wegweiser dienen. Die Politik, die Kirche und andere Glaubensgemeinschaften hatten zumindest in der westlichen Welt schon lange ihren Zugang zu den Menschen verloren. Die Leute hatten es in erster Linie satt, ständig von ihren politischen Führern angelogen zu werden. In der Folge verloren die Republikaner die Präsidentschaftswahl und auch bei den Wahlen in anderen führenden Demokratien der Welt hatten die auf Angstmache setzenden rechtsextremen Parteien erstmals wieder schwere Verluste zu verzeichnen.

In den sozialen Medien wurde »The Loveolution« als die taktangebende Band angesehen, die den Soundtrack für diese werteorientierte Diskussion lieferte. Songtexte von Heidi und Mick wurden geteilt, geliked und überall zitiert. Die Band trat zwar öffentlich nicht mehr in Erscheinung, brachte nur sehr unregelmäßig Musik heraus und meldete sich nur gelegentlich mit Botschaften auf ihrem Kanal zu Wort, doch der Hype um sie wurde dadurch noch größer.

Wenn sich die beiden Bandmitglieder dann wieder mal äußerten oder neue Musik veröffentlichten, war das jedes Mal ein mediales Großereignis, das weltweit für gigantische Aufmerksamkeit sorgte.

Ein echter Wandel hatte stattgefunden: Ehrliche Botschaften wurden wichtiger als inhaltsleere Influencer-Posts oder seichte YouTube-Shorts. Die Abkehr von den auf wirtschaftliches Wachstum orientierten Werten und der politische Wechsel, der überall auf der Welt zu spüren war, inspirierte die Menschen, sich stärker in der Politik zu engagieren. Kluge Köpfe, Seiteneinsteiger aus den verschiedensten Bereichen traten plötzlich bei Wahlen an. Eine neue Generation von Politikern entstand, die erkannt hatte, dass nur ein globaler Zusammenhalt langfristig das Überleben der Menschheit und den Frieden sichern konnte.

Den Tod von Mick habe ich bis heute nicht überwunden. Lange Zeit rang ich mit der KI-Version von ihm War es ein Trugbild, das mich quälte, oder ein Geschenk, das ich nicht annehmen konnte? Es dauerte Jahre, bis ich meinen Frieden damit machen konnte und erkannte, dass Liebe sogar in den kleinsten Fragmenten weiterleben kann – selbst in einem digitalen Abbild.

Mir war stets bewusst, wie reich ich vom Leben beschenkt worden war. Ich durfte meine Träume verwirklichen, konnte mich als Künstlerin frei entfalten und durfte Zeit mit einem der liebenswertesten, großherzigsten Menschen verbringen, den ich je kennengelernt hatte, auch wenn uns nicht viel Zeit miteinander beschert war.

In stillen Momenten sehe ich Mick noch heute vor mir. Unsere gemeinsamen Auftritte, sein Gesicht stets konzentriert und versunken in die Musik. Nur wenn ich ihn lange genug ansah, konnte ich ein Lachen herauskitzeln.

Manchmal überkam mich der Schmerz so heftig, dass ich dachte, mein Herz würde jeden Moment aufhören, zu schlagen.

Ich will ehrlich sein: Es erfüllt mich mit einer Freude, die kaum in Worte zu fassen ist, zu sehen, wozu unsere Musik fähig war. Die Loveolution-Bewegung zog immer weitere Kreise und vermochte wirklich, etwas in den Menschen auszulösen. Etwas, das sie alle bereits in sich trugen und das sie benötigten, um aus dem Schatten zu treten.

Oft quälte mich die Frage, ob ich den richtigen Weg gewählt hatte. Hätte ich der Welt die Wahrheit sagen sollen? War es richtig, Mick so weiterleben zu lassen? Die Schuld nagte an mir, doch wenn ich sah, wie unsere Musik Herzen berührte und Menschen zusammenbrachte, gab mir das Hoffnung, dass wir – obwohl wir alle bezüglich Micks Tod angelogen hatten – etwas Wahres erschaffen hatten.

Es fiel mir nicht immer leicht, völlig unsichtbar zu bleiben, doch nicht nur mein anonymes Leben auf einer paradiesischen Insel entschädigte mich für den Schritt aus dem Rampenlicht. Vielmehr seid ihr es gewesen, die mich immer und immer wieder zum Staunen gebracht habt.

Es war, als hätten die Menschen wieder zu einem Glauben gefunden. Es war aber nicht der Glauben an einen Gott, der über uns richtete und sein großes Versprechen von Frieden nie einlösen würde. Auch nicht der Glaube an unser Ego, der durch den Personenkult von Politikern, Influencern, Popstars oder Sportlern eine neue Dimension erreicht hatte.

Ich hatte es so satt, dass die Menschen nur noch auf ihr Äußeres vertrauten, anstatt ihr wahres Selbst zu finden. Der eigene Körper wurde bis zur Unkenntlichkeit optimiert, als ob das Äußere wichtiger wäre als die innere Wahrheit.

Sicher, letzten Endes basierte auch unser Erfolg auf der Erhöhung unserer Egos. Und doch bin ich stolz darauf, dass es uns gelungen ist, diesen Glauben in etwas Gesünderes zu transformieren. In eine Kraft, die die letzte Hoffnung für das Fortbestehen der Menschheit war – die Kraft der Gemeinschaft. Und diese bereitete sich immer weiter aus.

Trotz all der schrecklichen Dinge, die wir der Erde und uns selbst im Laufe der Jahrtausende angetan hatten, hatte ich wieder Hoffnung, dass die Dunkelheit, die wir selbst kreiert hatten, von eurem Leuchten durchbrochen werden könnte. Wir Menschen sind wie das Geäst eines riesigen Baumes – miteinander verflochten, jeder Zweig ein Leben, jeder Knotenpunkt eine Begegnung. Manche von uns sind zart wie ein frischer Trieb, andere stark wie uralte Äste. Doch alle zusammen formen wir das Geflecht, das diese Welt am Leben hält.

Wir alle hinterlassen etwas auf diesem Planeten. Doch durch euch hatte ich das Gefühl, dass es endlich wieder etwas war, was diese Erde heilen könnte. Unsere Liebe steckt in allem, was wir berühren.

Letzten Endes bedurfte es keines Weltkriegs, aus dessen Asche nur erneut der Nährboden für weiteren Hass, Missgunst und Habgier entstanden wäre. Es brauchte keinen Angriff von außen, damit wir Menschen feststellten, dass wir nur vereint den Planeten und damit auch uns selbst retten können. Was Religionen und Ideologien über Jahrhunderte hinweg nicht geschafft hatten – die Menschen global zu einen –, gelang uns von innen heraus, gemeinsam vereint. A Loveolution.

Epilog

Heidi öffnete die Tür zu ihrer Veranda. Die feuchte Morgenluft heftete sich an ihre Haut, sie schloss die Augen und atmete tief ein.

Direkt unter ihr lag das Paradies noch beinahe schlafend vor ihr. Die ersten Hähne begannen zu krähen und schon bald schwärmten die weißen Vögel aus dem Tal gen Himmel empor. Sie liebte den frühen Morgen, der sie daran erinnerte, wie es sich früher, wenige Sekunden vor einer Show, angefühlt hatte. Wenn alle Lichter noch aus waren und die Menge jubelte und kreischte – fast wie die vielen Gockel, die sich ebenfalls im Paradies niedergelassen hatten und jeden Morgen ihre Anwesenheit verkündeten.

Sie sammelte sich. Dann – genau in dem Moment, in dem sie es brauchte – stieg die Sonne hinter dem Horizont empor. Die Scheinwerfer gingen an, der Zauber begann.

Heute, sagte sie sich, fest entschlossen. Sie hatte diesen Moment schon viel zu lange hinausgezögert. Sie hatte eingesehen, dass sie nie bereit sein würde. Also tat sie es einfach.

Heidi ging in ihr voll ausgestattetes Studio und starrte auf die vielen Kisten, die sie bislang ungeöffnet gelassen hatte. Darunter ein Karton, auf dem Micks Name stand.

Es fühlte sich so falsch an. Aber vielleicht war es so, wie die Leute sagten: Wenn man eine Grenze oft genug überschritt, löste sie sich irgendwann auf…

Ihr Gewissen ließ sie zögern, doch ihre Finger waren schneller und sie öffnete den Karton. Sie fand ein in edelstes Leder gebundenes Notizbuch, einen goldenen Montblanc-Füller, auf dem Micks Name eingraviert war, und jede Menge unsortierte Papiere, auf die Songtexte gekritzelt worden waren. Auf ein paar Zetteln erkannte sie ihre eigene Handschrift – und sofort trafen sie die Erinnerungen ans gemeinsame Songwriting.

Sie kramte weiter und weiter und dann entdeckte sie es: ein unscheinbares Tape, auf dem Mick Heidis Namen geschrieben hatte. »This is on us« stand darauf. Ernsthaft? Verdammt, wer benutzte heutzutage noch Kassetten? Mick offenbar schon, denn in der Kiste befand sich neben ein paar weiteren Tapes tatsächlich ein Relikt aus den 80er-Jahren: ein Walkman.

Nachdem sie Micks Sachen durchgesehen hatte, tat sie es. Sie startete zum ersten Mal seit ihrer Ankunft in Hawaii den Computer. Das Icon der Avatar-App war schon lange da, sie hatte sie auf allen Geräten installiert. Aber sie hatte sie noch nie geöffnet. Nicht einmal. Während der Rechner hochfuhr, legte sie das Tape ein und drückte auf Play.

Das monotone Rauschen verwandelte sich in die Musik, die sie so liebte und die ihr sofort durch den ganzen Körper fuhr. Heidi schloss die Augen und es fühlte sich genau wie früher an. Als würde Mick direkt neben ihr sitzen, ihren Blick meidend und mit dem Fuß wippend. »Und?«, würde er gleich fragen und sie würde ihm sagen, wie sie ihn fand, seinen Song.

Als der letzte Chorus vorbei war, lächelte Heidi in sich hinein und tat das, wovor sie so lange zurückgeschreckt war. Der Bildschirm flackerte kurz auf. Sie fuhr mit dem Cursor auf die App mit Micks Avatar, atmete ein letztes Mal tief durch – und klickte.

zum Song

This is on us

When it gets colder
You need to get warmer
When it gets darker
You need to be the sparkle

This is on me
This is on you
This is on us
Fighting the windmill
While they run for quick thrills
Their chimneys keep smoking
On the tree you were sowing

This is on me
This is on you
This is on us

I'll be the comfort
Keeping you close
Keeping you warm
Wherever it goes
It's gonna be alright
It's gonna be alright

I'll be the sunshine
Your shelter at night
I'll be your friend

And I promise to fight
It's gonna be alright
It's gonna be alright

If you wanna move faster
No need to slow down
Since you're the driver
You choose the sound

This is on me
This is on you
This is on us

The mistakes of our fathers
Can we stop to repeat
We can break that pattern
Two hearts – one beat
This is on me
This is on you
This is on us

Don't be afraid
The future looks bright
Don't let them win
I'll be right by your side
This is on me
This is on you
This is on us

DANKE

Wir widmen dieses Buch und alle Songs, die wir dafür geschrieben haben, unseren Kinder Lani und Timmi. Ihr habt uns auf dieser Reise immer zugehört, mitdiskutiert, mitgelitten, kritisiert, motiviert und inspiriert.

Außerdem danken wir Nadine Burks und Michael Volk vom Volk Verlag, San2 fürs tolle Cover und Lena Semmelroggen für die schönen Bilder.

Claudia Koreck

Wenn ich mir etwas wünschen könnte, dann dass die Loveolution aus diesem Buch hinaus in unsere wirkliche Welt wächst. Denn manchmal ist man wirklich am Verzweifeln, wenn man sieht, was wir einander antun.

Ich wünsche mir, dass wir die Welt nicht nur ertragen, sondern wieder Lust bekommen, sie gemeinsam zu gestalten. Weil die Welt ein fantastischer Ort ist. Und am schönsten ist sie immer dann, wenn man Liebe spürt. In den Dingen. Zwischen den Menschen.

Denn dann entsteht immer etwas Wertvolles. Selbst wenn es nur ein Gedanke ist. Ein Gefühl.

Ich danke dir, Tschitschi! Ohne dich gäbe es dieses Buch nicht. Danke, dass du mir immer wieder gesagt hast: „Schreib weiter, Clautschi."

Denn man muss sich erst durch viele Irrwege und Zweifel kämpfen, wenn man Neues wagt. Aber die Schönheit, die sich offenbart, wenn man an Orte geht, an denen man vorher noch nie war, ist jede Anstrengung wert.

Danke, dass du da bist. Dass uns keine Idee zu wahnwitzig scheint. Das liebe ich so an uns!

Ich danke auch den zwei Martys in meinem Leben: der eine, mein treuer vierbeiniger Gefährte, dem kein Spaziergang zu weit war, um meine Gedanken zu sortieren. Die andere, meine beste Freundin, die mir den entscheidenden Satz zum Weitermachen mitgegeben hat: „Was wäre denn das Schlimmste, was passieren könnte, wenn du dich traust?"

Gunnar Graewert

Es gab Zeiten, da fühlte ich mich von dieser Welt und ihren Widersprüchen entmutigt, war resigniert, misanthropisch. Ich bin froh, dass diese Zeit vorüber ist. Dafür danke ich Claudia, die es vermag, dem minimal flackernden Licht in der Dunkelheit mehr Gewicht zu geben als der Schwarzmalerei.

Mit diesem Buch und den Ideen, die wir darin eingeflochten haben, habe ich nicht nur selbst neue Hoffnung geschöpft, sondern auch meiner Rolle als Vater von zwei Kindern eine neue Bedeutung geben können. Denn es geht nicht darum, nur zu hoffen, dass sich etwas ändert – sondern darum, selbst dafür einzustehen, dass aus Hoffnung Wirklichkeit wird und wir der Zukunft, für uns und für alles, was nach uns kommt, einen Raum schaffen.